毒笑小説

東野圭吾

集英社文庫

（この作品は、一九九六年七月、集英社より単行本として刊行されました）

毒笑小説

目次

誘拐天国 9
エンジェル 67
手作りマダム 91
マニュアル警察 117
ホームアローンじいさん 141
花婿人形 165
女流作家 189

殺意取扱説明書 213
つぐない 235
栄光の証言 269
本格推理関連グッズ鑑定ショー 293
誘拐電話網 317
巻末特別対談 京極夏彦vs東野圭吾
守れ、笑いの牙城。めざせ、「お笑い」ルネッサンス! 341

イラスト（P.3）／大鹿知子、レイアウト（目次、P.7）／芦澤泰偉

毒笑小説

誘拐天国

1

席についたばかりの宝船満太郎が、あとの二人の顔を見比べていった。

「たくさんいた仲間も、とうとう我々だけになったか」

「仕方がないだろう。それが世の常というものだ」銭箱大吉が冷めた顔で応じる。「わし、今年は、集まらんのだろうと予想してたんだ。ところがあんたのほうから中止の知らせもないし、じゃあ三人でもやるのかと思ってやってきたんだ。何しろここでの麻雀大会は、年に一度の楽しみだからな」

「迷ったんだがね、次に誰かがくたばっちまったら、もう完全にアウトだと思って、集まることにしたんだ。それに関西のほうじゃ、三人麻雀のほうが主流だというぞ」

「わしは、三人でやったことないなあ」

「いいじゃないか。おれだって、ずいぶん前にやったっきりだ。すぐに慣れるさ」

「福富の。あんたはどうだい」銭箱が、先程から黙ったままの福富豊作に訊いた。

「えっ、なんだって?」福富は我に返った顔をし、七十半ばになっても相変わらず子供のように丸い目をくるくると動かした。

「なんだ、聞いてなかったのかい。何をぼんやりしてるんだい」

「申し訳ない。金印（きんじるし）のことを考えていてなあ」福富はしみじみといった。「去年の今頃は、あんなに元気だったのになあと思って。それが突然脳梗塞（のうこうそく）であんなことになっちまった」

「金印は八十を過ぎとった。あの歳（とし）になりゃあ、一年一年が勝負さ」宝船がいう。「といっても、おれたちもそろそろだけどな」

「我々もそろそろ、死ぬ覚悟をしとかなきゃあならんわけだねえ」福富はため息をついた。

すると銭箱がせせら笑った。

「覚悟なんかいるものか。死ぬ時は死ぬ、それだけだ。わしゃあもう、この世に大して未練もないしな」

「うん、おれも未練はないな」宝船も同意した。「やりたいことは、おおよそ全部やったからな。近頃じゃ退屈で退屈で、余った時間と金の使い道に困ってるという状態だ」

「福富の。あんた、何かやり残したことでもあるのかい？」

「うんまあ、やり残したことはないんだが」福富は薄い白髪頭を掻（か）いた。「ただ、今死んだら、ひとつだけ思い残すことがあるなあ」

「ほう、なんだいそれは？」宝船は身を乗り出した。「その歳になって、まだ思い残すことがあるとは、うらやましいねえ」

「いや、大したことじゃないんだが」福富は咳払いを一つした。「孫のことがね、ちょっと……」

「おたくは五年ほど前に生まれたんだっけな」銭箱が年齢のわりに正確な記憶力を働かせていった。「遅い初孫ってわけだ。うちなんかは、一番上がもう大学生だ。かわいくもなんともない。その点福富のところは、かわいい盛りだろう」

「うんまあそれはそうなんだが」福富はためらいがちにいった。「じつをいうと、その孫とゆっくり遊んだことがないんだ。それが心残りでねえ」

「遊べばいいじゃないか」宝船が、何をつまらんことで悩んでいるんだという顔でいう。

「それがそうもいかんのだよ」

眉を八時二十分にして福富豊作が語ることには、娘夫婦が教育熱心で、まだ五歳の孫を塾やら家庭教師やらで勉強とお稽古漬けにしているらしい。そのために福富がゆっくり孫に接する時間もないのだという。

「なんだそんなことか。それならあんたがピシッといってやれば済むことじゃないか。たまには遊ばせろと」

宝船の言葉に、福富は力なく首を振った。

「いやあそれがなあ、わしの娘は死んだ女房に似て弁のたつ女でなあ、福富財閥を継がせるためには、今からみっちり教育しておかないと間に合わないというようなことを、機関銃みたいにまくしたてててくるんだ。あれをやられると、頭が痛くなって退散せざるをえんのだよ」

「婿さんはなんといってるんだい」

「あれは娘のいいなりだよ」

「じゃあ、あんたと一緒じゃないか。伝統だな」銭箱がげらげら笑った。

「事情はわかった。それは何とかしてやりたいな。とはいえ、おれたちが口を出すのも妙だし」宝船が首を捻った。

「強引にどこかへ連れて行ったらどうだ。で、二、三週間外国へでも行って、たっぷり遊んできたらいいじゃないか」銭箱がいう。「クルーザーを貸してもいいぞ。三十人ほど乗れるのを、また新しく買ったんだ。使用人を乗せて、孫と二人で世界一周ってのもいい」

「お言葉はありがたいが、あとで娘に叱られることを考えるとなあ」福富は情けない顔をした。

「娘には黙って、こっそりさらってくればいい」

「馬鹿な。それじゃ誘拐じゃないか」

「だめか、やっぱり」わははははと銭箱は豪傑笑いを披露した。

「いや、待てよ。それはいい考えかもしれんぞ」宝船が真顔でいった。「誘拐すりゃいいんだ」

「あんたまでふざけるのか」

「ふざけちゃいない。本気だよ。誘拐されたということにすれば、あんたが娘さんから叱られることはないだろう。それに誘拐犯を名乗って子供の命は無事だと伝えておけば、単なる行方不明よりは事情がはっきりしてて娘さんたちとしても対処しやすいだろう。うん、これはいい。これはいける。面白い」

「面白そうだな」

「ちょちょちょ、ちょっと待ってくれ」福富はあわてて二人の友人を交互に見た。「そんなことをして警察沙汰になったらどうするんだ」

銭箱が、ふんと鼻を鳴らした。「警察なんてどうってことない。ちょっと手を回して、おまえら黙っとれといっておけばいいだけのことだ」

「あんたら本気でいっとるのか」

「本気だといってるだろう」そういって宝船は腕組みをした。「うん、これはいい退屈しのぎになるな。先程、やり残したことはないといったが、考えてみたら誘拐はやったことがなかった。よし、一つそれをやろう」

「乗った」銭箱が手を叩いた。「わしも悪いことはいろいろやったが、誘拐は初めてだ。身代金の受け渡しとかもあるわけだろう。いいじゃないか。わくわくする。ひひ」

「福さんよ、そうすりゃあんただって心置きなく孫と遊べるんだ。何も不服はないはずだが」

「うーん」福富はしばらく考え込んでから顔をあげた。「だけど健太に怖い思いをさせるのは気が進まんなあ」

「孫は健太というのか。大丈夫だ、怖くないようにさらってこよう。で、誘拐の間は、どこかゆっくり遊べるところに隔離するとしよう。どこがいいかな」宝船は銭箱に知恵を求めた。

「ここじゃだめか」といって銭箱は室内を見回した。天井には巨大なシャンデリアがぶらさがり、壁には内外の有名画家たちの作品が飾られている。部屋の広さは百平米というところか。調度品も最高級品を揃えてある。

「ここは子供向きじゃないだろう。何しろ年に一度の麻雀大会用に皆で金を出しあって建てた別荘だからな」

「いい所がある。経営が行き詰まって、売りに出とるちょっと変わった遊園地があるんだ。あれを買い取ろう。宿泊設備もあるから、そこに泊まればいい」

「そんなさびれたところで健太を寝泊まりさせるのか」福富が不満を露にした。

「心配するな。わしが責任をもって奇麗に改装させる」

「じゃ、そういうことでいいかな。決定するぞ」

宝船の声に、「わしは賛成だ」と銭箱はいい、福富も不安気ながら頷いた。

2

福富政子（まさこ）は、福富財閥の若き跡継ぎではあるが、一人息子の送り迎えにはなるべく自分も同乗するようにしていた。キャデラックの後部席に座り、仕事の書類に目を通しながら家と幼稚園の間を往復するのが、彼女の楽しみの一つでもあったのだ。

この日も彼女はいつものように、今度建設予定のレジャーランドの計画書を読みながら金満館幼稚園へ行き、健太を乗せると自宅に向かった。

「今日はどんなことを勉強したの」政子は息子に尋ねた。

「ええと、フランスでのお食事の仕方」

「そう。上手にできた？」

「うん」

「うんじゃなくて、はいでしょ」

「はい……」

「ちょうどよかったわね。今日はフランス語の先生がいらっしゃるから、教わったことをたしかめられるじゃない」

「はい」

「その後はバイオリンだったわね。この間の曲、きちんと弾けるようになったの？」

「少しだめ……」

「いけないわねえ。もっと練習しなくちゃ」

親子がそんな会話を交わしている時である。帰り道の途中にトンネルがあるのだが、そこにキャデラックが入った瞬間、前方の出口が突然真っ暗になったのだ。

「わっ」運転手はあわててブレーキを踏んだ。

政子と健太は前につんのめった。

「いったいどうしたの？」咎める口調で彼女は訊いた。

「すみません。どうも出口が塞がったみたいなんですけど」

「出口が？　そんな馬鹿なことってあるの？」

「わかりません」

「じゃあバックしなさい」

はい、と返事して運転手はキャデラックをバックさせようとした。ところがその時、がしゃんという音がして、入り口も閉じられてしまったのだ。

あっと健太が声をあげた。

「どうなってるの、どうしてこんなことになるの」政子がヒステリックに喚いた。

その直後、シューシューという音と共に、周囲から白いガスが噴出した。政子はまたしても驚いたが、今度は声を出す暇がなかった。悲鳴をあげようとした時には、意識をなくしていたからだった。

3

「手荒な真似はしないという約束だったじゃないか」福富豊作が口を尖らせて抗議した。

「あれぐらいはやむをえんだろう。怪我はさせてないし、あの催眠ガスには副作用はない」宝船満太郎が答えた。

「運転手と政子はどうした？」

「キャデラックごとトレーラーで運んで、家の近くに置くよう部下に指示しておいた。今頃は目を覚ましているかもしれんな」銭箱大吉が黄金色に輝く腕時計を見ていった。

「証拠は消しただろうな」宝船が銭箱に訊く。

「大丈夫だ。トンネルの仕掛けも、前後の車を迂回させる看板も片付けさせた」

「トレーラーが目撃されてやしないか」

「それもそうだな。何しろでかいものだからな」銭箱はちょっと考えてからいった。「じゃ、あれはスクラップ工場でこっそり処分させよう」

「とりあえずは第一段階突破だな」そういってから宝船は、そわそわした様子の福富を見て苦笑した。「お孫さんに会いたいなら、行ってきたらどうかね」

「いや、それはまだいいが……これからどうする？」

「そうだな。さらったんだから、今度は身代金の要求だろう」

「うん、そうだそうだ」銭箱も同調する。

「金を要求するのか」

「そりゃそうだろう。金を要求せん誘拐犯がどこにいる」宝船はいってから、福富を見てにやにやした。「心配せんでも、金は福さんに返すよ」

「いやあ、こんな面倒をかけとるんだからそれはいいんだが……いったいいくらぐらい要求するつもりかね」

「そこなんだが、こういうのには世間相場というのがあるから、一応それに準じておこうと思っている」

「いくらだい」と銭箱が訊いた。

「おれの調べたところでは、こうした事件の場合、まあ一億というのが一つの目安らしい」

「なるほど一億か」銭箱は頷いた。「やっぱりそれぐらい要求するか」

「一億……うーん」福富は唸った。「一億となると、返さなくていいとはいいにくいなあ。面倒かけて申し訳ないが」

「ええと」宝船が怪訝そうにいった。「あんたらそれ、単位は何だ？」

「えっ、ドルだろう？」と銭箱。

「違うのかね。それともマルクか？」

「いやあ、それがだな、おれもまさかとは思ったんだが、円のようなんだ」

「円？　円というと、日本円のことかい」銭箱が目を丸くした。福富も、まさかという顔をしている。

「そうらしい」

「そんな馬鹿な」銭箱は大声をあげた。「じゃあたったの一億円ということか。身代金が」

「そうだ」

「冗談だろう？　人の命と引き替えにするんだぞ」

「健太の命とだ」福富が声に怒りを含ませた。「健太の命がたったの一億円だというのかね。一億円で何が買える？　少し前なら、ゴルフ場の会員権でもそれぐらいのがあったぞ。安物のマンションでも一部屋買うのがやっとだ。それと健太の命が同じだというのか。そんなふざけた話があるものか。駄菓子屋で飴玉を買ってるんじゃないんだぞ」唾を飛ばした。

「宝船の。そいつはちょっと安すぎるぜ。福富が怒るのも当然だ。そりゃあ世間じゃ、そういう安値で人の命が取引されているかもしれん。だけどわしらがそれに倣わなきゃならんというものでもないだろう。やっぱり五十億か百億ぐらいはつけなきゃ格好がつかんぜ」

「それでも安いぐらいだ」福富はまだむくれている。

「気持ちはわかるが、それはまずいんだ」宝船がいった。「今度の誘拐が、おれたちの仕業だとばれないためには、なるべく世間の常識に外れるようなことはしないほうがいい。身代金の相場が一億円というなら、それでいくしかないんじゃないか」

　この台詞（せりふ）に福富は顔色を変えた。「宝船さん、あんた正気でそんなこといってるのか」

「金額なんか、この際どうでもいいだろう。肝心なのは、なるべく平凡な誘拐事件に見せかけるということだよ」

「ちょっと待ってくれ。そうすると世間の誘拐犯人たちは、そんな端金（はしたがね）のために、人さらいなんていう面倒なことをしてるってのかい」銭箱が指先でこめかみを押しながら訊いた。

「そういうことだ」

「なんと」銭箱は首を振った。「あほじゃないか。その度胸と知恵を別のことに使ったら、一億ぐらい簡単に稼げるだろうに」

「世間の連中の考えてることは、おれにだってわからんよ」

　ううむ、と銭箱は唸った。

「ああそれに」と宝船は福富を見ていった。「ポケットマネー程度の金なら、あんたの娘さん夫婦も警察に届けたりしないんじゃないか」

「当たり前だ。一億の金を惜しんで警察に届けたりしたら親子の縁を切る」

「じゃあそれでいこうじゃないか。一億円ならかさばらんし、受け渡しするのも楽だろう。福さんは、後のことはおれたちに任せて、健太君とゆっくり遊んでりゃいい。そういうことでどうだい」

「うん、まあ、こっちが面倒をかけとるわけだから文句をいう気はないんだが……。しかし一億か。健太が……。納得いかんなあ」

「ひとつわりきってくれ。では一億円で決まりだ。次はいよいよ電話だな」

「その前に、屋敷の様子を見ておいたほうがいいんじゃないか」銭箱が提案した。

「それもそうだ。よし見ておこう」

宝船が、テーブルの下に並んでいるスイッチの一つを押した。すると部屋の壁の一部が、ぐいーんと音をたてて開き、そこに巨大画面が現れた。

「うちの屋敷を見られるのかね」と福富が二人に訊いた。

「向かいの家と裏の家にカメラを仕掛けたんだ」宝船がいった。

「その家の住人はどうしたんだい？」

「どちらも海外旅行中だ」銭箱がにやにやしていった。「テレホンクイズというのを仕組んで、海外旅行が当たったことにした。今頃は家族でエーゲ海クルーズでもやってるんじゃないか」

宝船がさらに別のスイッチを入れると、画面に福富邸が映し出された。周囲に白塗りの塀が巡らされた、純和風の邸宅である。その巨大な門が今は開いており、パトカーが数台列をなして入っていくところだった。

「なんだ、もう警察が来ているじゃないか」銭箱が驚いたようにいった。

「しまった、遅かったか」宝船がオールバックにした、じつは鬘（かつら）の頭に手をやった。「こっちの連絡が遅れたから、早々に警察へ連絡されてしまったようだ」

「どうするんだ」と福富が不安そうに訊く。

「県警本部長に電話してやろう」銭箱が携帯電話を取り出した。「わしらが洒落（しゃれ）でやっとることだから、手を出すなと」

「いやちょっと待て。それはやめよう」宝船が止めた。

「県警本部長じゃだめか。じゃ、警察庁長官ならどうだ。あの洟（はな）たれ小僧なら、わしのいいなりだぞ」

「いや、せっかく誘拐をやるんだから、警察に圧力をかけるのはやめようといっとるんだ。それじゃ面白くない。どうせだから、徹底的に楽しもうじゃないか」

「ははあ、警察と知恵比べをするというんだな」銭箱が携帯電話を片付けながら舌なめずりをした。「それはそれで面白そうだ」

「なっ、一億円を無事に奪えるかどうかだ。麻雀よりもずっと面白いぞ」

「わしは乗った。福富はどうだい？」

「私も別にかまわんよ。健太とのんびりする時間があるなら」

「じゃあそういうことでいこう。さてと、いよいよ電話だな。銭さん、例の準備はできてるかい」

「ああ、もちろんだ」

そういうと銭箱は自分の前のスイッチを操作した。するとテーブルの中央がゆっくりと開き、コンピュータのディスプレイとキーボード、それから電話機が現れた。

福富がのけぞった。「なんだいこりゃあ」

銭箱はにやりと笑った。

「元ＣＩＡのスパイから買い取った玩具だ。音声変換して、全く別人の声みたいにして電話をかけられる。しかも世界中のネットワークを経由するから、逆探知されても一向にかまわん」

「ふうん、すごいもんだな」

「よし、早速電話をかけようや」

宝船の言葉に、「ほいきた」と銭箱は返事し、皺だらけの指でキーボードを叩き始めた。

4

福富邸には、所轄の署長はもちろんのこと、県警本部から本部長をはじめ、刑事部長、捜査一課長らも駆けつけていた。状況から考えて、福富健太が何者かによって拉致されたことは確実で、あんな小さな子供をさらうからには営利誘拐と見てまず間違いないというのが、彼等の間で一致した意見だった。

その推測を裏付けるごとく犯人から電話があったのは、邸内のすべての電話、ファックスに対して、逆探知の準備がなされた直後であった。犯人は大胆にも、警察首脳が集まる応接間の電話にかけてきたのだ。

福富政子が緊張の面持ちで受話器を取り上げた。

「もしもし、福富でございますが」

「やあ、どうも」というのが、相手の第一声だった。若い男の声だ。モニターを通して、周りの者にも聞こえた。それで身を乗り出していた警察関係者たちも、ふっと身体の力を抜いた。のんびりした口調から、犯人ではないと思ったのだ。ところが続けて男がいった。

「私、誘拐犯人なんですがね」

全員が飛び上がった。

「あ、あの、誘拐犯人って？」政子がどもって尋ねた。

「誘拐犯人といえば誘拐犯人ですよ。おたくのかわいい息子さんを誘拐した者です」

「どこなんですか。健太はどこにいるんですか。返してください」

「もちろんお返しします。でもあっさり返すぐらいなら、はじめから誘拐したりはしないわけです。当然こちらとしては、なんらかの見返りを要求します」

「いくらですか？　いくら出せば返してもらえるんですか」

「まあそう焦らずに。取引の席で、そんなに露骨に金額の話を持ち出したら、足元を見られますよ」相変わらずのんびりした口調で犯人はいった。「そうですねえ、今回は特別にサービスして、一億というところでどうです」

「一億……」政子は唾を飲んだ。

やりとりを聞いていた県警本部長の野田は、唇をぎゅっと結んだ。予想通り犯人は高額な身代金を要求してきやがったなと思った。一億円と聞いて、さすがに当主の福富政子も当惑したように見えた。

すると、その政子が訊いた。

「あのう、それはフランでしょうか。それとも元でしょうか」

野田は目玉を剝いた。ほかの警官たちも驚いた様子で彼女を凝視した。

犯人が応じた。「ははは、やっぱりそう思うか。そうだろうなあ。ところがフランでも元でもないんだ。マルクでもない」

「そうですか、じゃあやっぱりドルなんですね」そういって彼女は唇を噛んだ。「わかりました。なんとかいたしましょう」

野田は呆気にとられていた。一億ドルといえば、約百億円だ。

「まあかわいい息子さんのために、それぐらい出すのは当然だろうね」犯人は淡々としゃべっている。会話が長くなるのは、逆探知のことを考えるとありがたかった。「だけど今回はドルでもないんだ。もちろんギルダーでもなければバルボアでもない。円なんだ。おたくが用意するのは一億円だけでいい」

「一億円？　ほかには何を？」

「ほかにはない。一億円だけだ。それだけ用意して、次の指示を待つんだ。いいな」

「あの」と政子はいった。「一億円ぐらいなら、今すぐにでも揃いますけど」そういってから彼女は送話口を掌で塞ぎ、心配そうにしている夫の良夫に小声で命じた。「あなた、金庫の中から一億円取ってきてちょうだい」

「あ、はいはい」良夫は弾かれたように立ち上がり、応接間を出ていった。

電話の男がいった。

「わかっているんだよ、そんなことは。引き出しを探せば、小銭を集めるだけでも一億円ぐらいにはなるだろう。だけどこちらにもいろいろと段取りというものがあるから、少し待ってろといってるわけだ。じゃあまた連絡するから」

「あっ、ちょっと待ってください。健太の声を聞かせてください」

「えっ、ああそうか。そりゃ声ぐらい聞きたいだろうなあ。だけどちょっとここにはいなくてね、今度電話した時に聞かせるよ」

「そんなあ」

「すまん、こっちも不慣れなことが多くてね。じゃ、そういうことで」相手は電話を切った。

政子が受話器を置いて、十秒ほどしてから刑事部長が我に返った声を出した。

「おい、テープを巻き戻せ。声の分析をする手配をしろ」

「あっ、はい」部下があわててテープレコーダーを操作した。

「奥さん、今の男の声に聞き覚えは？」捜査一課長が訊いた。だが政子は答えず、空中の一点を見つめている。

そこへ良夫が戻ってきた。

「一億円、取ってきたよ」半透明のゴミ袋に入れた札束を、大理石のセンターテーブルの上に置いた。

政子は無表情でその袋を見下ろしたが、やがてその顔が般若(はんにゃ)のように歪(ゆが)んだ。きりきりきりという歯ぎしりが全員の耳に届いた。良夫は頭を両手で覆って、身を屈(かが)めた。

「どういうことよっ」彼女の声が五十畳以上ある応接間にこだました。「一億円ですって？　たった一億円、そんなわずかなお金が欲しいばっかりに、私の大切な健太をさらったというの？　そんな馬鹿なことってある？　一億円。何よそれ。駄馬でも、もっと高いわよ。一億円。たったの一億円」地団駄を踏んだ。「その程度のお金なら、健太をさらう前にここへ来て、くれと一言いえばあげるわよ」

この政子の言葉に、居合わせた刑事の何人かが、何かいおうとしたようだが、女主人の剣幕にまた顔を伏せた。

「野田さんっ」政子は県警本部長の前に進んだ。「こんな端金を目当てに、福富家の跡継ぎを誘拐しようという輩が出るのは、治安が乱れている証拠です。名誉挽回のためにも、この犯人は何が何でも逮捕しなさい」

「はい、それはもう」野田は立ち上がり、直立不動で宣言した。

そこでまた電話が鳴った。だがそれは捜査陣が使う電話だった。若い刑事が受話器を取り、メモを取った後で上司たちを見た。「逆探知が一応できたそうです」

野田の表情が晴れた。「どこからだ？」

「ええとそれが」刑事は頭を掻いてから続けた。「ヤウンデからだそうです」

「やうんで？　なんだそりゃ」

「カメルーン共和国の首都です」

「なにい？」

5

福富豊作は孫の健太と共に、メリーゴーラウンドの馬にまたがっていた。世界でも珍しい二階建てのメリーゴーラウンドである。このほかにも、巨大なジェットコースターや観覧車をはじめ、銭箱が贅沢のかぎりを尽くした設備がこの遊園地には揃っている。

メリーゴーラウンドの動きが止まり、音楽が鳴りやんだ。

「健太、もう一回乗るかい？」

「ううん、ぼくもういい」

「そうか。じゃあ次は何がいい？」

「ええと、ちょっとくたびれちゃった」

「なんだ、もう疲れたのか。まだそんなに遊んどらんじゃないか」

福富は健太と共に、傍らに停めてあった電気自動車に乗った。この車にはカラフルな模様が描かれ、人気アニメの主人公の人形が運転席に座らされている。その人形に向かって福富はいった。「レストランに行ってくれ」

すると車は静かに動きだした。音声認識システムとファジー制御で、人間の命令どおりに動くようになっているのだ。

「ぼく、びっくりしちゃったよ。目が覚めたら、こんなすごい遊園地にいるんだもの。夢かと思っちゃった」レストランで、特製お子さまランチを食べながら健太はいった。ここではウェイターやウェイトレス、それからコックにいたるまで、全員が何らかのマスクをかぶっていた。健太に顔を覚えられないためである。

「ははは。脅かしてすまなかったなあ。だけどわかってるな。このことは内緒だからな」

「うん、わかってる。ぼくは、どこかの狭い部屋にいたって、おかあさんにはいえばいいんだよね」

「そうだ。えらいぞ」

「ぼく、約束は守るよ」そういってから健太はこんなことを訊いた。「ねえおじいちゃん、お勉強はいつするの？」

「勉強？」

「うん、だって」と健太は細い腕にはめた腕時計を見た。「そろそろお勉強する時間だもの」

「いいんだよ、ここでは勉強のことは忘れるんだ。思いきり遊びな」

「ふうん」健太はなぜか浮かない顔つきだった。

そこへ猿のマスクをつけた二人組が近づいてきた。宝船と銭箱だった。「あっ、お猿さんだ」と健太は指差した。

「やあ坊や、しっかり遊んでるかね」ゴリラのマスクをかぶった銭箱が訊いた。

「うん」

「なんだい、元気がないじゃないか」オランウータンの宝船がいった。「身体の具合でも悪いのかね」福富のほうにも顔を向ける。

「勉強しなくていいのかと、心配になっとるようなんだ。かわいそうに、こんなに小さいのになあ」福富は嘆いた。

「坊や、そんなことは心配しなくていいんだぞ」ゴリラが健太の頭に手を置いた。

「うん。でも、友達はみんな、遊びたいのを我慢しているのに、ぼくだけ遊んでいいのかなあ」

健太の台詞に、三人の老人は目を合わせた。長年の付き合いで、お互いの考えていることを、それぞれが察知した。

オランウータンの宝船が少年に訊いた。

「じゃあその友達も、ここへ連れてきてあげようか」

プリンを食べていた健太が、顔を上げて目を輝かせた。「本当？」

「ああ。それなら一緒に遊べるじゃないか」

「やったあ」健太は喜びを顔で表した。ここへ来て以来、初めて見せるような笑顔だった。

ゴリラの銭箱が、上着のポケットから手帳を取り出した。

「じゃあ、お友達の名前を教えてもらおうかな」

「うん、いいよ。ええとね、まずはね、月山君。それからね……」健太は指を折り始めた。

6

県警本部長の野田は、福富家の応接間で腕組みをして座っていた。犯人からの連絡はまだない。健太が誘拐されてから、三時間が経過しようとしていた。

「犯人の奴（やつ）、いったい何をしとるんだ。健太君の声を聞かせるといったくせに」気まずい沈黙に耐えかねて彼は呟（つぶや）いた。すぐそばでは、福富政子が鬼刑事顔負けの鋭い目つきで、電話機を睨（にら）みつけている。

そこへ捜査一課長が駆け込んできた。「本部長、たいへんです。また誘拐事件が起こりました」

「なんだと？」野田は眉を寄せて部下を見た。「詳しく話してみろ」

「ええと、まず隣町で月山という家の長男が誘拐されました。五歳だそうです」

「えっ、月山さんのところの一郎ちゃんが？」政子が反応した。

「御存じですか」と野田が訊いた。

「健太と同じ幼稚園に通っているんです。クラスも同じです」

「それは偶然ですな」そういってから野田は首を捻り、「ところで妙な言い方をしたな。まず隣町で、とか。まず、とはどういうことだ。ほかにも何かあるのか」と捜査一課長に訊いた。

課長は頭を掻いていった。「はあ、じつはさらにもう一件誘拐事件が……」

「なに？」

「これは少し離れていますが、県内です。火村さんという家で娘さんがさらわれました。この子も五歳です」

「まああ、火村亜矢ちゃんですわ」政子がいった。「やっぱり健太のクラスです」

「ううむ、どういうことだ」野田は唸り声をあげた。「その子たちが誘拐されたというのは間違いないのか。単なる行方不明とかではなくて」

「間違いありません。何しろ犯人から電話がかかってきたんですから」

「何といってかけてきたんだ」

「それが妙でしてね、詳しいことは福富家から訊けと、このようにいっているらしいのです」

「すると同じ犯人ということだな。身代金の話は」

「それについては、何もいわなかったそうです」

「どういうことだ。犯人の奴はいったい何を考えていやがる」

その時テーブルの上の電話が鳴りだした。ものすごい勢いで福富政子が受話器を取り上げた。「福富でございます」

「やあ、私だよ。誘拐犯人だ」先程と同様の声が、のんびりと名乗った。「約束通り、お子さんの声を聞かせてあげようと思ってね」

「聞かせてください。早く」

数秒ほど間を置いてから、少年の声が聞こえてきた。「もしもし、ぼくだよ」

「健太、健太なのね。おかあさんよ、わかるわね」

「うん、わかるよ」

「あなた、今どこにいるの？　そこはどこなの？」

「わかんないんだ。だってぼく、目が覚めたらここにいたんだもの」

「じゃあ、どんなところ？」

「ええとね、暗くって狭い部屋」

「ああ、かわいそうに。元気にしてるの？　どこも怪我してない？」

「うん、してない」

「ごはんは食べたの？」

「お子さまランチ食べたよ。おいしかった。あっ、ちょっと待ってね。もう電話を代わらなきゃいけないんだって」

「あっ、健太」

また受話器を受け渡しする気配があって、先程の男の声に戻った。

「どうだね、元気そうだろう」

「まあ一応は……。それより、いつになったら健太を返してくれるんですか」

「それはもちろん取引が無事に終わってからだよ」

「一億円なら用意してあります。取引するなら、早くしてください」

「まあ、そう焦りなさんな。せっかく健太君の友達も集まったことだし、ゆっくりやろうじゃないか」

「あっ」政子が声をあげた。「じゃ、やっぱり月山さんや火村さんのところのお子さんを誘拐したのも……」

「まあそういうことだ。だけど、一人一人の親に電話するのは面倒だから、全部まとめておたくと交渉することにする。かまわんだろう?」

「それはかまいませんが、どうして二人も三人も誘拐するんですか。たくさんのお金を要求したいなら、健太一人でも充分なのに」

すると電話の向こうで男がくすくす笑った。「二人や三人じゃないよ。いずれわかることだがね」

「えっ？」

「まあいい。とにかくこちらにはこちらの事情があるんだよ。ところで、そこに野田県警本部長がいるはずだが、差し支えなければちょっと代わってもらえんかね」

「えっ、あ、はい」政子は怪訝そうな顔で、受話器を野田のほうに差し出した。突然の指名に、野田は戸惑い顔だ。

「野田だが」舐められてはいけないと、精一杯威厳をこめた声でいった。

「やあ、ごくろうさん。たいへんだね」

「はっ」これはどうも、といいそうになって野田はあわてて口をつぐんだ。犯人の声は若い男のものだが、その独特の口調にはどこかで接した覚えがあり、それでつい媚びた態度をとってしまいそうになったのだ。

野田は咳払いをした。「私に何の用だ」

「まあそう固くならなくともよろしい」

「固くなんかなっているものか。なんだおまえは。態度がでかすぎるぞ。誘拐犯人のくせに」

「ほほう」低い笑いが電話線を伝わってきた。「そちらこそ、威勢がよすぎるんじゃないかね。私の態度が気にくわないなら、取引の話はもうやめにしてもいいんだが」

会話を聞いていた福富政子が、あわてた様子で首を振った。野田は怒りの言葉を飲み込んだ。

「私に話があるんだろう？　それを聞こうじゃないか」

「うん。じつは君に頼みがある。パトカーを二十台ほど用意してほしい。それを福富邸の敷地内に待機させておくんだ。わかったかね」

「パトカーを二十台？　何に使うんだ」

「取引の時に必要なんだよ。まっ、詳しいことは後の楽しみということにしておこう」

「いつまでにだ」

「なるべく早くだ。またこちらから連絡する。じゃ、そういうことで」

「あっ、待ってくれ」野田がいった時には、すでに電話は切れていた。野田は部下のほうを振り返った。「これだけ長話だったんだ。今度こそ、まともに逆探知できただろう」

「そのはずです」

話していると電話がかかってきた。部下が即座に受話器を上げた。

「もしもし、あ、逆探知できましたか。はい、はい、えっ？」部下の表情が妙な具合に固まった。「はあ、わかりました……」彼はメモを取り始めたが、やはり顔色は冴えない。

「どこからだ」部下が電話を切るのを待って、野田は訊いた。

「はあ、それが」部下はメモを見ながらいった。「犯人は各国のコンピュータに侵入して、高度な転送機能を使ったらしいです。一応報告しますと、ここへかかってきたのはテヘランからだそうです」

「テヘラン？　この前はカメルーンで、今度はイランか。じゃ、その前はわからんのか」

「いえ、最近では逆探知技術も向上しておりまして、どこから転送されてきたのかも突き止めることができます」

「それならいいじゃないか」

「それがですね、テヘランへはサントドミンゴから転送されてきているんです。これはドミニカ共和国です。で、その前はコンゴのブラザビル。さらにその前はスリナム共和国のパラマリボ。残念ながら逆探知できたのは、そこまでだそうです」

「わかった、もういい」野田は手を振った。「逆探知はあきらめよう。それより」と彼は福富政子のほうを向いた。「お金のことで、ちょっとご相談したいことが」

「なんでしょう？」

「ええとですな。犯人はどうやら、健太君以外にも誘拐をしているらしい。となると当然、それぞれに身代金を要求することが考えられるわけですが、ほかのお宅ではこちらのように、すぐにぽんと一億円を用意するということはできないのではないかと想像されるわけです。犯人の要求に迅速に対応するためにも、ここは一つお力を貸していただけないかと」

「わかりました。身代金は当方で立て替えましょう」きっぱりといってから、ふと何か思いついた顔を政子はした。「いいえ、立て替えるのではなく、全額こちらで負担させていただきますわ」

「えっ、全部ですか」野田はびっくりして訊いた。

「ええ、そのかわり」といって、政子は鋭い目線を県警本部長に返した。「この事件をマスコミに発表する時には、私どもで負担した金額はすべて、健太一人の身代金だったということにしていただきたいんですけど」

「ははあ、そういうことですか。すると、ほかのお子さんの身代金はタダだったということになりますな」

「いけませんでしょうか」

「いやあ、いけなくはないと思います。わかりました。なんとかしましょう」

このぐらいの金持ちになると、息子の身代金にも見栄をはらねばならないらしいぞと野田は思った。

「ええとそれで、いったいいくら用意すればいいのかしら。もし一人につき一億円ということなら……」

「そうですな、犯人の口ぶりですと、さらったのは二人や三人ではないという言い方でしたから、あるいは五億か六億は用意しておく必要があるかもしれません」

「その程度なら、金庫にあるんじゃないかしら。ねえ」そういって政子は、ひたすら影の薄い夫を振り返った。

「そうだね。ちょっと見てこよう」

福富良夫が立ち上がった時、刑事たち数人が先を争うようにして駆け込んできた。

「大変です。また誘拐事件です。二人、さらわれました」

「こっちもです。男の子が誘拐されました」

「こちらは三人いっぺんに」

「なんだと」野田は目を血走らせた。「するとこれで合計……」指を折った。「九人か」

するとそこへまた別の刑事たちが飛び込んできた。彼等は息をきらせながら、先程の刑事たちと同様のことを口々に報告し始めた。

7

「さてこれでこちらの段取りは整ったな」電話を終えた宝船がいった。「銭さんのほうはどうだい」

「わしのところも完璧(かんぺき)だ。今夜中には、全部の地域に仕掛けを終える予定になっとる」コンピュータの画面を見ながら銭箱が答えた。画面には、地図が映っている。その地図上のいくつかのポイントが、ぴかぴかと点滅していた。

「いよいよ金の受け渡しだなあ」福富がいった。「うまくいくといいが」

「うまくいかんはずがない。おれたちがやっていることなんだぞ」宝船が自信たっぷりに応じた。「なあ、銭さん」

「そうさ。宝船の知恵と、わしのテクノロジーがありゃあ、鬼に金棒さ」

「それから我々三人の財力な」

「それはわかっとるが、小説やドラマなんかでよくいうじゃないか。誘拐では身代金の受け渡しが一番難しいとか」福富はなおも心配そうだ。

「だから逆にいうと、そこのところが一番ドラマチックで面白いということになる。誘拐犯人としては、最大の腕の見せどころというわけだな。これがないと、気の抜けたビールみたいなもんで、何も面白くない」

宝船の言葉に、「明日が今から楽しみだよ。いひひひひ」と銭箱も不気味に笑ってみせた。

「さてと、それじゃあ子供たちの様子でも見に行くか」

宝船が立ち上がると、他の二人もどっこいしょと腰を上げた。そして例によって猿のマスクをかぶる。今回は福富も、チンパンジーの面をかぶった。健太以外の子供には、顔を見せるわけにはいかないからだ。健太にも、チンパンジーの正体がおじいちゃんであることは、他の子供にいわないよう釘をさしてある。また子供たちには、おとうさんやおかあさんに頼まれて、二、三日ここの遊園地で君たちを預かることになったのだと説明してあった。

オランウータン、ゴリラ、チンパンジーのマスクをかぶった三人の老人は、建物を出て、遊園地に入った。そしてミッキーマウスが運転する電気自動車に乗って、園内を見回った。

「おっ、いるいる」ゴリラの銭箱が前方を指差した。

三人の男の子が、ベンチに並んで座っていた。所在なさそうに、ぼんやりしている。

老人たちは彼等の前で自動車を止めた。

「どうしたんだい、坊やたち。遊ばないのかい」銭箱が話しかけた。

三人の子供たちは顔を見合わせた。しかし誰も何もいわない。

「遊園地は嫌いかい」銭箱が重ねて訊いた。

右端の男の子が首を振った。

「好きなんだろう？」

今度は三人が頷いた。

「それならどうして遊ばないんだい。ここにはいろいろな乗り物だってあるんだから、乗ってきたらどうかね」

すると三人はまた顔を見合わせ、黙り込んだ。やがて中央の子が、遠慮がちに口を開いた。「どれに乗ればいいの？」

「どれにって、どれでも好きなのに乗ればいいじゃないか。考えることなんてないだろう。メリーゴーラウンドでもいいし」

「じゃあ、そうする」真ん中の子が立ち上がると、両脇の子もそれに倣った。

「いや別にメリーゴーラウンドでなくてもいいんだぞ。くるくる回るコーヒーカップでも」

銭箱がいうと、歩きかけていた三人は足を止めた。

「じゃあコーヒーカップにする」先程の子がいい、三人でそちらのほうへ歩きだした。

「いや、おい、ちょっと待てよ」銭箱は三人を呼び止めた。「わしのいうとおりにする必要なんかないんだぞ。自分たちの乗りたいものはどれなんだ」

質問され、三人の子供はまた顔を見合わせた。そしてやがて泣き顔になった。

「わっ、おい、どうなってるんだ。なんで泣くんだ」銭箱はあわてた。

「わかったわかった、よしよしもう泣くな」宝船が口を出してきた。「じゃあこうしなさい。まずはコーヒーカップに乗る。その後はメリーゴーラウンドだ。で、その後は、アイウエオ順に乗っていく。それでどうだい」

不思議なことに、三人の子供たちは泣くのをやめた。大きく一つ頷くと、しっかりとした足どりでコーヒーカップに向かって歩きだした。

「なんだい、ありゃあどういうことだ」銭箱が彼等を見送って呟いた。

「指示待ち族だよ」と宝船がいった。「何をするにも、親や教師の指示に従わなきゃならんと教育されているから、逆に指示がないと何もできないんだ」

「なんだそりゃあ、最近のサラリーマンと同じじゃないか」銭箱がいう。

「原因は同じさ。受験地獄が低年齢化してきたから、症状が出るのも早くなったというだけのことだ」

「やれやれ、世も末だ」

二人の話を聞いていた福富としては、他人事とは思えなかった。孫の健太はここへ来てからも、ずっと勉強のことを気にし続けている。あれなどは昨今のサラリーマンが陥っている仕事中毒のようなものではないのか。

老人たちはさらに他の子供たちの様子も見て回った。ある女の子は、洋服を汚して母親から叱られるのをおそれ、乗り物に乗ることはおろかベンチに座ることもできず、一箇所でじっと立っているだけだった。またある男の子は、シューティングゲームを熱心に眺めてはいたが、決して自分ではやろうとしなかった。なぜやらないのかと尋ねると、「ぼく、うまくできないから」という。どんなことでもうまくできなければならないという強迫観念にとらわれているのだ。

「なんということだ。どの子も全く子供らしくないじゃないか」一回りした後で銭箱がため息混じりにいった。「まるで人生にくたびれた中年を、そのまま幼児にしたようだ」

いことなんかあるわけがない。親は気づいとらんのだよ。あの子供たちは我々がさらうよりも先に、すでに誘拐されとる。学歴社会という化け物にな」

「世の中、狂っとるんだ」宝船が吐き捨てた。「あんな小さい子供を教育漬けにして、い

8

翌日の朝、福富邸の門を、次々にパトカーがくぐっていった。野田によって呼び集められたものだ。またそのうちの数台は、現金輸送車の護衛も兼ねていた。その現金輸送車には、二十億円が積み込まれていた。すなわち誘拐された子供の数は、福富健太を含めて、ちょうど二十人だったのだ。これは幼稚園における健太のクラスのメンバー全員である。

健太を除く十九人の子供たちの親も、福富邸に集まっていた。そのほかに親戚一同、福富財閥関連企業の社長や重役、著名な文化人なども顔を揃えている。応接間では狭いので、パーティ用に作られたホールで全員が待機することになった。といっても、犯人からの連絡がないうちは、どうすることもできず、誰もが手持ち無沙汰である。客を退屈させることなど我慢ならない政子は、それではいけないとばかりに、至急フィルハーモニーを呼んで、ミニコンサートを始めさせたりした。腹の減っている人もいるだろうということで、有名料理店からコック連中も呼び集め、立食形式で好きなだけごちそうを食べられるよう

にした。まさにパーティである。

「本日は、うちの健太の誘拐事件のために、かくも大勢の方々にお集まりいただき、本当にありがとうございます」政子の挨拶(あいさつ)まで始まった。「これだけの方々に応援していただいているわけですから、必ず無事救出されるものと信じております。私共も、犯人の要求にしたがって、健太の身代金として二十億円を用意させていただきました」金額をいう時、彼女はちょっと胸をそらせ気味にし、声を少し高くした。会場の客たちから、ほう、という声が漏れた。

健太以外の誘拐された子供たちの親もここにはいるが、彼等は政子の発言に対して何もいわなかった。身代金を全額、代わりに負担してくれるのだから、文句をいうわけにはいかないのだ。

「それではここで、本日の活躍が期待される方に、一言ご挨拶していただきたいと思います。わたくしたちの治安を守ってくださる、野田県警本部長です」

苦々しい思いで客たちの様子を見ていた野田は、政子からの突然の指名に腰を抜かした。

「いや、その、私はちょっと」

「いいじゃないですか。決意のほどを聞かせてくださいな」

野田は結局、壇上に立たされてしまった。

「ええと、県警の野田です。今日はなんとしてでも、憎むべき犯人を捕まえてみせます。

必ずご期待に応えてみせます」

野田がいうと、「いいぞ」とか、「日本一」「大統領」という声がかかった。

冷や汗をかいて彼が壇から降りた時、部下が駆け寄ってきた。「本部長、犯人から荷物が届きました」

「何、本当か」

「間違いないと思います」

「なぜ犯人からのものとわかる。中を開けたのか」

「いえ、それはまだですが、見ていただければわかると思います。荷物は万一のことを考えて、裏庭のほうに運んでおきました」万一のことというのは、爆弾の可能性をいっているわけだ。

「よし」野田は福富政子にも事情を話し、彼女と共に裏庭に向かった。

裏庭に行くと、段ボール箱がたくさん積み上げてあった。数えてみると二十個ある。

「これが全部犯人から送られてきたものか」

「そのようです」

野田は真っ先に差出人の欄を見た。そこには、誘拐犯人、とだけ書かれていた。なるほどたしかに犯人からのものだということは一目瞭然だ。

「ふざけたことを。よし、開けてみろ」

野田の命令で、爆発物処理班の連中が遠隔操作を使って慎重に箱の一つを開けた。ほかの者は遠巻きにして見ている。やがて箱は開けられたが、爆発はしなかった。中から出てきたのはパラボラアンテナと通信装置のようなものだった。

「なんだろうな、これは」箱の中を覗き込んで野田は首を傾げた。そしてほかの箱も全部開けさせてみた。中身は同じだった。ただしアンテナには一から二十まで番号がつけられていた。

その時、福富家の使用人の男が走ってきた。

「本部長さんにお電話です」

「どこからです」

「それが、ええと」使用人は頰を掻いた。「犯人だと名乗ってますが」

野田は駆けだした。

応接間に行き、受話器を取った。「野田だ」

「やあ、荷物は届いたようだね。箱は開けてみたかね」

「開けた。あれは一体何だ」

「大したものじゃない、単なる通信機だよ。通信衛星を使うやつだ。説明書が入っているはずだから、それをよく読んでから使用してくれたまえ。パラボラアンテナは車の屋根に取り付けられるようになっている」

犯人の、依然として態度の大きい物言いに、むかっ腹を立てながら野田は訊いた。「どう使用しろというんだ」

「まず、用意した金を二十台のパトカーに振り分けてくれ」

「一億円ずつ積むわけだな」

「ほほう、二十億円用意したのか」

「違うのか。一人一億で二十億だろう」

「なるほど。それならそれでいい。金を積んだら、次にその通信機を、パトカーにセットしてくれ。電源はシガーライターから取れるようになっている。ところでアンテナに数字がついていることには気づいてくれたかね」

「ああ」

「その番号が、そのままこちらの呼ぶパトカー番号になるから、乗り込む警官たちに自覚させておいてくれたまえ。それから、一号車には君が乗り込むこと。責任者がいないと、面倒な場合があるかもしれないのでね」

「いいだろう。どうせ私も乗り込むつもりだった」

「いい覚悟だね。結構、結構。君たちにはこちらから、無線で指示を出す。二十台は全部周波数が違うので、そのつもりをしておいてくれ」

「そのためにわざわざ通信機を用意したのか」

「そうだよ、いかんかね。君たちには少々遠出をしてもらうことになるから、警察無線や携帯電話などでは、電波が届くかどうか不安なのでね」

どこへ行かせるつもりだろうと野田は訝った。

「以上の用意ができたら、夕方六時までに警官たちをパトカーに乗せて、いつでも出発できるようにしておいてくれたまえ。さて、何か質問はあるかな」

「子供はいつ返してくれる？」

「その話は取引が成立してからということにしようじゃないか。ではまた六時に」

犯人との電話を終えると、野田は部下に指示を出し、その後すぐに捜査一課長らと相談に入った。

「身代金をパトカー二十台に分けて運ばせるというのは、どういうことだろう」野田がまず疑問点を述べた。

「二十億円を一台で運ぶのは大変だと思ったんじゃないですか」刑事の一人がいう。

「それにしても、一台一億円というのは、無駄が多すぎるぞ」捜査一課長が反論した。

「私はやはり、捜査の混乱を狙ったものだと思います。警備する立場からいえば、対象が二十台というのは多すぎます」

「それはいえるな」野田が同意した。「すると犯人は、一台一台に対する警備が甘くなることを期待しているのか」

「それ以外には考えられません」

「よし、とりあえず、近隣の県警には協力を要請しておこう。犯人の指示で、どこまで移動させられるかわかったものではないからな。それから至急携帯電話を二十個揃えて、各パトカーの乗員に渡してくれ。バラバラにされた時の用心だ」

そしてやがて六時になった。

「野田君はいるかな」野田が一号車の助手席に座って待っていると、通信機のスピーカーから声が聞こえた。

野田はマイクを取り上げた。「ここにいるぞ」

「いいだろう、では出発してもらおう。まずは国道に出て南下、そして東名高速道路に乗るんだ。その後は下り車線を、制限時速を守って走ってくれたまえ」

「どこまで行くんだ」

「それは考えなくていい。とにかく出発するんだ」

通信が切れた。野田は仕方なく、他のパトカーにも出発を指示した。

9

壁の巨大スクリーンに地図が映し出されていた。その上を二十個の点が移動している。

点には一から二十までの数字が付されていた。

「間もなく分岐点だな」銭箱がいった。画面上の二十個の点は、現在は奇麗に整列して高速道路を西に向かって走っている。「そろそろ指示を出したほうがいいんじゃないか」

「そうだな。よし」宝船がマイクを取り上げた。「野田君、どうぞ」

「野田だ」不機嫌そうな声がモニターから出た。銭箱が吹き出しそうな顔をした。

「次のインターチェンジで、一号車から十号車までは高速道路を降りるんだ。十一号車から二十号車までは、そのまま高速道路を走り続ける。わかったかね」

「なんのために二つに分けるんだ」

「それは君がじっくり考えることだよ。とにかくいうとおりにするんだ」

「わかった。次のインターで、十号車までを降ろせばいいんだな」

「そのように、君のほうから部下に指示してくれたまえ」

「一号車から十号車までは、インターを降りてどうすればいい」

「出てすぐに、T字路にぶつかるだろう。そこを右折して直進だ」そういって宝船は通信を切った。そして地図を見る。「次の分岐までは、三十分ほどだな」

指定されたインターチェンジで高速道路を出た一号車は、犯人からの指示通りにT字路を右に曲がった。二号車から十号車までのパトカーも、ぞろぞろと後に続いてくる。さらにその後から、パトカー、ワゴン、白バイといった警備用車両もついてきた。高速道路上でも、この不気味な隊列に他の車の運転手たちは怯えていたようだが、一般道路では異様さが際だっている感じだった。何か事件でもあったのかと、歩行者たちもパトカーの行き先に目を向けている。

「犯人の奴め、やっぱりこっちを分裂させやがったな」野田がいまいましさを口調にこめていった。二手に分かれた関係で、警備用車両も半分ずつにする必要があったのだ。

携帯電話が鳴った。素早く野田は受話器をとった。十一号車に乗っている捜査一課長だった。

「たった今、犯人から指示がありました」

「どういう指示だ」

「次のインターチェンジで、十一号車から十五号車は高速道路をいったん出て、改めて上り車線に入り、今来た道を引き返せというものです」

「なに、さらにまた分けるというのか」

「どうしましょう」

「やむをえん。指示に従ってくれ。警備陣も二つに分けるんだ」

「了解」

電話を切ってから野田は呻いた。犯人はどういうつもりなのだ。

通信機から声がした。「やあ、野田君。私だ」

「今度はなんだ」野田は怒鳴った。

「なんだ、ずいぶん不機嫌そうだねえ。今からそんなじゃ、もたないよ、君い」

「うるさい。何が、君い、だ。舐めるな」

「まっ、そう興奮せずに。もうすぐ君たちの前に、富士五湖のほうへ行く道路が出るはずだ。それに入ったら、河口湖まで行ってくれたまえ。そこから中央自動車道に入る。わかったかね」

「その先は？」

「それはまた連絡するよ。じゃっ」通信が一方的に切れた。

野田たちの車が中央自動車道に入ると、すぐにまた指示が出された。

「大月ジャンクションで、一号車から五号車までは下り車線へ、それ以外は上り車線に入るように」

「待ってくれ。最終的な行き先を教えてくれ」

「そんなものを君が知っても屁の役にも立たんよ。気にせずに、こちらのいうとおりに走ってくれればいい」それだけいうと、野田の返事を待たずに犯人は通信を切った。

「くそお、すっかり連中のペースにはめられているぞ」野田は歯ぎしりしたが、今はいいなりになるよりほかなかった。

間もなく大月ジャンクションが見えてきて、野田たち五台のパトカーは下り車線に、そのほかは上り車線に入った。そしてここでまた警備隊も半減である。

「こんなふうにして、警備を手薄にするのが狙いだな。そうはいくものか」野田は携帯電話を取り上げると、捜査一課長の乗っている十一号車に電話した。

「こちら十一号車」課長の声がした。

「もしもし野田だ。そっちの状況はどうだ」

「現在、首都高速を走っています。間もなく二手に分かれます」

「分かれる？　どんなふうに？」

「十一号車から十三号車までは、練馬経由で関越自動車道に入ります。十四と十五は、東北自動車道に入らされる模様です」

「警備は？」

「はっきりいって手薄です」捜査一課長は、ちょっと情けない声になっていた。

「行く先々の警察に連絡して、警備を協力してもらってくれ」

「わかりました」

「ほかのパトカーにも、そうするように指示してくれ。この分だと、一台一台をバラバラにされるかもしれん」

「了解」

捜査一課長との電話を終えると、他のグループにも同様の連絡を行った。東名高速道路を西に向かった、十六号車から二十号車のパトカーは、まだ分割されていなかった。しかし名古屋を過ぎると、いくらでも分岐点はある。まず間違いなく、分けられるだろう。

一通りの連絡を終えて電話を切ると、それを待っていたかのように通信機から犯人の声が聞こえた。

「間もなく岡谷ジャンクションのはずだ。君たちはそのまま西へ向かいなさい。四号車と五号車には、そこから松本のほうへ向かうよう私から指示を出す」

「こんなにバラバラにしてどうする気だ。そっちだって、金を回収してまわるのに大変じゃないのか」

「心配してくれてありがとう。だがね、我々は動く必要はないんだよ。動き回るのは君たちだけでね。ではまた」

10

午前二時を回っていた。宝船満太郎は、大あくびをした。

「さすがにこの時間になると眠い。昔は明け方まで飲んでいても平気だったが」

「夜遊びの帝王といわれた男も、歳には勝てんか」銭箱がにやにやした。「まあしかし、あと少しの辛抱だ」

「うん、わかっとる。もう殆どが、所定の位置に近づいているからな」そういって宝船は壁の画面を見た。

二十個の点は、今や本州全土に散らばっていた。最西端は岡山県であり、最北端は岩手県だ。どちらのパトカーも市街地にはいない。今頃は山中深く入っているはずである。いや、他の十八台も似たような状況のはずだ。

「あんな辺鄙なところへ行かせて、本当に大丈夫かね」福富が心配そうに訊いた。

「まあ見ていてくれ。あとはそれぞれのパトカーに、一回ずつ指示を出すだけだ。といっても、二十回だから楽でもないがね」宝船が通信機のスイッチを入れた。

野田はうんざりした気分で前方の闇に目を向けていた。彼の乗る一号車は、石川県と岐阜県の県境のあたりを走っていた。周囲は森に囲まれており、おまけに深夜ということもあり、現在自分たちがどこへ向かっているのか、野田も運転する警官も正確には把握できていなかった。

通信機から声がした。「やあ、お疲れさん」

のんびりとした犯人の声に、野田は殺意を覚えた。眠気と疲れが、それを後押しした。

「一体全体、我々をどこへ行かせる気だ」尖った声で訊いた。

「もうあと少しだよ。そのまま一キロ弱進むと、右に折れる細い道がある。そこへ入っていくと、行き止まりになっていて、古い祠があある。中に、大きめの段ボール箱が入っているから、それを取り出して開けてくれたまえ。後の指示は、その中に入っている。では気をつけて」

「金はどうするんだ？」野田が訊いた時には、通信は途絶えていた。

仕方なく、野田は運転手に指示を出した。少し行くと、なるほど犯人がいったような脇道があった。パトカーはそこへ入っていった。

間もなく行き止まりになった。今にも崩れそうな祠がある。野田はパトカーから降り、背中と腰を伸ばしてから祠に近づいた。

開けると段ボール箱が入っていた。それを運転係の警官と二人で引っ張り出し、地面の上に置いてから蓋を開けた。中には赤いビニールシートを畳んだようなものと、四角い黒い箱が納められている。箱には蓋がついていた。そしてその上に手紙が置いてあった。

『黒い箱の蓋を開け、五百万円を入れよ。蓋を閉じたら、箱の横のスイッチを押し、段ボール箱から離れよ。以上』

「五百万円とは妙ですね」警官がいった。「わざわざ一億円も運んできたのに」

「とりあえず、書いてあるとおりにしてみよう」

パトカーから金を持ってきて、百万円ずつに束ねた札を箱の中に入れてみた。なるほどそこには、札束五個がきっちりと入るようになっていた。

蓋を閉じ、もう一度箱全体を見回してから、野田は横のスイッチを入れた。

その直後、ものすごい勢いで段ボール箱の中からビニールシートが飛び出してきた。野田はびっくりして尻餅をついた。

見るとビニールシートは飛び出したのではなく、中に気体をとりこんで、どんどん膨らんでいくのだった。それは間もなく、直径二メートルほどになった。中のガスがヘリウムらしいことは、それが空中に浮かび始めていることで明らかだった。その風船の下部は、例の黒い箱と繋がっていた。野田たちが見守る中、五百万円を入れた黒い箱は、みるみる上昇していった。

「あれを追いかけるんだ」野田は警官に命じてパトカーに乗り込んだ。

だがそれが不可能だということは、運転手がエンジンをかけた時すでに明らかだった。風船は高く舞い上がり、夜の闇に溶け込んでいた。

「だめです、見当たりません」運転席の警官が、空を見上げて絶望的な声を出した。

野田は急いで、ほかの者に電話をかけてみた。だがここが山中だからか、それとも部下たちのいる場所に問題があるのか、携帯電話は繋がらなかった。

「急いで市街地に出てくれ」野田は運転手に命じた。

複雑な山道を走ってきたために、そこから抜けるには一時間以上を要した。そしてようやく電話が繋がるようになった。最初に繋がったのは、捜査一課長のところだった。

「すみません、やられました」課長は悲鳴のような声を出した。「今、奥利根のあたりにいます。一時間ほど前に、五百万円を風船に持ち去られました」

11

「今日、全国の数箇所で、未確認飛行物体を見たという人が現れました。目撃者の話では、物体は赤や青といったカラフルな球体のようで、かなり上空を飛んでいたということです。また岐阜県の田圃に、ピンク色の気球のようなものが墜落しているのが発見されています。これらの件につきまして、警察のほうからはまだ何の発表もありません」

風船が野田たちの目の前から飛び立って以来、十数時間が経過していた。捜査本部では、風船に関する情報集めに大わらわだった。

「とにかくわけがわかりません」昨夜の奔走でくたくたになり、目の下にクマを作っている捜査一課長が力無く首を振った。「墜落した気球はいくつか見つかっているんですが、どれも現金を積んだものではありませんでした。何者かによって現金だけが持ち去られたというのでもありません。どうやら見つかっているのは、我々が目にしたものとは別物のようです」

「攪乱戦法だよ」野田は机を叩いた。「気球の行方を追われないよう、ダミーの気球をいくつも飛ばしやがったんだ。どこまでもずるがしこいやつらだ」

「自衛隊にも協力してもらって、気球を探してもらいましたが、飛行中のものはとうとう見つかりませんでした」

そうだろうなと野田は思った。空は広い。たかだか二メートルの気球を、そう易々とは見つけられないだろう。

「自衛隊の話では、気流から推定して、今朝未明までに大半は太平洋のほうへ流されたんじゃないかということですが」

「それは動力がついていない場合だろう」

「そうですが……」

捜査員の一人によると、気球が飛び立った時に懐中電灯で照らしたところ、黒い箱の下から、折り畳まれていた小さなプロペラが出てきたということだった。犯人が何らかの方法で気球をコントロールしたことは明白だった。

「例の通信機の出所はわかったか」野田は訊いた。

「現在、全国の業者に問い合わせているところです。メーカーのゼニバコ電産にも当たってみましたが、そちらでは心当たりがないそうです」

「メーカーに訊いてもわからんだろうな」野田は頷いた。「よし、とにかくそのセンで捜査を進めてくれ。何しろ唯一の物証だからな」

「わかりました」疲れた顔で捜査一課長は答えた。


滞在三日目になると、子供たちの表情にようやく活気が戻ってきたようだった。自主的に遊ぶようになり、失敗を恐れなくなった。また秩序も生まれてきたようである。リーダーシップをとる者も出現してきた。ようするに、本来の子供社会が戻ってきたわけだ。

「よかった、よかった。子供はこうでなくちゃいかん。見てみろ、あの顔つき。生き生きとしているじゃないか」オランウータンのマスクをかぶった宝船が、巨大砂場で走り回る子供たちを見ていった。

「しかし、そろそろ家が恋しくもなってきたようだ。昨夜、ユカリちゃんはしくしく泣いとった」福富がいう。

「それも子供らしくていいじゃないか。甘えるのも仕事だ」銭箱がいった。

砂場でトンネルを作り、そこへ玩具の汽車を通そうとしていた健太が、空を見上げていった。「あっ、風船だ」

その声でほかの子供たちも上を見た。「あっ、ほんとだ」

「赤い風船だ」

三人の老人も空を見た。赤い気球が正確に彼等のところへ向かっていた。その少し後ろから、別の青い気球が続いている。

銭箱が懐中時計を取り出した。「思ったよりも早かったな。気流の具合がよかったらしい」

「いったいどういう仕掛けになっとるのかね」福富が感心して訊いた。

「それほど大層なもんじゃない。ここから出す信号に引き寄せられとるだけだよ。電源の軽量化に苦労したが、太陽電池を併用したのがよかった」

「大したもんだ。風船のアイデアは銭さんかね」

「まあな。戦時中に、風船爆弾の設計をしとったのが役に立った」

「あの爆弾は、アメリカに落とすよう設計されたんだろう?」宝船が訊いた。

「そうだ。それに比べりゃあ、本土から数十キロしか離れとらんこんな島に着陸させるのなんて、屁でもない」

やがて西の空から、色とりどりの気球が次々に現れた。気球は徐々に高度を落とすと、遊園地内に落下していった。

「さあみんな、拾っておいで」福富が子供たちに声をかけた。子供たちは元気に駆けだした。

「こっちへ来るよ」

子供たちによって、二十個の気球は無事に回収された。いずれにも、五百万円の札束が積まれていた。五百万円が二十個で一億円だ。

あとはいよいよ子供たちを返すだけだった。誘拐した時と同様、特殊な催眠ガスを使って彼等を眠らせることにした。

「みんな、疲れただろう。この部屋でゆっくり眠るといいよ。目が覚めた時には、おうちに帰っているからね」福富が子供たちにいった。

「またここへ連れてきてね」ベッドの上から男の子がいった。

「ああ、きっとな」

「みんな、家に帰ったら、まず最初に何をやりたい？」ゴリラのマスクをかぶったままの銭箱が訊いた。

子供たちは少し考えてから、声を合わせて答えた。

「お勉強っ」

猿のマスクをかぶった三人の老人は、目を合わせ、小さくため息をついた。

エンジェル

その生物は南太平洋に浮かぶ小島で発見された。見つけたのはアメリカの生物学者だった。彼は何年か前にこの近辺で行われた核実験の影響を調べていたのだ。当然彼はその驚くべき容姿を持った生物と放射能とを切り放して考えることはしなかった。彼以外の生物学者も同様だった。アメリカ政府はこの大発見をとりあえずは極秘とした。そしてその不思議な生き物の正体を学者グループに突き止めさせようとした。

　結論からいうならば、数多くの検査や実験が行われたにもかかわらず、その生物と核実験との繋がりを見つけることはできなかった。同時に、人類にとって有害といえるほどの因子も発見できなかった。アメリカ政府はタイミングをはかり、学者たちに新生物発見の事実を公表することを許可した。

　そのビッグニュースが世界中のネットワークを駆けめぐった時、新生物にはすでに名前がつけられていた。その名前をつけたのは研究グループのリーダーだったが、その命名については殆ど誰も異議を唱えなかった。つけられた名前は、それ以外には考えられないといえるほど的確なものだったのである。

　その新生物の名称は「エンジェル」といった。

エンジェルがはじめて民間人の前に姿を現した時には、その発見から一年以上が経過していた。もちろんそれはブラウン管を通してのものだったが、人々はその不思議な生き物を見て驚愕し、目を疑い、次にはマスコミそのものを疑った。つまりこれは誰かの悪戯か、もしくはテレビ局ぐるみのジョークではないかと考えたのだ。かつてイギリスの新聞社は、ネス湖の恐竜が捕獲されたという記事を載せたことがある。しかしエンジェル発見の報道がなされた日はエイプリルフールではなかったし、そのニュースが流れたのは一日だけではなかった。また報道機関の代表者が、照れ笑いを浮かべながらビッグニュースを訂正するということもなかった。いやじつはご丁寧にもテレビのアナウンサーは、視聴者の疑念を予想して、エンジェルの姿を映しながら次のようにいっていたのである。

「みなさん、このニュースは悪質なジョークではありません。実際にこのような生き物が、私たちの知らないところで生息していたのです。まさに奇跡としかいいようがありません」

ここまでいわれては、視聴者としても画面に映っているものの存在を認めざるをえなかった。そして改めて彼等は驚きの声をあげたのであった。

エンジェルは白い体をしていた。表面はゼリーのようになめらかで柔らかい。体長は大きいもので五十センチほどある。ただし大部分は十数センチというところだった。足は四本。ただし前肢のほうは「腕」と表現したほうがいいだろう。エンジェルは歩行する際には、後肢だけを用いることが多いからである。尻尾はない。

脊椎動物であることは明らかなようだが、ではどの類に属するかというと、学者の間でも意見が割れているようだった。

「これは卵生なのですが、その卵はカエルのものにそっくりです。ただし大きさはピンポン玉ぐらいで、中の核は黒色ではなく白っぽい色をしています。ここまでの特徴を見ますと両生類のように思われますが、幼生はオタマジャクシのようなものではなく、すでに親と同じ形態をしています。何より海に生息しているというのが、両生類でないことを物語っています。両生類は海水の中では生きていけませんから。しかし爬虫類や哺乳類と考えるのにも無理があります。とにかく体の仕組みや各器官が、これまでに例のないものばかりなのです」

以上が某番組にゲスト出演していた学者の言い分である。

「一部の人々の間では、放射能による突然変異で生まれた奇形ではないかという説があるようですが」ニュースキャスターが一般受けしそうな質問を述べた。

これに対する学者の回答は慎重なものだった。

「今のところ、放射能との関連は見つかっていません。エンジェルからは、ほんのわずかな放射線さえも出ていないのです」

次にキャスターは、さらに一般視聴者が喜びそうな質問を発した。

「宇宙から来た生物である可能性はどうですか」

だがこれについても理知的な顔つきをした学者は、吹き出すことも、怒りだすこともなく淡々とした口調で答えた。

「その可能性も少ないと思われます。エンジェルの体を構成している物質を、分子レベルにまで分割して調べてみましたが、地球外の物質は確認できませんでした」

「そうすると」キャスターはもっともらしい顔をして、乱暴な聞き方をした。「結局これは何なのですか」

「現在遺伝子について調べているところですが、深海魚から進化したものではないかという説が有力です」

「深海魚ですか」

「そうです。しかしなぜこのような姿に進化したのか、それは全く謎なのですが」そういって学者はモニターに映っている生き物を見た。

エンジェルには顔があった。いや学者によると、それは顔ではなく頭部の突起なのだそうである。エンジェルには目も鼻もなく、あるのは口だけである。その口の上にある凸凹が、まるで目や鼻のように見えるだけなのだ。さらにその上には、まるで髪の毛のような模様があった。そしてそれらすべてによって構成された「顔」は、あの伝説の天使そのままだった。白い柔らかそうな胴体も、まるで人間の赤ん坊を思わせるところがある。さらにもう一つ、大きな特徴があった。深海魚時代の名残(なごり)か、彼等には小さな鰭(ひれ)がついていた。それは背中に二枚、まるで羽のように並んでいた。

エンジェルを日本で最初に一般公開することに成功したのは、大阪の某デパートだった。すでにニューヨークやロンドンでは公開されており、大阪は世界で三番目ということになる。この時点でエンジェルの捕獲に成功していたのはアメリカだけであり、捕まったエンジェルはすべて専門の研究所で厳重に管理されていた。だからそれを見せ物にするにしても、まずそこから借りてこなければ話にならないのだった。そして借りるには法外な契約金と、うんざりするほど煩雑(はんざつ)な手続きが必要だった。大阪のデパートがうまくいったのは、契約金以上の金を裏ルートに使ったからにほかならない。本当は先にパリで公開されるはずだったエンジェルを、大阪商人が強引に横からぶんどったというのが真相である。

しかしフランス政府を怒らせただけの価値はあったといえるかもしれない。エンジェルを公開したそのデパートは、世にも不思議な生き物を一目見ようとする客で連日超満員となった。

「立ち止まらないでください、立ち止まらないでください。ご覧になられましたら、すみやかに前の方に続いて進んでください。はい、列を乱さないで。二列になって、進んでください」

係員はメガホンを手に怒鳴り続けた。またガードマンは、カメラを隠し持った輩がエンジェルを撮影しないよう目を光らせた。そういう者を発見した時には、即座にカメラを取り上げ、フィルムを抜き取るという徹底ぶりだった。

こういった扱いに客たちはぶうぶうと文句をいったが、ガラスケースの前に来ると誰もが不平を口にしなくなった。それほどエンジェルは見る者の心をとらえた。

この時ケースの中にいたのは二匹のエンジェルである。一方は体長が三十センチほど。もう一匹はその半分くらいの大きさだった。ケースの中には海水が入れられており、小さいほうは大抵水の中にいた。その際背中の羽に似た鰭を動かして、ふわふわと天使が飛ぶように移動した。大きいほうのエンジェルは、模型の岩場に上がり、ガラスケースの壁面に両手をついて、観客たちのほうを見て不思議そうな顔をしていることが多かった。もっとも彼等には目がないから、実際には見ているということはないのだが。

エンジェルを見て最も熱狂したのは若い女性客だった。彼女らがガラスケースの前に立った時に発する言葉は二つに限定できた。一つは「かわいい」であり、もう一つは、「あたしもほしい」だった。

この後しばらくすると、全国のあちこちでエンジェルが公開されるようになった。比較的容易に捕獲されるようになったということと、その生態については依然として謎が多いものの、一応飼育のためのノウハウは確立されたということが、その大きな理由だった。

「超話題のエンジェルきたる！」

こんなふうに銘打ったレジャーランドや動物園のポスターが、全国どこででも見られるようになった。そしてそのようになるとお決まりのパターンで、最初ほど人々は熱狂しなくなる。次第に客寄せとしての威力は減退していった。

しかしエンジェルがエリマキトカゲのような運命を辿ることはなかった。その理由は、彼等の特異な容姿にあった。どんなに説明されても、一般の人間たちには、彼等の頭部にあるものは顔にしか見えなかった。しかも人間の赤ん坊の顔に酷似していた。いや正確にいうならば天使の顔ということになる。そして彼等の胴体や手足の様子もまた、よく絵本などに登場してくる天使そのものだった。あまりにも似ているので気味が悪いという人間も少なくはなかったが、多くの人々は愛らしいという印象を抱いた。

このような特徴を持つ動物が、一時のブームだけで忘れ去られるということはありえなかった。彼等は不特定多数の人間の見せ物から、ごく限られた人間にだけ愛される立場へと昇格した。つまりペットという新たな道に踏み出したのだ。一番最初にエンジェルをペットにしたのは、某ハリウッド女優だった。彼女はアメリカの某上院議員の愛人でもあった。

最初は芸能人などのペットとして珍重されていたエンジェルだが、次第に一般人たちの間でも飼われるようになっていった。人工的に繁殖させることが可能になったため、入手がそれほど困難ではなくなったからだ。

人気の秘密は、無論最初はその愛らしい外観だった。だがやがてそれ以上に、このペットを飼うと大きなメリットがあることに人々は気づいた。それは学者たちはすでに知っていることだった。じつはエンジェルは、従来の動植物とは全く異質なものを食べる習性があるのだが、その餌というのが、人間が常々処分に困っていたものだったのである。つまりプラスチックだ。

どういうわけかこの白い天使はプラスチックやビニール類を食べた。発泡スチロールも食べる。ラップも食べる。

以下は、狛江市に住むある小学四年生の男の子が夏休みに書いた日記の一部である。文中、「たばてぃ」というのは、男の子の飼っているエンジェルの名前だ。

「八月二日　はれ　ペットショップで買ったエサがなくなったので、実験のつもりで、たばてぃの水そうにぼくの古い三角じょうぎをいれてみました。たばてぃはちょっとの間何もしなかったけれど、そのうちに三角じょうぎを両手で持ちました。するとたばてぃの体から、ぬるぬるとした油のようなものが出てきました。その油がつくと、三角じょうぎはぐにゃぐにゃになりました。それをたばてぃはクレープを食べるみたいにして、むしゃむしゃと食べてしまいました。次にぼくは台所へ行って、ごみ箱の中からカップラーメンのいれものをひろってきて、水そうにいれてみました。たばてぃはそれを持ちましたが、今度はぬるぬるした油は出てきませんでした。たばてぃはそのままおせんべいみたいに、ばりばりと食べました。ぼくはビニール袋もいれてみました。これもあっという間に食べてしまいました。」

この日記にヒントが隠されているように、人々はこの新しいペットに、不燃物処理の働きがあることを見つけたのである。増え続けるゴミについては、日本だけでなく世界中の国々が頭を痛めていた。エンジェルは、その問題を解決する救世主とさえいえた。事実各地で、ゴミ処理にエンジェルを用いる方法を検討し始めていた。

このように、エンジェルはものすごい勢いで、人間の生活に入り込んでいった。もはや全く珍しい動物ではなくなったのである。

となると、必ず現れるのが次のような人間である。

「よう、なんか食うものないのか。腹が減っちまったよ」
「何もないよ。食べものを買う金がないんだ。そんなふうに押入れを探したって無駄だよ」
「ちっ、ほんとに何もねえな。あー、腹が減った。おい、おまえ、そんなに金がないのに、どうしてエンジェルなんか飼ってるんだよ」

「俺が飼ってるんじゃないよ。隣の人のを預かってるんだ。一週間ほど旅行に行くからって」

「ちぇっ、自分の食うものもないのに、おまえもよくやるぜ」

「だってこいつは、そのへんのゴミを食わしておけばいいもの」

「らしいな。ふうん、かわいい顔してら。女の子みたいだな」

「エンジェルは両性具有なんだ。雄も雌もないよ」

「そういえば男の天使とか女の天使とかいわないな」

「まあそうだけど、これは深海魚から進化した動物で、伝説の天使とは関係ないよ」

「おっ、羽を広げた」

「それは背鰭なんだけどね」

「結局は魚みたいなものってことか。ふうん、へええ、ほおお」

「なんだよ、妙な笑いかたをして」

「なあ、おい、これ食えないのかな」

「げっ、気色の悪いことというなよ」

「なんでだよ。魚なんだろ。だったら食えるはずだ」

「そうかもしれないけど、この姿を見たら、ふつう食えないぜ。あっ、おい、何するんだ。

水槽に手なんか突っ込むなよ。あーあーあー」

「ほほお、エンジェルってのはこういう手触りなのか。コンニャクみたいだな。カエルのようでもある。おい見ろよ、この太股のあたりなんか旨そうだと思わねえか。それからぽってりした腹も、脂がのってそうだ。ううう、もうたまらねえや」

「お、よせよ。預かりものなんだぜ。そいつに何かあっても、弁償する金がないんだ」

「野良猫に食われたっていえばいいじゃねえか。とにかく俺はもう腹が減って死にそうなんだ。よし、俺が一発こいつを料理してやる」

「やめろよ。やめてくれよ。わーわーわー、包丁を出してきやがった。本気なのか。マジなのかよ。まな板に載せてどうする気だ。えっ、いきなり首を落とすのか。よせよ、そんな残酷……わっ、やっちゃった。とうとうやっちまいやがった。人殺し、いや天使殺しめ。なんだ？　何を探してるんだ？　首がどっかにいったって？　ぎゃっ。ここだよ。ここに落ちてるよ。拾ってくれったって、そんなことできないよ。うへえ、恨めしそうな顔してるよ。睨んでるよ。いや、だから、睨んでるみたいに見えるんだよ。なまんだぶ、なまんだぶ。天使だからアーメンか。どっちだっていいや。とにかくもうやめようぜ。うわっ、腹を切りやがった。何か出てくるじゃないか。どろどろしたものが。ひいい、内臓だぜ、それ。あっ、今度は足を。あっあっあっ。もうこんなにばらばらにしちまった。げっ、生のままで口に入れやがった。え？　なんだって？　旨い？　うそつけ。そんなものが旨いはずないよ。食ってみろって、そんなの俺には無理だよ。食えないよ。本当に旨いのか。担いでるんじゃないのか。うそだったら怒るからね。もぐもぐ。……えーと。もう一切れ食べてみよう。むしゃむしゃ。へええ、ほほお、なるほどねえ。うん、まあ、たしかにいけるな。フライパン？　炒めるのか。いやそれより、串刺しにして軽くあぶったほうが……。そうそう。いい匂いだ。醤油つけて食べてみよう。はふはふ。……おおっ、これは旨いっ。肉でも魚でもない味だ。適度に脂がのってて、そのくせ全然しつこくない。口に入れた途端、風味が広がりだして、それがピークに達すると同時にエンジェルの肉も舌の上でとろけるという感じだ。あっ、こいつ、尻の肉をこっそり食ってやがる。俺にも一口食わせてくれよ。もぐもぐ……うーん、最高だ。世の中にこんなに旨いものがあったのか。だけど弱ったなあ、問題は飼い主にどう説明するかだよなあ。えっ、何？　頭もおいしいって？　じゃあちょっと一口……」

エンジェルを優れた食材としてとらえたのは、主に東洋人だった。特に日本人の積極性は群を抜いていた。彼等はすぐにエンジェル料理が金になることを発見した。最初はゲテモノ料理店でしか食べられなかったが、すぐにふつうの店のメニューに並ぶようになり、やがて専門店まで登場した。この食材の素晴らしい点は、和食でも洋食でも中華でもメイン料理になりうるところだった。

「今夜はお客さんの接待で天使鍋を食べに行くんだ」
「へえ、いいな。あたし、エンジェルの頭の部分が好きなの」
「あの巻き毛模様のところかい。ふうん、なかなかの通だねえ」
「歯ごたえがいいのよね。天使のかわいい顔を見ながら、頭をがぶりとやる時の感触って、最高っ」

こういう会話がオフィスの廊下で交わされることも珍しくなくなった。

だがいいことばかりではない。たとえば日本政府のところへは、日本人はエンジェルを食べているというニュースが世界中に流れた翌日から、抗議の声が殺到していた。

「なんという残酷なことを。それでもおまえたちは人間なのか」
「天使を食べるとは、神への冒瀆だ。悪魔め」
「あんなかわいい子たちを、切り刻んで食べるなんて、とても信じられません。私たちは嘆き悲しんでいます」

そしてついに国際会議が行われることになった。議題は要するに、「エンジェルを食ってもいいのかどうか」である。

「食べても人間に害のないことはわかっていますし、調査によりエンジェルの数が減っていないことも判明しています。だったら、食べても問題ないのではありませんか」これが日本政府の意見。

「そういう問題ではない。万物の霊長たる人間が、自らの姿に酷似した動物を、何の抵抗もなく食べるという行為が異常であるといっておるのです」これが反対派の代表的意見である。欧米の意見といってもいい。彼等が反対する理由に、宗教上の問題が大きく関わっていることは明らかだった。

「酷似しているといっても、たまたま似ているというだけで、我々人類とは何の関係もない生物です」日本代表は負けずにいった。「エンジェルに知性はありません。あるとしてもカエル程度です。あなたがたの国でもカエルは食べるじゃありませんか」

「カエルとエンジェルとは違う」

「何が違うのですか」

「その姿を目にした時の、こちらの気持ちが違う。我々はエンジェルの姿から聖なるものを感じとることができる」

「それはそちらの勝手でしょう。日本人はエンジェルを見ても、菓子メーカーのトレードマークぐらいしか思い浮かべんのです」

「だから日本人には国際感覚が欠如してるといわれるのだ。あんたらだって、お釈迦様(しゃかさま)にそっくりな生き物がいたら、食べる気にはならんだろうが」

「いやあ、旨けりゃ食いますよ」

「クレージーだっ」

こういったやりとりが、何年にもわたって繰り返された。そしてついに票決の時が来たのである。エンジェルを食べることは是か非か。

結果は反対票が多数を占めた。エンジェルは特別保護動物に指定され、この時よりそれを食用とすることは一切禁止された。

新たな展開のきっかけとなる事件はヒューストンで起きた。

主人公はある電子部品メーカーの経営者である。メーカーとはいっても、下請けでIC基板を作っている町工場だ。

誰よりも早く出社することを習慣にしている彼は、その日も朝早くから一人で工場の中を点検して回った。そうして、もっと合理化できるところはないか、考えるのだ。

彼の足は倉庫に向いた。そこには、この日親会社に納入する予定のIC基板を詰めた段ボールが積み上げてあった。納期の厳しい仕事だったが、どこよりも早く納入してみせますと豪語して、獲得した仕事だった。無事に間に合ってよかったと安堵していた。これが遅れるようなことになったら、今後仕事を回してもらえなくなるおそれがあった。

倉庫に入る時、足元で何かが動いた。それは一匹のエンジェルだった。おかしいなと彼は思った。どこから入ってきたんだろう。最近あちこちで野生化しているという話を、彼は新聞で読んで知っていた。

やがて彼はおかしな音に気づいた。シャキシャキシャキという音だ。彼は倉庫の明かりをつけた。十秒ほど彼はそのまま立ち尽くしていた。その後、悲鳴をあげた。

天井高くまで積み上げられた段ボール箱に、何十何百というエンジェルが群がっていた。彼等は箱を開け、中にあったＩＣ基板をばりばりと貪っていた。床には基板についていた電子部品の、主に金属破片が散らばっていた。

この日二番目に出社したのは経理を担当している女性だった。彼女は自分の職場に向かう途中、怒号とも悲鳴ともつかぬ声を聞いた。それは倉庫から聞こえてきた。彼女はおそるおそる倉庫の前まで行った。そしてそこに広がる光景を見て声をあげた。これはまぎれもなく悲鳴だった。

工場の社長が、野球のバットでエンジェルを叩きつぶしていた。しかも一匹や二匹ではない。数十匹のエンジェルを段ボールに入れ、そこへ力まかせにバットを振り下ろすのだ。鈍い音と共に、白い半透明の肉や体液が飛び散った。社長の服も顔も、ずるずるに汚れていた。彼は目の前のエンジェルたちをすっかりつぶしてしまうと、倉庫の中へ入り、またエンジェルが数十匹入った段ボール箱を台車に載せて出てきた。そしてさっきと同じことを始めた。エンジェルたちの首が手が足が、四方八方に散った。

最後には彼はエンジェルの死骸に火をつけた。その頃には他の社員も出社しており、呆然と経営者の行動を見つめていた。誰も彼を止められなかった。

「とにかく無我夢中だったんだ。自分の生活と会社を守ることで頭がいっぱいだったんだよ。あいつらは俺の大事な商品を、半分以上食っちまいやがった。これで取引はパアになると思った。そう思ったら、もう我慢できなかった。ああ、知ってるよ。あいつらが特別保護動物ってことはね。だけどそれが何なんだ。こっちにだって生活がある。あいつらが天使だって？　冗談じゃないよ。あいつらは悪魔さ。後悔なんかしてない。今度また食いやがったら、また殺す。全部焼き殺してやる」工場経営者の、正気に戻ってからの言葉だ。

後に判明したことだが、工場経営者が殺したエンジェルの総数は、約三百匹だった。工場から南に三キロほど進んだところにガソリンスタンドがあるが、そこで繁殖したものと考えられた。そこのガソリンタンク内に、まだ二百匹あまりのエンジェルが残っていたこと、付近の民家でもテレビやパソコンが食べられるなどのエンジェルによる被害が出ていることが、その根拠である。

プラスチックやビニールなどの石油化学製品を食べるエンジェルが、石油そのものを好んで摂取することは、すでに知られていることだった。しかも石油を飲んだエンジェルの繁殖能力が、通常の十倍近くになるということも、専門家の間では常識になっていた。それでもこれまでヒューストン事件のようなことが起きなかったのは、彼等が基本的に水生であり、長時間陸を移動することはなかったからである。だがこの事件を詳しく調査した学者たちは、エンジェルの中に、陸上生活に適した進化を遂げ始めている種がいることを確認した。野生化しているのは、すべてこの陸生エンジェルと考えられた。

次に同様の被害が出るまでに、一か月は要しなかった。全米の各地で、同じようにプラスチック製品が大量に食べられるという事件が発生した。その際申し合わせたように、エンジェルは近所のガソリンスタンドに巨大な巣を作っていた。

被害はアメリカ大陸にかぎらなかった。石油化学製品にあふれた国ならどこでも同様の事件が起きた。たとえば日本では、エンジェルを使って不燃物処理を請け負っていた会社のオフィス機器が、一晩ですべて彼等の餌になるという事件が起きた。また電線の被膜が食われ、あちこちで漏電や停電が発生した。プラスチックを使った家の壁なども、ことごとく食われていった。

やがてアメリカ政府は、この厄介な天使たちが、とんでもないところで異常繁殖していることを突き止めた。その場所は油田だった。

各国の首脳が集まり、緊急対策会議が開かれた。その場で確認されたことは、エンジェルを人類史上最悪の有害生物とみなすことであった。彼等を特別保護動物に指定してから、十年もたっていなかった。

世界各地で大規模なエンジェル駆除が行われた。ある時には火炎放射器が使われ、またある時にはレーザー光線まで登場した。国民に、エンジェルの首と交換で奨励金を出す国も現れた。こうなってくると、当然エンジェルを食べることも問題はない。しかし日本人たちが喜んだのも束の間だった。異常繁殖した陸生エンジェルは、肉が固いうえに、ガソリン臭く、とても食べられたものではなかったのだ。旨いのは、今では少なくなった水生エンジェルだけである。これが生息しているのは、南太平洋のごくかぎられたエリアだけだった。そしてここで水生エンジェルを捕らえることは、動物保護団体や環境保護団体の圧力によって、未だに禁じられていた。

陸生エンジェルのほうは、各国が苦労しているにもかかわらず、一向にその数の減る気配がなかった。有効な駆除剤を発見することができず、つぶす、焼き殺すといった原始的な手段しかなかったからである。このままでは地球上の石油化学製品が連中に食い尽くされてしまう、そんなことも囁かれ始めた。

が、事態は突如変わった。

解答を見つけたのはフランスの放射能研究グループだった。彼等はもともと放射能除去剤の開発に取り組んでいた。二十世紀後半から地球全体に溜まり始めた放射能を、なんとか除去しなければならないというのも、この時代の科学者たちの課題だったのである。

試作された放射能除去剤は、小型爆弾の形で世界のいくつかの地点で撒かれた。その結果見事に放射能が減ったのだが、同時に驚くべき作用も見つかった。その地点に生息していたエンジェルを駆除できたのである。

放射能を取り除ける上に、有害生物を退治できる。これはまさに夢の発明といえた。ブルーアースと名付けられたこの放射能除去剤は、エンジェルに悩まされている国々にとって救世主となった。やがてあれほど大量繁殖した天使たちは、すっかり姿を消した。そして残ったのは、南太平洋に棲(す)む水生エンジェルだけだった。

環境保護団体はいった。「南太平洋にもブルーアースを投下すべきである。そして放射能のない、美しい地球を取り戻すのだ」

動物保護団体はいった。「エンジェルエリアに投下することは断固反対する。もはや絶滅の危機に瀕(ひん)している水生エンジェルを、完全に失うことになる」

「しかしあそこにだけ大量の放射能が残留しているというのは、環境上問題である」

「貴重な生物を、人間の勝手で滅ぼしてはならない」

研究の結果、エンジェルが生存するには放射能が必要であることがわかっていた。二十世紀に頻繁に行われた核実験などにより、放射能濃度が高まっていたため、彼等は繁殖することができたのである。彼等が海底の地下核実験の影響で、深海生物から突然変異を起こして誕生したというのは否定できなかった。

「余分な放射能を地球から取り除かねばならない」

「人間には他の生物を守る義務がある」

彼等の議論はいつまでも決着を見なかった。

地球から七十八万光年離れたある惑星での会話。

「例の星で、また少し生態系に変化があったようだ」

「ほう、どんな変化だ」

「放射性物質の量が、いったん減少した。主生物が除去したらしい」

「なるほど。シミュレーションのとおりだな」

「うん、ここまですべて予想どおりだ。新生物に対する主生物の反応もそうだった」

「あの星の主生物の、これまでの行動パターンを分析すれば、簡単に予想できる。彼等は自分たち以外の生物を大切にしようというポーズをとってはいるが、実際には極めて気まぐれで自分勝手だ。自分たちのプラスになるかマイナスになるかで、その生物の存続を決定しようとする」

「環境についても同様のことがいえそうだな」

「そうだ。彼等が最優先する環境とは、自分たちが快適に住める条件のことだ。だから放射性物質を除去しようとするんだろう」

「馬鹿げたことだ。自分たちで放射能を作り出しておいて」

「彼等があの星を放射能だらけにするのは、宇宙的に考えれば、ごく自然なことなんだがね。そうそう、彼等がプラスチックと呼ぶ合成物質だらけにするのも」

「旧生物が、そんなふうにしてそれまで存在しなかった物質を作り出し、新生物たちが快適に生きていける環境の下拵えをする。そういうタイプの支配者交代は、広い宇宙ではよくあることなんだがね。まあ彼等自身にはわからんだろうな」

「今は必死で延命をはかっているところさ。放射能除去は最後のあがきだな」

「シミュレーションではこのあとどうなるんだ」

「ある時期を境に、また放射能の撒き散らし合戦が始まる。そして今度は除去する余裕もなく彼等は滅びる」

「そして新生物の時代が到来か」

「その時には、新生物にとって快適な環境になっているというわけさ」

「その頃あの星はどんな色になっているんだろう」

「たぶん赤色だな」

「新生物たちはその色が、あの星の本来の色だと考えるんだろうな。今の主生物たちが、星が青いのを正常と考えるように」

「あの星自身にとっては、青かろうが赤かろうが、どうでもいいことだ」

「まったくね」

手作りマダム

午後一時五分前に、安西静子は自宅を出た。目的地は五分あれば行けるところだし、また約束の時刻よりも早目に着いておこうと思うようなところではなかった。月に一度のおつとめだ、と静子は考えていた。そうとでも思わなければ、あんな憂鬱な時間を過ごせるものではない。

静子は、分譲地を東西に横切る道を、あまり軽いとはいえない足取りで歩いた。

このニュータウンには、三百以上の家族が住んでいる。だがそれらの世帯主の大部分が、じつはＡＢＣ電機という家電メーカーの社員たちであった。その会社へは、ここから車で十数分で行け、実質的にそこの社員のために、この土地の開発が行なわれたといっても過言ではなかった。

無論静子の夫も、ＡＢＣ電機に勤めている。研究開発部という部署で、最近ようやく部下を持てる身分になったところだった。

家を買ったのは一年前だ。念願の一戸建てを手に入れたことで、当初静子は浮き浮きした毎日を送っていた。

富岡夫人のティーパーティというものの存在を知ったのは、引っ越してから一か月ほどが過ぎた頃だった。教えてくれたのは、やはりこの分譲地内に住み、夫がＡＢＣ電機でＩ

C設計課長をしている、鳥飼フミエという女性だ。

　富岡夫人というのは、名前を貞子といって、ＡＢＣ電機の富岡重役の妻である。そして富岡重役は、研究開発部とＩＣ技術部の責任者だ。つまり静子やフミエにとって富岡夫人は、「夫の上司の奥さん」ということになる。

　その富岡夫人が月に一度、「夫の部下の奥さん」を集めてティーパーティを催すから、あなたも来ないかというのが、鳥飼フミエの話だった。

　面倒臭いなと、その話を聞いた時に静子は思った。上司との付き合いなんて、会社内だけで充分じゃないか、どうして私生活でも煩わされなくちゃいけないんだと、反発さえ覚えた。夫も、そんなところには行かなくていいといってくれた。

　しかし結局静子は、その次の集まりから参加するようになったのだった。夫の印象を良くすることに、少しでも貢献できればと思ったのだ。

　だが今静子は、参加したことを強く後悔している。最初から出なければ、印象を良くすることもないだろうが、悪くする心配もなかったのだ。下手に参加し始めたばっかりに、途中でやめにくくなってしまった。

　これからあと何年、あの集まりに出なきゃいけないんだろう——それを考えると心が重くなった。マンガに描けば、今の自分の額には斜線が入っていることだろうと静子は想像した。

富岡邸の応接間には、すでに四人の奥さんが来ていた。鳥飼フミエ、町田淳子、古川よしえという顔ぶれはいつもどおりだが、もう一人の若い女性を静子は知らなかった。鳥飼フミエから、田中ヒロミさんよと紹介された。先月引っ越してきたばかりで、今日初めてこの集まりに参加するのだという。

「よろしくお願いします」田中ヒロミは頭を下げた。

「こちらこそ」静子は微笑みかけながら、また一人犠牲者が増えたと思った。

富岡貞子がやってきて、壁の時計と、全員の顔を見比べた。

「山田さんと佐藤さんがまだお見えになっておられませんようね」縁なし眼鏡の奥の目が、心なしか光ったようだ。

鳥飼フミエが、背中をぴんと伸ばして重役夫人のほうを向いた。

「あー、あの、山田さんはですね、親戚に御不幸があったとかで、あの、それでお休みさせていただきますとのことでした。とても、その、残念がっておられました」

「ああらそうなんですの。それは大変でございますわねえ」富岡夫人は、途端に気の毒そうに眉を寄せた。「御親戚って、どの程度の繋がりがある方なんでしょう。主人はそのことを存じ上げておるんでしょうか。場合によっては、弔電だけでも打たせていただきませんと」

「いえ、あの、遠い親戚で……あ、でもお葬式には出なきゃいけない程度の親戚で……ですからとにかく、弔電とかそういうお気遣いは無用ですとのことでした」鳥飼フミエは、しどろもどろになりながら、ようやくこれだけのことをいった。

「さようでございますか。そういうことでしたら、弔電は控えておいたほうがよろしいかもしれませんわねえ。ええと、それで佐藤さんは？」

「佐藤さんはお子さんが熱を出したとかで、それでお休みです」こう答えたのは、佐藤家の隣に住んでいる町田淳子だ。

「あら、風邪なんでしょうか」

「だと思います」

「今年の風邪はたちが悪いといいますものねえ。では後で、お見舞いに伺わせていただきましょう。お菓子でも持って」

夫人の言葉に、町田淳子はあわてた。

「いえその、それほどひどくはないから心配はいりませんと、佐藤さんが……」

「そうですか。でも、風邪は油断しちゃあいけないんですけれどもねえ」

夫人は考え込んでいる。そのようすを見ながら、きっとこの人は見舞いに行くだろうと静子は思った。『手作り』のお菓子を持って。

富岡夫人による『出欠取り』が終わると、いよいよティーパーティの始まりだ。静子たちも手伝って、紅茶や菓子を運んだりする。

今日の菓子はシフォンケーキだった。

「なかなかうまく焼けたと思うんでござあますのよ。息子たちも、おいしいおいしいって、いってくれましたし」

夫人は胸を張っていう。静子は微笑み返しながらケーキをフォークで切ってみた。その瞬間に、なんだこれは、と思った。スポンジのようにふわふわしているのがシフォンケーキの特徴なのに、ところどころごわごわしたところがある。混ぜ方が悪い上に焼き過ぎなのだと、即座に静子は判断した。口に入れてみたが、当然のことながら舌触りが悪い。

「まああ、おいしい」ところが鳥飼フミエが、静子とは全く逆の感想を述べた。「柔らかくって、口の中で溶けるみたいですわ」

夫人は目を細め、「そうでございましょう？　古川さんはいかがかしら」と、この中では特に菓子好きな古川よしえに尋ねた。

「ええ、あの、おいしいです」古川よしえはぎこちなくそういった後、「ねえ」と、静子のほうに同意を求めてきた。

「ええ、とても」と、静子は仕方なくいった。

富岡夫人は期待通りの反応を得られて、すこぶる満足そうに紅茶を飲んでいる。

その時、それまで複雑な顔つきでケーキを食べていた田中ヒロミが、「あっ、そうだ」

といって、傍らに置いていた小さな紙包みを前に出した。「あたし、今日はクッキーを焼いてきたんです。よろしかったらどうぞ」そして紙包みを広げた。

一瞬、部屋の空気が張りつめた。誰もが黙り込み、お互いの顔色を観察し、最後に夫人の表情を窺った。夫人は口元は笑顔のままだったが、眼鏡の向こうの目に険しい光が宿っていた。静子は下を向き、新参者の田中ヒロミを心の中で罵った。なんていう余計なことをしてくれるのよ――。

気まずい沈黙を破ったのは富岡夫人だった。

「ああら、そうなんですの。これをあなたが。まああ、上手に焼いておられるわねえ。じゃあみなさん、せっかくですから、いただきましょうよ」

「ええ、どうぞ」雰囲気が悪くなっていることに気づかない田中ヒロミが、紙包みをテーブルの中央に押し出した。

「じゃあ一つだけ」おそるおそるといった感じで町田淳子が手を伸ばす。

「あたしも一つ」

「あたしも……」

「いただきます」静子も一つ摘んでかじった。

おいしいわ、と彼女はすぐに思った。サクッとしていて、適度な甘さがレモンの香りと共に口の中に広がる。そういう感想を、しかし彼女は田中ヒロミにはいえなかった。少なくともこの場では口に出せなかった。

「あの、いかがでしょう?」誰も何もいわないからだろう、田中ヒロミが心配そうに訊(き)いた。

「そうねえ、まあまあなんじゃないかしら」鳥飼フミエがいった。「これはこれで、おいしいと思うわよ」

「うまく焼いてあるわよね」と町田淳子。

「そこそこだと思いますわ」と古川よしえ。

皆の感想がどことなく歯切れの悪いものばかりなので、田中ヒロミは不安になったようだ。自分でも食べてみて、浮かない顔をしている。自分としては会心の作のつもりなのに、という顔だ。そんなヒロミが、静子はちょっと気の毒になった。

「クッキーといえば」鳥飼フミエがいった。「先日いただいた、奥様のクッキーは最高でしたわ」

奥様というのは、もちろん富岡夫人のことである。夫人は田中ヒロミのクッキーを食べた後、ずっと厳しい顔で沈黙していたのだが、この一言で再び相好を崩した。

「ああ、あれ。あれならございますわよ。お召し上がりになられます?」

「ええ、ぜひ」そういってから鳥飼フミエは、ねえ皆さん、と他の者にも賛意を求めた。

全員が曖昧(あいまい)ながらも頷(うなず)いた。

富岡夫人が弾んだようすで応接間を出ていった。残った者は、じとーっと黙ったままだ。田中ヒロミは、ぼそぼそと自分のクッキーを食べていた。

夫人が籐で作った小さな籠を持って戻ってきた。

「さあ、どうぞ」

籠の中には焦げ茶色のクッキーが、ぎっしりと入っていた。この人は一体何を考えて、こんなにたくさん焼いたのだろうと静子は不思議に思った。

いきがかり上、そのクッキーを食べざるをえなくなり、静子は一つを口に入れた。ゴリッという、まるで軽石を嚙み砕いたような歯応えと共に、強烈な甘さが舌に広がった。クッキーの甘さではなく、砂糖そのものの甘さだった。静子は思わず紅茶に手を伸ばし、口の中のクッキーを流し込んだ。見ると、田中ヒロミや古川よしえも、ティーカップを口に運んでいた。

「ほんとに」と鳥飼フミエが口元を手で覆いながら言った。「奥様のクッキーは最高ですわ。ねえ」

同意を求められた町田淳子が、あわてたようすで首を縦に振った。「ええ、ほんとに。上品な味で」

「格調が感じられますものねえ」と古川よしえもいう。

静子は、この味が上品で格調高いなら、もんじゃ焼きだって懐石料理だと思ったが、黙って頷いていた。田中ヒロミのほうをちらりと見ると、彼女は不満そうな顔をしている。余計なことを口走らなければいいがと静子はひやひやしたが、さすがに世間知らずの小娘というわけではないので、仏頂面をしつつも唇は閉じていた。

「あの、この籠もやっぱり奥様が？」町田淳子がクッキーの入っている籠を掌で示しながら訊いた。話題をクッキーから離そうと考えたらしい。

富岡夫人の顔が、ぱっと輝いた。

「そうなんですのよ。うふふ、あまり出来栄えがよくないものですから、お恥ずかしいんですけども」

「出来栄えがよくないなんてこと、全然ありませんわ。お店でお求めになったのかと思ったぐらいですもの」

「そうですか。そういっていただけると、ほっとしますわ」夫人は眼鏡をかけ直し、改めて町田淳子を見た。「でもね、お店で売っている品物が、必ずしも良いものだとはかぎらないんですのよ。こういった籠なんかでも、どこかしら手抜きをしてあるものでしてね。やっぱり手作りが一番ですわ」

「ええ、それはもう。はい。そうでしょうとも」町田淳子は、やや焦ったようすで調子を合わせていた。

「ああ、そうそう。わたくしったら、肝心なことを忘れておりましたわ」富岡夫人は胸の前で両手を組み、丸い身体を左右に揺すった。「皆さんにお渡ししたいものがございますんですのよ」

「まあ何かしら」鳥飼フミエが即座に反応して、うれしそうな声を出した。

静子はうんざりした気分になり、町田淳子や古川よしえの表情を盗み見た。彼女らも、口元は笑っているが、目に不安そうな色を浮かべている。

いったん応接間を出た夫人が、布の束のようなものを抱えて戻ってきた。テーブルに置かれたそれは、幅三十センチ、縦二十センチほどの布を縫ったものだった。いろいろな柄の布を繋ぎ合わせてあるところをみると、パッチワークしたつもりらしい。

それにしても、と静子は思った。それにしてもなんという趣味の悪い配色、センスの悪い配列、そして下手くそな縫い方。

「あら、ずいぶん華やかな、ぞう……」

静子の隣に座っている田中ヒロミが、そこまでいって言葉を切った。切ってくれて助かったと静子は思った。たぶん彼女は、「雑巾」といいたかったに違いないからだ。だがこれが雑巾であるはずがなかった。たとえそれにかぎりなく近くても、夫人としては皆に雑巾を配るつもりはないはずだった。

幸い田中ヒロミの声は夫人の耳には届いていないようだった。夫人は鼻の穴を膨らませ、雑巾にしか見えないものを一枚手にとっていった。「ランチョンマットって、なかなか良いものがございませんでしょう？　それでわたくし、自分で作ってみましたの」

全員が一瞬息を飲んだようだった。静子も声を出せなかった。これがランチョンマットだって？　じゃあ、この趣味の悪い布の上に食器を置いて、食事をしろというの？　この雑巾をダイニングテーブルの上に並べろと——。

「まああ、素敵」鳥飼フミエが頓狂な声を出した。「素晴らしいですわあ、奥様。まるで全員の思いを吹き飛ばしてしまおうとするかのような、大きな声だった。わたし、前々からランチョンマットが欲しかったんですけど、いいものが見つからなくて困っていたんですの。こういう、その、なんというか、品の良いものって、ありませんものね」

「さようでございましょう？　それでわたくし、きっと皆さんに喜んでいただけると思って、ゆうべ遅くまでかかって作ったんですのよ」

「そんなこと、わざわざしていただかなくても」静子はいった。本音である。

「好きでしていることですから、どうかお気になさらないでくださいな。さあ、皆さんで好きなのを選んでください。ええと、町田さんのところは御家族が五人でいらっしゃいますから五枚ですわね。じゃあ、これとこれと、ええとこれなんかいかがかしら」

夫人は自分の作品を、次々と押しつけていく。静子も、欲しくもないランチョンマットを、四枚ももらうことになってしまった。

悪い人ではないんだろうけれど、これにはまいるな、と静子は思ってしまう。要するにこのティーパーティというのは、富岡夫人の手作りの品を褒めるだけの集まりなのだ。それも上手なら、客としても楽しいし、褒め甲斐（がい）もある。しかし夫人はどういうわけか、何を作っても水準以下なのだった。それに本人が気づいていないから始末が悪い。味覚音痴の上に、案外神経が雑なのかもしれないと静子は考えていた。

結局この日静子は、へんてこなランチョンマット四枚と、軽石のように硬いクッキーを手土産（てみやげ）に、富岡邸を出ることになった。

「おい、なんだこれは。テーブルの上に雑巾なんか置くなよ」会社から帰った史明（ふみあき）が、着替えをすませてダイニングルームに入ってくるなりいった。

「雑巾じゃなくて、それランチョンマットよ」と静子はいった。「ランチョンマットのつもりらしいわ」

「ははあ、富岡夫人の作品か」史明は顔をしかめた。「ほかには何をもらってきたんだ」

「クッキー。その袋の中よ。あっ、でも食べないほうがいいわよ」

「いわれなくても食べないよ。ソーセージで懲りてるからな」

「ソーセージねえ」静子はため息をついた。「ひどかったわね」

「プー太でさえ食わなかったもんなあ」

前回の集まりで、静子は夫人が手作りしたというソーセージを、山のようにもらってきてしまったのだった。それは、どう料理しても食えたものではないという代物だった。肉が腐ったような臭いとスパイスの強烈な香りが最悪のバランスで混ざり合っており、口元に近づけるや否や食欲が減退し、吐き気が誘発されるという、とにかくとんでもないソーセージだったのだ。自分たちが食べるのはとても無理と、飼っている犬のプー太に与えてみたが、人間の数千倍の嗅覚を持つ犬にとってこの臭いはさすがに強烈だったらしく、皿に一歩近づいた途端プー太はキャンといって後方に飛び退き、尻尾を丸めて逃げ出してしまった。そんなものを富岡夫人は、「やっぱりソーセージは、一度手作りのものを食べますと、出来合いのものなんて食べられませんわよ」といって各自に配ったのだ。一体どういう味覚構造になっているんだろうと、静子としては不思議がるしかない。

「あとそれからスパゲティも、食えたもんじゃなかったな」

「ああ、あれねえ」

富岡邸でそれを料理したものが出された時、静子は焼きうどんをアレンジしたものだとばかり思った。横にフォークがついているのを見て初めて、そのぶよぶよした麺が手作りスパゲティであることに気づいたのだった。例によってそれを大量に土産としてもらう羽目になり、なんとか家族に食べさせようと苦心して料理してみたが、夫の史明も子供たちも、口の中がぐにゃぐにゃするといって殆ど残してしまったのだ。

「どうするんだよ、このクッキー」史明は顎で袋をさした。

「捨てるわよ。仕方ないから」

「近所の人にバレないようにしろよ」

「わかってる。いつものことだもん」

ソーセージもスパゲティも結局生ゴミと化したのだが、ゴミ出しの日に静子は非常に気を遣った。万一誰かに、特にティーパーティのメンバーに見つかったりしたら面倒だからだ。特にこのあたりはカラスが多く、ゴミ収集車の来るのが遅れたりした時など、カラスにつつかれてゴミ袋の中身が散乱していることがたまにある。富岡夫人の手作りの品を処分する時には、最低でも袋を三重にするというのが静子のやり方だった。

「この雑巾、じゃなくてランチョンマットはどうする？」

「それねえ、どうしよう」静子は考え込んだ。頭の痛いところだった。

「いっそのこと、雑巾として使っちまうか」

「それがねえ、古川さんから聞いた話なんだけど、ごくたまに富岡さんが突然やってきて、自分があげたものをちゃんと使っているかどうか、それとなくチェックして帰ることがあるんですって」

「えー、ほんとかよ」

「だからとりあえず、これ、物置にしまっておくわ」

「まいったなあ」史明は頭を掻いた。「おい、するとあの絵はどうなるんだよ。玄関に飾ってある、あの変な食虫植物の絵は」

「あれねえ。あれも、もうしばらくは飾っておくしかないんじゃない？」

「ひええ、まいったなあ」と史明は繰り返した。

玄関の絵というのは、静子がティーパーティに初めて参加した翌日、富岡夫人が引っ越し祝いにといって持ってきたものだった。いうまでもなく、描いたのは夫人である。夫人の手前、その場で玄関に飾ってしまい、そのままになっている。初めて見た人が必ず、「わっ、なに、この気色悪い花」というような絵である。富岡夫人によると描かれているのは蘭の花だそうだが、どう見ても食虫植物にしか見えなかった。

「そうなるといくらまずくても、食い物をもらっておくほうがましってことか。食べ物を捨てるのは気は咎めるけど、後に残さずにすむもんなあ」

「後に残るものをもらっちゃうと困るわよね。センスのいいものなら、救いがあるけど」

「これ、噂で聞いたんだけどさ、町田さんとこじゃあ、下の女の子が生まれた時、富岡重役の奥さんから手作りの人形をもらったそうなんだよな。ところがその人形の顔がこわくてさ、その女の子がそれを見るたびに泣くんだってさ」

「うわあ、悲惨ねえ」静子はそのようすを想像し、町田淳子に深く同情した。

この状況を、ほかの奥さんたちはどう考えているんだろう、というのが最近の静子の素朴な疑問だった。食べたくもないものや、飾りたくもない品をもらって、嬉しいはずがないのだ。だがまだ誰も、表立っては不満を口に出していない。ゴミ捨て場に、富岡夫人の手作りの品が捨てられているのを見たことがないし、そういう話を聞いたこともない。きっと自分と同じように、厳重に包んで捨てているんだろうと静子は想像しているが、証拠があるわけではない。

一度みんなで相談したらどうだ、というようなことを史明はいう。それができれば苦労はないというのが静子の言い分だ。万一裏切る者がいて、夫人に告げ口でもされたら元も子もない。

そんなふうに憂鬱になった日からしばらくして、さらに気持ちを重くするような電話を鳥飼フミエがかけてきた。ティーパーティのメンバー全員に、お裾分けしたいものがあるので、明日ぜひ家に来てほしいと富岡夫人がいっているらしいのだ。用があって来られない人のところへは、夫人が後日届けるつもりだという。

行くしかないなと静子は思った。夫人に直々に届けられたりしたら、それがどんなにひどいもので、どんなにとんでもない量であったにせよ、断れなくなってしまう。

「我が家は小食だってことを強調するんだぞ」というのが史明のアドバイスだった。そんなことはいつだって強調してるわよ、と静子はいい返した。

翌日静子は暗い気持ちをひきずりながら富岡邸へ出向いた。インターホンを鳴らすと、スピーカーからではなく、すぐ横から声がした。

「安西さん、こっちよ。こっちにいらっしゃって」富岡夫人が庭から顔を出していた。珍しく眼鏡を外しており、ブラウスの袖をまくっていた。

静子は門をくぐり庭に向かった。その時、異様な臭いが鼻を刺激した。これはもしかしたら、と彼女はある食べ物を思い浮かべた。

庭に行くと、いつものメンバーが全員揃っていた。彼女らは静子を見ると、一様に複雑な笑みを浮かべた。苦笑よりも、もう少し苦痛が伴った笑いだった。

庭の中央には巨大なポリバケツが四つ置いてあった。富岡夫人は、そのうちの一つに腕を突っ込むと、子供の頭ほどもありそうな白菜を摑み出してきた。

「なかなかおいしそうなキムチでござあましょう？　わたくし、漬けるのは初めてなんですけど、とてもうまくいったと自負しておりますのよ」

「あの、これを全部奥様が？」念のために静子は訊いた。

「ええ、全部わたくしが漬けました。ちょうど二週間になりますかしら」

「すごい量ですね」

「それはもう、漬ける以上は皆様方にも召し上がっていただきませんとねえ。白菜を五十キロばかり……あら六十キロだったかしら、それにニンニクを一キロ近く使いましたわ。ホホホホホ」

話を聞いているうちに、静子は頭がくらくらしてきた。すると今日皆にお裾分けするというのは、このキムチのことなのか。まさかそんな、と絶望的な気分になった。

だがそんな静子の思いをよそに、夫人は用意してあった巨大なビニール袋に、ポリバケツから取り出したキムチを、どかどか放り込んでいく。そしてそばにいる人に、「はい、あとでぜひ感想をお聞かせくださいませね」といいながら配っていくのだ。気がついた時には静子も、両手に二つずつビニール袋を提げていた。

さすがに誰もが無口になっていた。一人元気なのは富岡夫人である。今度はカクテキに挑戦してみようかしら、というようなことをいっている。

カクテキが完成するまでに引っ越せないかしら――静子は真剣にそんなことを考えた。

このキムチは予想通り、その日のうちに安西家の厄介者となった。とりあえず食べてみようと、史明と二人で挑戦してみたのだが、一口食べて二人とも吐き出してしまった。

「捨ててしまえ」史明は半ば怒りながら命じた。

静子も、持ち帰る時から、これは早めに処分しようと決心していた。長く置いておくと、家に臭いがしみついてしまうおそれもあった。

問題は、どうやって捨てるかだった。ゴミ袋でこの強烈な臭いを遮断することは不可能だ。そのままゴミ捨て場に置いておくわけにはいかなかった。

二日後の朝、静子は窓からゴミ捨て場を見張っていた。午前九時過ぎになって、ゴミ収集車がやってくるのを見て、彼女は玄関に置いてあったゴミ袋片手に家を飛び出した。収集される直前に捨てれば、誰にも気づかれずにキムチを処理できる、そう彼女は考えたわけだった。

だがそう考えたのは静子だけではなかった。

ほぼ同時に、あちこちからゴミ袋を持った主婦が現れたのだ。その顔ぶれは、ティーパーティのメンバーにほかならなかった。

あら、という顔でお互いを見た後、彼女らの視線は相手の持っているゴミ袋へと移った。同時に自分のゴミ袋を後ろに隠す。

ゴミ収集車の近づいてくるのが、やけに遅く感じられた。気まずい沈黙が続いている。ゴミ袋を持った主婦数人が、何もいわずにただじっと立っている姿は、傍(はた)からだと異様に見えることだろうと静子は思った。だが彼女にしても、ゴミ袋をそこに置いて帰る勇気はなかった。

心なしか、キムチの臭いが漂い始めていた。あんなにきちんとラップしたのだから、あたしのではないはず、と思いながらも、静子は気が気でなかった。ほかの者も、そわそわし始めたように見える。

ようやくゴミ収集車がやってきて、ゴミを集め始めた。静子はなるべく先に収集してもらえるよう、収集口のそばに袋を置くと、その場に残って作業員の動きを見つめた。周りを見ると、ほかの者もまだ帰らない。

作業員が、ぽつりと呟いたのは、ゴミ袋をいくつか収集口に放り込んだ後だった。彼はいったのだ。これはキムチの臭いだな、と。

この瞬間全員の顔が強ばったのを静子は見た。たぶん自分の顔もそうなっているのだろうと思った。彼女は曖昧な笑いを浮かべながら、自宅に帰った。


その週の土曜日に、ティーパーティが行なわれた。この日は全員が揃っていた。そのせいか富岡夫人は上機嫌である。

「皆さんお揃いで嬉しいですわ。じつをいいますとね、わたくし今、新しいものに取り組んでおりますの。料理やお裁縫とは全く違うもので、とても難しいんですけれど、やってみると面白くて、夢中になりますわ」

「まあ、今度は一体何に挑戦なさってるのですか」例によって鳥飼フミエが訊く。

「今お持ちしますわ。でもちょっと時間がかかると思いますので、その間皆さん、お茶でも飲みながらお話をなさっててくださいな」そういうと夫人は応接間を出ていった。

しばらくは誰も口を開かなかった。ほかの者の出方を見ているといった、ようす窺いのような沈黙が続いた。

やがて静子の隣にいた古川よしえが、静子のほうに顔を寄せてきて、「あれ、少し辛くありませんでした？」と訊いた。

「あれって？」

「だから」古川よしえは周りを気にしながら、「キムチですけど」といった。

全員が息を止める気配があった。

静子は平静を装い、小さく頷いた。「辛かったです」

「そうですよね」よしえは、ホッとしたようだ。

「それに」と静子は続けた。「やっぱり量が多過ぎて」

「そうなんですよね」町田淳子が加わってきた。「だからちょっと、うちなんかでは食べきれなくて、あの、うちはまだ子供が小さいものですから、ああいう味のものは人気がなくて。いえ、その、おいしいんでしょうけど」

「通の人なんかだと、ああいう味がいいんでしょうね」佐藤という主婦が口を挟んだ。

「でもうちもやっぱり、食べ馴れないから、どうしても残っちゃって」

「クセのある味ですものね」と田中ヒロミもいう。「だからうちの主人なんかにかかっちゃうと、なんだこれ、ヘンな味だなってことになっちゃって」

この意見には一瞬皆が絶句した。「ヘンな味」というストレートな表現が飛び出したからだが、この沈黙も長くは続かなかった。

「そういえば、ちょっとクセのある味が多いですよね」と町田淳子。「キムチにかぎらず、その前のソーセージとか」

「ああ、あれ」

「そうそう」

「臭いがねえ」

「ちょっとねえ」

皆がクスクス笑いだした。

「この前のクッキーはどう思いました？」と古川よしえが訊いた。

「壁を食べてるみたいだったわ」こう答えたのは、日頃は夫人のべんちゃら役をしている鳥飼フミエだ。彼女の台詞(せりふ)に、どっと笑いが起きた。

「甘かったですしね」

「甘いなんてもんじゃないわよ、あれは」

「その点、田中さんのクッキーはおいしかったわあ」

「そうなの、そうなの。お上手よねえ。ここの奥さんのとは比べものにならないわ」

「えー、そうですかー。そういってもらえるとうれしいですけどお」

「やっぱり若いからセンスがあるのね。その点こちらの奥さんは」そういってニヤニヤするのは町田淳子だ。

「センスないわよねえ」鳥飼フミエが後を引き継いだ。「どうしてああなのかしら」

「何を作っても、ひどいもんね」と静子。口調がついくだけたものになったが、誰も気にしていないようだ。

「料理だけじゃなくて、裁縫でも」

「あっそう。この前のランチョンマット。悲惨よねえ」

「あんなの、早々に雑巾にしちゃったわよ」

「うちもー」キャハハハハと笑ったのは田中ヒロミだ。

まるで呪いが解けたように皆の表情が生き生きしたものになっていた。静子も久しぶりに充実感を味わっていた。こういうティーパーティなら毎日でもいいと思った。

「ところで今日は何を出してくるつもりなのかしら」町田淳子が口元を歪めていった。

「料理とか裁縫じゃないかしら。センスの悪いカップとかを押しつけられたらどうしよう」

「焼き物じゃないかしら。センスの悪いカップとかを押しつけられたらどうしよう」

「それなら平気よ。手を滑らして割っちゃったってことにすればいいのよ」

「うわー、知能犯」

「ふっふっふ」

この時古川よしえがテーブルの下から雑誌を一冊取り出してきた。「へえー、変わった雑誌が置いてある。旦那さんが読んでるのかしら」

静子は横から覗き込んだ。『電子工作』という雑誌だった。古川よしえがパラパラとめくると、あるページのところに栞が挟んであった。

そこにあるタイトルを見て、静子は顔から血がひいていくのを感じた。そのタイトルとは、「あなたにも作れるワイヤレスマイク（盗聴器）」というものだった。

全員が無言で立ち上がり、周囲を探しまわり始めた。やがて田中ヒロミが、「あっ」といって何かを花瓶の後ろからつまみ上げた。

四角い小さな箱は、雑誌に載っている「完成例」と同じものだった。

鳥飼フミエがロボットのようなぎこちない動きで、応接間のドアを開けた。顔面は真っ白だが、たぶん自分もそうに違いないと静子は思った。

彼女たちは、そろそろと廊下を歩いていった。

富岡夫人は洗濯機の前にいた。彼女を見て、静子たちはあわてた。

「わあ大変」

「泡を……口から泡を……」

「頭を下にさせなくちゃ」

「奥様しっかりなさって」

マニュアル警察

カッとなって女房を殺してしまったので自首することにした。

すぐにその場から警察に電話をかければよかったのだが、自分の行為そのものに対する恐ろしさに耐えきれず、思わず家を飛び出してしまったのだった。その後は夢を見ているような気分で、あっちへふらふら、こっちへよろよろしていたが、間もなくこれは夢でもなんでもなく現実なのだと認識するようになり、現実である以上こんなふうにしていては何の解決にもならないと理性的に考えられるようになった。

理性的に考えた以上、導き出される答えは一つしかない。それで俺は最寄りの警察署に向かって歩きだした。

警察署に行くのは、二年ぶりだった。無論、前回は犯罪とは何の関係もない。単に運転免許の更新をしに行っただけだ。たしか、古くて小さな建物だった。

そういえば最近、警察署が新しくなったという話を聞いた。建物もそうだが、警察のシステムそのものも様変わりしたということだった。どう変わったのかは忘れた。自分には関係ないことだと思っていたから、真剣に聞いていなかったのだ。こういうことがあるから、どんなことでもきちんと覚えておかないといかんなあ。もっとも、それを覚えていたからといって、殺人者である自分の立場が有利になるとも思えないが。

疲れきった足取りで、俺は警察署の前まで来た。そして建物を見上げた。

そこには二年前に見た建物とは、似ても似つかぬものが建っていた。それはまるで銀色のピラミッドだった。下の階は幅広く、上になるほど狭くなっている。最上階の尖った部屋が署長室ということになるのだろうか。安定性を感じさせるその形状は、犯罪者に対して、「さあ、どこからでもいらっしゃい」と構えているように見えなくもなかった。

ガラスドアの前に立つと、それは静かに開いた。深呼吸をしてから足を踏み入れた。

入ってすぐのところに半円形のロビーがあった。それを囲むようにカウンターが並んでいる。そして半円の中心部に、ぽつんと離れて机が置いてあり、そこには若い女性と中年の女性が座っていた。中年女性のほうは婦人警官の格好をし、若い女性のほうは、赤と白のストライプの服を着ていた。少し斜めにかぶった帽子も同じ柄だった。

俺の姿を見て、若い女性が立ち上がった。わざとらしい作り笑いを浮かべている。こういう表情を街でよく見かけるぞと思ったが、どの場所でなのか思い出せなかった。

「あのー」

「はい、何でしょうか」打てば響く速さで、彼女は尋ねてきた。

「じつは」唾を飲み込んでから一気にいった。「自首しに来たんですが」

「はっ？」彼女の顔が笑いを作ったままで停止した。そんな彼女の肘を、隣の婦人警官が突いた。「自首よ、自首。ケースＳ１」といっているのが聞こえた。

「あ、はいはい」若い女性は、ちらりと自分の手元に目を落とした。そこにはファイルが広げてあり、中には何やらびっしりと書かれている。

彼女は再び作り笑いを浮かべた。

「その事件は、現在本署で取り扱っている事件でしょうか」

「いや、取り扱ってるも何も、ついさっき殺してきたばかりで……」

「殺して……ではまだ届けられていない殺人事件ですね」

「はあ」

「それではまだ自首の手続きはできないんです」

「できないって、じゃあどうすれば……」

「まず2番の窓口で、事件の通報手続きをとってください」彼女は明快な口調でいった。

「事件の通報？　いや、あの、僕は自首しにきたんだけど」

「はい。でも、まず本署で、その事件を取り扱うよう手続きしなければなりませんので」

そういってから彼女は隣の中年婦人警官に、そうですよね、と訊くような顔をした。そうよ、というように婦人警官は頷いた。それから婦人警官は俺を見て、「規則ですから」といった。

妙な具合だなと思いながら俺は2番の窓口へ行った。そこでは眼鏡をかけた銀行マンみたいな男が、コンピュータの端末機を横に置いて座っていた。

「女房を殺したので自首したいんですが」と俺はいった。

だが眼鏡の男は俺の声など聞こえなかったかのように無表情のまま、端末機のほうにゆっくりと身体を向けた。

「殺されたのは誰ですか？」ぞんざいな口調で訊いてきた。

「いえ、その、俺が殺したので……」

すると男はため息をつき、面倒くさそうにこちらを見た。

「今はね、殺したのは誰かって訊いたんじゃなく、殺されたのは誰かって訊いたんです」

「はあ、ああ、そうですか。どうもすみません。殺されたのは、ええと、女房ってことになるのかな。でも殺されたってのも変だな」

「誰も殺されてないわけですか」男の眼鏡のレンズが光ったような気がした。

「いえ、一応女房が……」

「きちんとした姓名で答えてください」

「えっ？　ああ、すみません。只野花子です。ロハの只。フラワーの花」

俺がいうのを聞いて、男は端末機にパチパチと打ち込んだ。

「死体を見つけたのは、あなたですか」

「はっ？」俺は訊き直した。男の質問の意味がわからなかったのだ。

男はうんざりした顔で再び俺を見た。

「死体を最初に見たのはおたくじゃないの？　それとも死体の第一発見者はほかにいるの」

「いや、ほかに見た人はいません」

「じゃあ、あなたが最初に見たってことでしょう？」

「そうなるのかなあ……」頭を捻った。ちょっと頭痛がし始めていた。

「あなたの名前は？」と男は訊いてきた。

「只野一郎です」

「住所と電話番号を教えてください」

「鉄鍋市葱町四丁目二の二、リバーサイドハイツ二〇五です。電話番号は——」それらもまた男はパチパチとコンピュータに入力した。

「被害者との関係は？」

「被害者っていうと女房のことか……。だからあの、夫です」

「発見現場はどこですか？」

「発見っていうのも変だなあ」俺が呟くと、男がじろりとこちらを睨んだ。それで俺はあわてて、「ええと、自宅です」と答えたが、すぐに気がついて、もう一度きちんとした住所をいい直した。

「それは何時頃のことですか」

「今から二時間ぐらい前だから」俺は時計を見て、「今日の午前八時頃です」と答えた。

男は打ち込み終えてから、最後に何かのキーをぽんと叩いた。

「はい、どうもごくろうさま。このデータは捜査係のほうにも届いてますから、すぐに事実確認されると思います。で、その間ですけど、あなたはどこにいますか？　自宅以外の場所にいらっしゃる場合は、そこの連絡先を教えてください。確認がとれ次第、捜査員が事情聴取を行うと思いますので」

「どこにって……ここにいちゃいけないんですか」

「構いませんよ」と男は冷めた目をしていった。「あなたの自由です」

人を殺して自首しに来たというのに、自由だといわれるとは思わなかった。

「じゃあここで待っています」ロビー中央に並んでいる長椅子を指差して俺は答えた。

「わかりました。鉄鍋警察署一階待合室……と」男はキーボードにそう打ち込んだ。

おかしな具合だなあと思いながら俺は長椅子に腰を下ろした。見回してみると、俺のほかにも客――というのも変だが、一般市民も何人かいて、誰もがカウンターの窓口で右往左往していた。

「あんた、ここは初めてかい？」隣から声がした。そちらを見ると、ジャンパー姿に鉢巻きをした男が、足を組んで座っていた。こちらを見ているところをみると、俺に話しかけたらしい。

初めてです、と俺は答えた。

鉢巻きは、声を出さずに笑い顔を作った。上の前歯が欠けていた。

「何の用で来たのかは知らんが、そりゃあ戸惑うだろう。俺だって、ここができた時にはうろうろさせられたもんだ」

「どうなっているんです、いったい」と俺は訊いた。

「別に、そう不思議がることでもねえんだよ。要するに、警察の活動そのものが徹底的にマニュアル化されたというだけのことさ。連中、誰も彼も、ファイルだとかシートみてえなものをそばに置いてるだろ。あそこには、その係の仕事に関するマニュアルがびっしりと書き込まれているんだ。あれにしたがわねえと、後で処分されるって寸法さ」

「へえ、そうだったんですか」

「逆にいうと、あれにしたがってりゃあ誰からも文句をいわれることはねえんだな。だから連中、絶対に余計なことはしないよ」

なるほどそういうことか。俺は少しわかったような気がした。

「なぜそんなふうになったんですかね」

「なぜって、そんなことは時代の流れじゃねえか。なんでもかんでもマニュアル化させておいたほうが、責任の所在をはっきりさせやすいし、新米の人間でも早く仕事につけるようになるだろ。その点では警察は、一番立ち遅れていたんだ。指揮官によって捜査のやり方が違ったり、刑事によって取調べの厳しさが違ってたりした。うまくことが運んでいる時は、個性の勝利なんて格好のいいことをいっていられるが、つまずくと厄介だ。初動捜査に問題があったんじゃないかとマスコミから叩かれたり、いきすぎた取調べが人権問題に発展したりと、面倒なことばかり起こる。それでまあ遅ればせながら警察も、これからは統一マニュアル方式でいこうってことになったわけだ」

「時代の流れねえ。それにしてもあなた、よく御存じですね」

「まあね。この世界で長いから」鉢巻き男は、ちょっと胸をそらせ気味にした。

「失礼ですが、あなたは？」

「俺？　俺はタレ込み屋だよ。刑事に情報を流して、小遣い稼ぎをしてるんだ。だけど今までみたいに、路地や公園でこっそり話しかけるってことができなくなっちまった。なんでもかんでも、ここで手続きしなきゃならねえんだ。面倒くせえよ、まったく」

そういって鉢巻き男は一枚の紙をこちらに見せた。情報提供用紙と、そこには書いてあった。

「只野一郎様、只野一郎様。いらっしゃいましたら、一階受付カウンターまでお越し下さい」アナウンスが流れた。声の主は、受付にいた若い女に違いなかった。

受付に行くと、二人の男が立っていた。大柄な男たちで、どちらも灰色の背広を着ている。俺を見て、二人は小さく頭を下げた。

「只野一郎さんですか」一方がいった。

「そうです」

「まことに申し上げにくいことですが、奥さんが亡くなられました。しかも殺された疑いがあります。これから我々と一緒に現場に来ていただけませんか」まるで本を読むような調子で刑事はいった。マニュアルに書いてある文句なのだろう。

「はあ、それはいいんですけどね、じつは……」

犯人は自分で、といいかけるのを最後まで聞かず、刑事二人はスタスタと歩きだした。

俺は仕方なくついていく。

「このたびは本当にお気の毒なことです。現在全力をあげて捜査しておりますので、必ず憎むべき犯人を捕まえられると思います」車に乗り込んでから、俺の隣に座った刑事が力を込めていった。

「いや、そのう、じつはですね。犯人は私なんです」

「は？」

「女房を殺したのは私なんですよ。それで自首しに行ったんですけど……」

こちらのいっている意味がわからないのか、刑事はしばらく目を白黒させていた。が、ふと我に返った表情をすると、運転していた刑事に問いかけた。

「おい、こういう場合はどうすりゃいいんだ」

運転していた刑事は、前を見ながら首を捻った。

「自首の手続きはとってないわけですか」と俺に訊いた。

「それが、まず事件の通報の手続きをとれとかいわれちゃって……」

「じゃあ自首手続きはまだなんだ」

「そうなるのかなあ」

「この場で自首したってことになるんじゃないか」隣の刑事がいう。

「そうかもしれませんね」

「その場合だと、どうするんだ？」

「ええと、遺族に事件を知らせたら、その遺族が犯行を自供したというわけですね。どうなるのかなあ。一応詳しい話を訊くってことになるのかなあ」

「いきなり自首者用の質問でいいのか？」

「いやあ、それはどうかなあ。自信ないな。とりあえず遺族用の質問を済ませたらどうですか」

「そうだな。そのほうが確実だな」刑事は頷いて、俺を見た。「ええと、自首のことはおいといて、まずは被害者のご主人として質問に答えてください」

「はあ」

「奥さんが殺されたことについて、何かお心当たりはありませんか」

「えっ……」俺は思わず目を見開いた。自分で殺しておいて、心当たりもクソもない。そう思って刑事を見たが、刑事は刑事で、こっちだってこんな馬鹿な質問をしたくてしてるわけじゃないという顔つきだ。

「女房が他人に殺されるような心当たりはありません」仕方なくそういった。

「誰かから恨みを買っていたとか、変な電話がかかってきたとかいうようなことは？」

「他人から恨まれていたかどうかは知りません。変な電話もありません」

「最近の奥さんの様子はいかがでしたか。何か変わったところはありませんでしたか」

「ヒステリー気味でした」俺は即座にいった。

「ほう。たとえばどのように」

「じつは私はカナリヤを飼っていたんです。とても奇麗な色をしたカナリヤで、今日まで大切に育ててきました。ところが今朝私が起きてみると、その奇麗な色の羽が部屋中に飛び散っていて、その中でカナリヤは死んでいるんです。どうしたんだと訊くと、あいつは自分のワンピースを見せて、この上に糞をしたんだといいました。鳥籠の下に服なんかを置くほうが悪いのに、あいつは全然わかっちゃいません。腹が立ったから籠から鳥を引っ張り出して、窓から捨てようとしたところ、室内を飛び回るので余計頭にきて、掃除機の筒でひっぱたいたら死んでしまったといいます。しかも憎々しい笑いを浮かべながらね。それで今度は私のほうがカッとしてしまい、あいつの首をタオルで――」

「ストップ」刑事は掌を広げて俺を制した。

「そこのところは今話されても困ります。ええと、じゃあヒステリーのことが出ましたから、奥さんの性格や人柄について伺っておきましょう」傍らからマークシート用紙を出してきた。「まず第一問。奥さんは短気ですか。一、短気である。二、どちらかといえば短気である。三、ふつう。四、どちらかといえば気の長いほうである。五、気の長いほうである。番号で答えてください」

「だから、一です。短気でした」

「第二問。奥さんは神経質ですか。一、神経質である。二、どちらかといえば神経質である。三、ふつう。四、どちらかといえば神経が太い。五、神経が太い」

「五、です。ヒステリーだけど、図太いんです」

「第三問。奥さんは陽気ですか。一、陽気である。二、どちらかというと陽気である。三、ふつう。四、どちらかといえば陰気である。五、陰気である」

「一かな。陽気というより、何も考えてないだけかもしれないが」

このような質問がいくつか続いた。刑事は俺の答えを聞き、次々にマークシートの欄を塗り潰していった。

「それ、コンピュータか何かに入れるんですか」と俺は訊いた。

「そうです。これで被害者像がわかり、こういう被害者はどういうタイプの犯罪に巻き込まれやすいかが推測できます」

そんなことをしなくても犯人はここにいるんだがと思ったが、黙っていることにした。

マークシート用紙を置き、刑事は次の質問に移った。

「あなたが最後に奥さんの姿を御覧になったのは、いつ、どこで、ですか？」

「女房の姿？　それは生きている姿のほうですか」

「無論そうです」

「それならええと、今日の午前八時頃、自宅で、です」

「その時奥さんの様子に変わったところは？」

「だからさっきいいましたように、カナリヤのことでヒスを起こしていました」

「カナリヤのこと……と」刑事はそれを手帳に書き留めてから、こちらを見た。「ええとそれからこれは形式的にお伺いするわけですが」

「何ですか」

「奥さんの死亡推定時刻は今朝の八時から九時頃とみられています。その時間、あなたはどこにいらっしゃいましたか？」

咄嗟(とっさ)には質問の意図がわからず、俺はぽかんとした。刑事はもう一度同じ台詞(せりふ)を繰り返し、最後に、「はっきりいってアリバイ調べです」と付け足した。

「いや、あの、だからアリバイはありません。その場にいたんです」

「その場というと？」

「自宅です」

「念のために住所と電話番号を教えてください」

再び頭が痛くなってきた。

「鉄鍋市葱町四の二の二、リバーサイドハイツ二〇五。電話番号は――」半ばやけくそでいった。

「以上で質問は終わります。ありがとうございました」刑事は頭を下げてから、「じゃあ引き続いて自首の手続きに移りましょう」といった。

「お願いします」

やれやれようやく話を聞いてもらえるのかと、俺は安堵の吐息をついた。この結果逮捕されるのだろうが、そのことに対する恐怖は薄れていた。

「ええと、自首してきた者への対応は……と」刑事はポケットから小さな辞書のようなものを出し、頁をめくった。そして、「あっ、これはやっぱりまずいな」と呟いた。

「どうしたんですか」と訊いたのは、運転していた刑事だ。

「自首ってのはさ、本人がどこへ自首してきたかってのが結構重要らしいんだ。この人の場合だと、警察署ってことになる。でもその場合だと、署内の自首受付室で話を訊くってのがルールだ。パトカーの中ってのは、おかしいわけだよ」

「自首受付室？　そんなものがあったんですか」と俺は訊いた。「さっきもいったように、私はまず事件の通報カウンターに行けといわれたんですが」

「ああ、それはですね」と運転している刑事が答えた。「自首受付室では、署で現在取り扱っている事件についてのみ、自首を受け付けてくれるんです。だからまず事件の通報が先になります」

「だけどおかしいよな。この人みたいに、事件を起こすと同時に自首したくなるってケースもあるはずじゃないか」

「ふつうその場合は電話で通報するでしょ。で、捜査員が駆け付けると、本人もそこで待っている。事実の確認はその場でできるから、犯人がそこで自首を申し出れば、捜査員がすぐに手続きに移れるというわけです。現場を離れて、いきなり警察署へ行っちゃったから話がややこしくなったんです」

「気が動転していたものですから」俺は謝った。

「とにかくここで自首を受け付けるわけにはいかないな」隣の刑事がいった。「まずは現場へ行こう」

見慣れた町の、見飽きたアパートの前にパトカーは到着した。俺は二人の刑事らと、自分の部屋に向かった。アパートの周りは、早くも野次馬でいっぱいだった。

２ＤＫの現場には、大勢の捜査員がいた。誰も彼も灰色の背広を着ている。マニュアルできめられているのかなと俺は思った。

「警部、被害者のご主人です」でっぷりと太った赤ら顔の男の前に、刑事は俺のことを紹介した。

警部と呼ばれた男は、深々と頭を下げた。「このたびは本当にお気の毒なことです。現在全力をあげて捜査しておりますので、必ず憎むべき犯人を捕まえられると思います」先程パトカーの中で聞いたのと同じ台詞だった。

「それでですね、警部。ちょっと困ったことが」俺を連れてきた刑事が、警部に何やら耳打ちした。忽ち警部の顔は曇った。

「なんだ、そりゃあ。手続きの順番を間違えたな」そういって舌を鳴らした。

「どこを間違えたんでしょう？」俺はおそるおそる尋ねた。

「事件の通報手続きをした後さ、すぐにもう一度受付に行けばよかったんだ。通報は済んでるんだから、署で取り扱ってる事件ってことになる。そうしたら自首受付室に行くようにいわれたはずだ」

「そうだったんですか。でもそんなこと、誰も教えてくれないから……」

「待合室に貼り紙が出てるはずだけどね。もっとも、小さいから見逃しやすいという苦情は出ている」

「そうですか。とにかく僕としては、早く自首したいんですが」

「そういわれても困るな。あんた、警察署のほうへ自首しに行ったんだろ？　だったら、ここでは手続きできないよ」警部は、俺を連れてきた刑事と同じことをいった。

「じゃあ、これから署に行きます」

「ちょっと待った。あんたには被害者の夫としての役目があるんだ」警部が俺の腕を摑んでいった。強い力だった。

俺は刑事たちによって、俺が女房を殺した寝室に連れていかれた。ベッドの上では女房が、俺が殺した時の格好のまま、上を向いて死んでいた。

「奥さんに間違いありませんか」刑事が訊いた。

「間違いありません」馬鹿馬鹿しい思いで俺は答えた。

「これに見覚えは？」刑事は一枚のタオルを差し出した。近所の電器屋で貰ったものだ。

「うちのタオルです」

「いつもはどこに置いてありますか」

「鏡台のそばじゃなかったかな」

「これを最後に見たのは？」

「今朝です」

「使いましたか」

「女房の首を絞めました」

「使ったかどうかだけお訊きしています。使いましたか？」

「使いました」

刑事は真面目くさった顔で、俺の答えをメモした。

この後も、パトカーの中で訊かれたのと同じような質問が続いた。先程別の刑事に答えたというと、「確認のためにもう一度お伺いしたいのです」とくる。たぶんこれもマニュアルどおりなのだろう。

我々がこんなことをしている間にも、他の刑事たちは捜査を続けているようだ。その様子が耳に入ってくる。

「警部、一階の住人によると、午前八時過ぎに、この部屋で人が暴れるような振動があったそうです」

「そうか。その時に犯行がなされた可能性が高いな」

高いも何も、その時だと俺がいっているではないか。

「警部、午前九時前、この部屋から怪しい男が出てくるのを、近所の婆さんが見ています。顔までは、はっきりとは覚えていないそうですが」

「よし、ほかに目撃者がいないか調べてくれ」

調べなくても、その怪しい男というのは俺なのだ。

「警部、指紋の採取が終わりました。被害者と、ご主人のもの以外は見つかりません」

「そうか。犯人は余程用心深いやつかもしれんな」警部は白々しくいった。

そのうちにこちらの質問も終わった。

「お疲れさまでした。とりあえずこれで終わりますが、またお訊きすることもあると思いますので、その時はよろしくお願いします」刑事は事務的にいった。

「あのう、それで私はこれからどうすれば……」

「どちらに行かれても結構ですが、必ず連絡先だけははっきりさせておいてください。それから今日一日は、この部屋の周りに見張りを立たせます」一方的にいい、刑事は俺の前から立ち去った。

そのうちに他の刑事や鑑識の人間たちも出ていき、俺は部屋で一人になった。それで俺は一瞬、じつは今朝から何も起きておらず、悪い夢でも見ていたのだろうかという気になった。しかし部屋のところどころに散っている羽毛は、女房が殺したカナリヤのものに違いなく、ベッドカバーに付着している茶色い染みは、その女房が俺に首を絞められた時に失禁した跡にほかならなかった。

そうだそうだ俺は女房を殺してしまったのだ、自首しなければならないのだという焦りにも似た思いが、再び波のように俺の心を襲ってきた。俺は今朝と同じようにふらふらと立ち上がり、警察署に向かうべくアパートを出た。タイミングよくタクシーが来たので、俺はそれに乗った。

「免許の書き替えか何かですか」タクシーの運転手が訊いてきた。

「いや、自首だよ」と俺は答えた。「女房を殺しちまってさ」

運転手は一瞬絶句したが、間もなくミラーの中の顔が笑った。

「そうですか。そいつは大変だ」

この後運転手は話しかけてこなかった。自首受付室以外は、誰も俺の話を聞いてはくれないのだ。

警察署に着いたので、先程と同じように入り口の自動ドアをくぐった。入り口の脇に、『葱町アパート殺人事件捜査本部』と書かれた看板が出ていた。

受付には、やはりあの若い女性がいた。俺の顔は覚えているはずなのに、初対面の人間に対するのと同じ作り笑いを浮かべている。

「自首したいんですが」と俺は彼女にいった。

「その事件は、現在本署で取り扱っている事件でしょうか」さっきと同じように訊いた。

「そうです。葱町アパート殺人事件です」

「それでは9番のカウンターへどうぞ。そちらが自首受付室になっております」

これでようやく自首できるようだ。受付嬢に礼をいい、9番カウンターに向かった。

9番カウンターは一番端にあった。俺は息を整えながら近づいていった。

ところがそこには誰もいなかった。少し中座しているだけなのか、ずっと無人なのかはわからない。

8番カウンターで、若い男が暇そうにしていたので尋ねてみた。男は9番のほうをちらりと見て、「いないみたいですね」とだけいった。

「自首したいんですけど」と俺はいった。

8番カウンターの若い男は顔の前で手を振った。「すみません。係が違うもので」

俺は待合室の長椅子で待つことにしたが、そのうちに小便がしたくなってきて、トイレに入った。考えてみれば、自由に小便ができるのも、これが最後かもしれないなあと感傷にふけりながら小便した。監獄に入れば、そこのトイレしか使えないわけだ。監獄のトイレが、世間一般のトイレよりも快適だとは思えなかった。

トイレから戻ってくると、9番カウンターのところに男がいるのが見えた。俺は急いで向かったが、その前に係員が窓口に札のようなものを置いた。近づいて見るとそこには、『十二時から一時まで昼休みです』と書いてあった。俺は時計を見た。十二時一分だ。

「一分過ぎただけじゃないか」と俺は怒鳴った。

係員は冷たい顔をこちらに向けたが、何もいわずに奥へ消えた。

他のカウンターの係員たちもいなくなっていた。照明までが落とされている。

仕方なく俺はいったん警察署を出た。腹が減っていたので、何か食うことにした。

有名なハンバーガー屋が目についた。俺はハンバーガーなど好きではなかったが、まるで引き込まれるようにその店に入っていった。

　カウンターの女店員が愛想笑いを向けてきた。

「いらっしゃいませ、ご注文の品はお決まりですか」

「ハンバーガー」

「ハンバーガーをお一つ。お飲み物はいかがですか」

「ハンバーガーだけでいい」

「ポテトもございますが」

「ハンバーガーだけでいい」

「ただ今サービス期間中で、アイスシェイクとセットでお安くなっておりますが」

「うるさい、早くハンバーガーをよこせ」

　俺は女店員の顔をぶん殴った。

ホームアローンじいさん

「それじゃ親父、よろしく頼むよ」靴を履き終えた貞男が振り返っていった。

仲太郎は、うんうんと頷いた。

「本当にいいんですか。なんだか申し訳ないわあ」孝子が大げさに顔をしかめて見せる。しかしさほど申し訳なく思っていないことは、この場の全員がわかっていた。厚化粧と、つい先程までの浮き浮きした顔を見れば、誰でもわかる。彼女の息子の信彦が横でにやにやしているのも、そのせいだった。

「いいんだよ。フランス料理というのは、どうも年寄には荷が重いんだ。お茶漬けか何かで軽く済ませとくよ」そういって仲太郎は息子夫婦と孫の顔を見回した。ほどよく枯れた老人を演じているつもりだった。

「じゃ、戸締まりだけは気をつけてな」

「ああ、わかってる。子供扱いするな」

三人を送り出すと仲太郎は玄関のドアに鍵をかけた。それから壁の時計を見た。六時半だった。

彼はそそくさと階段を上がった。二階には夫婦の寝室と、高校二年になる信彦の部屋があった。彼が向かったのは孫の部屋だった。

階段を上がりきった時、心臓は激しくバウンドしていた。しかしそれは急激な運動のせいだけではなかった。彼は期待に胸を躍らせていたのである。

伸太郎の目的は、孫の信彦が隠し持っているAVすなわちアダルトビデオだった。彼はこれまでAVを見たことがなかった。だがそれがどういうものであるかは知っていた。彼にそういう知識を与えたのは、テレビの深夜番組であり、通信販売のダイレクトメールだった。特に通販の写真付き広告は彼に強烈な刺激をもたらした。そのチラシを彼は今も保存していた。彼しか触れない、仏壇の引き出しの奥に隠してあった。時々引っ張り出してきては、老眼鏡をかけ虫眼鏡(むしめがね)を使って、その小さな写真を眺めているのだ。そんなものでも彼は充分に興奮した。彼は七十歳を過ぎていたが、若い娘の裸が好きだった。とても好きだった。異常に好きだった。

何とか本物を見たい、と伸太郎は思うようになった。といっても本物の娘の裸体を、という意味ではない。このビデオを、動く映像を、若い娘が素っ裸で悶(もだ)えているところを見たいと思うようになったのである。

それはさほど難しいことではなかった。その通販に申し込めばいいのである。しかし伸太郎にそれをする勇気はなかった。家族に知れたらどうしようと思った。彼は自分が威厳のある存在だと思っていた。その威厳が崩れるのを恐れていた。彼は、じつは彼が非常に好色であるということに、家族がまだ気づいていないと思っていた。

レンタルビデオ屋の存在は、噂に聞いて知っていた。だが自らが直々に出かけていって、一目でそれとわかるビデオを借りてくることなど到底できそうになかった。考えるだけで顔から火が出た。結局彼は通販の広告を眺め、悶々としているしかなかった。

ところがある日、信彦が電話で友達と話しているのを盗み聞きし、どうやら信彦がＡＶを何本か借りて所持していることを仲太郎は知ったのだった。それ以来、彼は何とかそれを見せてもらえないものかと考えた。だがまだ二十歳にもならぬ孫に、そんなことを頼むのは、あまりにもバツが悪かった。こっそり見ることも考えたが、万一見つかった時のことを想像すると、実行する勇気が出なかった。間の悪いことに今は冬休みで、信彦は大抵家にいるのだった。信彦がいない時でも孝子がいた。

そんな時、絶好のチャンスが巡ってきたのである。

商店街の年末福引きで、孝子がフランス料理店の食事券を当てたのだ。二人までは無料、あと二人までは半額で招待というものだった。

「フランス料理は脂っこいだろう。私は遠慮しておくよ」おじいちゃんもぜひと孝子からいわれた時、仲太郎はこういって断った。この時すでに彼の頭の中には計画があった。

こうして息子夫婦と孫が外出し、彼一人が残るというシチュエーションができあがったのだった。

無断入室禁止、と書いた札が信彦の部屋のドアには貼ってあった。勝手に部屋に入られるのを最も嫌う年代であった。だが仲太郎はそれを見て、秘密クラブに入る時のような緊張感と興奮を覚えた。わくわくしながらドアを開けた。

そこは汚い部屋だった。ポテトチップスの袋は開いたまま、本やら雑誌やらは床にほうりだしたまま、ベッドの毛布はまくれあがったままだった。

「なんだこれは。教育がなっとらんな。孝子さんがああだからな。ずぼらが遺伝しとるんだ」ぶつぶついいながら足を踏み入れた。教育という言葉が彼は好きだった。昔は教職についていた。カタブツだといわれていた。

「ええと」仲太郎は本棚に歩み寄った。信彦のことだから、ビデオだけでなく性的刺激に満ちた書物も持っているに違いないと考えたのだ。彼はさっと見渡し、一冊の写真集を抜き取った。それは信彦が好きなアイドルの写真集だった。中に水着の写真もあった。仲太郎はその頁を食い入るように眺めた。若い娘の裸はいい、と改めて思った。口を開けたままだったので、涎がこぼれ落ちそうになった。手の甲で拭った。

だがそれほど大したことはない、と思いながら彼は写真集を本棚に戻した。もっともすごい写真が載っているかもしれないと期待しただけに、少々拍子抜けをしていた。そうしてビデオを探すことに専念し始めた。

もし彼がそのアイドル写真集ではなく、その横の写真集に手を伸ばしていたなら、この感想はもっと違ったものになっていたはずだった。それはヘアヌード写真集だった。彼はヘアヌードという言葉は時々耳にしていたが、それが何を意味するものかは全く知らなかった。陰毛を露出させた写真が存在することなど、彼の想像力をはるかに超えたことだった。

仲太郎はビデオを探した。戸棚やオーディオラックの中も調べた。だが目的のものは見つからず焦った。ぐずぐずしてはいられなかった。フランス料理とはいっても、二時間もすれば家族が戻ってくるはずだった。焦りながら探した。この機会を決して逃したくはなかった。

（これだから部屋はきちんと整理させておかなきゃならんのだ。孝子さんの躾がなっとらんからだ。もっと厳しくさせんといかん）

目指すものが見つからない苛立ちから、仲太郎は心の中で嫁に八つ当たりした。同時に、未知なるものへの期待感がますます膨れ上がり、混乱してもいた。

（もうすぐ見られる。若い女の裸が。娘があられもない格好で、いろいろするところを。ぽるのを。ぽ、ぽ、ぽ、ぽるのを）

AVという略語より、ポルノという言葉のほうが馴染みのある世代だった。

後で信彦から不審がられることまで気が回らず、仲太郎はあたりをひっかき回した。押入れも開けた。その時何かが足元に滑り出てきて、彼は驚き、尻餅をついた。それはスケートボードだったが、そんな名称は無論のこと、それが何をするためのものなのかも彼は知らなかった。

尻餅をついた振動で、押入れから本やら箱やらが崩れ落ちていた。それらを見ているうちに彼の目が一点に釘づけになった。ビデオケースが落ちていたのだ。パッケージには若い娘が看護婦の格好をし、胸を半分だけ見せた写真が使われていた。娘の横には大きく、『ナマ注射でどうぞ』と印刷してある。

これだ、と伸太郎は手に取った。早くも掌が汗ばんできた。

さらに彼は女優の名前を見て、心臓が口から出そうになるほど吃驚した。

（小山田ひとみ？　おおお、あの小山田ひとみがこんなことを。小山田ひとみの裸が見られるのか。あのひとみちゃんの）

伸太郎は、若手女優の小山田ひとみの大ファンだった。だがじつはそこに印刷してある名前は『小山田ひとみ』ではなく『小山口ひろみ』だった。老眼の彼に、その小さな違いはわからなかったのだ。またそんな芸名をつけるだけあって、写真の娘の容貌は小山田ひとみに似ていた。

信彦の部屋には、テレビもビデオデッキも備えてあった。伸太郎はケースを開けてテープを取り出すと、はあはあと息を弾ませながらテレビの前に座り込んだ。彼は今までビデオデッキを使ったことはなかったが、家族が使うのを見て、大体のことはわかっているつもりだった。とにかくまずテープを入れるのだ。彼は『ナマ注射でどうぞ』のテープをデッキに差し込もうとした。

ところがテープは入っていかなかった。すでに中にテープがセットされているからだ。それを出さないことにはどうにもならないことぐらいは伸太郎にもわかったが、出し方がわからなかった。彼はデッキ本体のスイッチを、やたらめったらに押していった。しかしデッキはウンともスンともいわなかった。

「おかしいな」彼は首を捻(ひね)った。

じつは信彦が録画予約をセットしており、それを解除しないことにはデッキは動かないのだが、そんなことが彼にわかるはずがなかった。ひとしきり悩んだ後、彼はポンと手を叩(たた)いた。

(そうか、あのリモコンとかいうやつでなきゃ動かんのだな)

彼なりの結論を出し、周囲をきょろきょろと見回した。スイッチがいっぱいついた箱が目に留まった。彼はそれを手に取り、またしてもスイッチを片っ端から押していった。だがデッキは動かない。代わりにどこかで音がし始めた。シャカシャカという音だ。

(ん？　なんだ？)

音の出所を探すうち、ベッドの上に転がっていたヘッドホンに伸太郎は気づいた。音はそこから出ていた。ためしに頭につけてみた。大音響が彼の鼓膜を襲った。

ちょうどその時、門のチャイムを鳴らした男がいた。二度鳴らし、何の反応もないので、やはりこの家は留守なのだなと確信し、男は北叟笑んだ。男は空き巣狙いだった。といっても常習犯というほどでもなかった。正業は持っていた。だが昨今の不況で仕事にあぶれてしまい、年をどう越そうかと頭を抱えているところだった。借金も抱えていた。そんな時、この家の門から家族らしき三人が出てくるのを目撃した。食事にでも行くらしく、フランス料理なんて何年ぶりかしら、というようなことを厚化粧の中年女がべらべらしゃべっていた。

(くそっ、こっちは晩飯にありつけるかどうかも怪しいってのに)

裕福そうな家族に対する反発と、金欠による切羽詰まった思いが共鳴し、彼は瞬時にして空き巣狙いを決断した。数年前に一度、民家に忍び込んで三万円ほど盗んだ経験があった。その時は捕まらなかった。

問題は、家に誰か残っているかどうかということだった。それでためしにチャイムを鳴らしてみたのだ。

留守を確認すると、男は門を通り玄関ドアに近づいた。ノブを回してみたが鍵がかかっていた。プロの泥棒ではないので、鍵を外す技術までは持っていなかった。彼は狭い庭を通り、ゆっくりと家の周囲を観察した。二階の窓の一つが半開きになっていた。塀を足場に、一階の屋根によじ登れば、そこまで行くのは難しくなさそうだった。

あそこから入ろう、男はそう決心した。

「あー、うるさい」仲太郎は頭からヘッドホンを外した。ハードロックのボーカルの喚く声が、まだ耳に残っていた。頭が、がんがんした。

彼は先程のリモコンをいじってみたが、ステレオの止め方がわからなかった。そのままにし、改めてビデオデッキのリモコンを探した。

白い小さなリモコンが見つかった。これこそそうに違いないと思いスイッチを押した。彼の頭上でピピッと音がし、続いてエアコンが作動を始めた。

「ありゃりゃ、いかんいかん」彼はあわててスイッチを押しまくった。リモコン上の液晶表示が『暖房』から『冷房』に切り替わっただけだった。結局これもそのままほうりだしてしまった。

仲太郎はこの部屋でビデオを見るのはあきらめ、下へ行くことにした。一階の居間にもテレビがあり、ビデオデッキも接続してあるのだった。しかもそのテレビは画面が四〇インチというもので、息子の貞男が自慢にしている品だった。

あの画面で見たら、きっとすごいぞと仲太郎は期待に胸を膨らませた。小山田ひとみちゃんの裸が、胸が、太股が、大画面で。老眼鏡が壊れているが、あれなら大丈夫。

テープを手に、仲太郎はいそいそと居間に入った。ここでもやはりテレビのリモコンを探すという手続きがなされたが、今回はすんなりと見つけることができた。スイッチを入れる。一拍置いて、四〇インチの大画面に女の顔が大写しになった。女は演歌を歌っていた。

（おっおっおっ、これは波止場みどりじゃないか）

仲太郎が贔屓（ひいき）にしている演歌歌手だった。彼は近くにあった新聞を取り、顔をしかめるようにしてテレビの番組欄を見た。『日本の演歌総決算〜波止場みどり特集』という文字が老眼の彼にも辛うじて読めた。

（ほほお、こんな番組を）

突っ立ったまま、ひとしきり画面に見入った。ＡＶのことはいっとき忘れていた。

泥棒は、なんとか窓から侵入することに成功した。部屋に入ってみて驚いた。もうすでに盗難に遭ったかのように散らかっているからだ。しかも奇妙なことに、十二月だというのに冷房が入っていた。あまりの寒さに彼はエアコンのスイッチを切ろうとして、思いとどまった。必要以上にものに触れたり、余計なことはしないほうがいいというのが、少ないながらも彼がこれまでの経験で得た知恵だった。

寒さに震えながら彼は室内を物色した。床にＡＶのケースが落ちていて、おやと思ったが、中身は空だった。

彼は押入れのほうへ足を踏み出した。足を下ろしたところに、ちょうどスケートボードがあった。ずるりと滑り、彼は身体のバランスを失った。転びそうになった。ベッドにしがみつき、なんとかこらえたが、その時ヘッドホンのコードを足に引っ掛けた。コードがステレオ本体から抜けた。同時に、出力百ワットのスピーカーからハードロックが大音響となって飛び出した。泥棒は、ぎゃっと叫んで飛び上がった。あわててステレオのスイッチを切った。

波止場みどりに見とれていた伸太郎だったが、二階で物音がしたような気がして我に返った。

(何かな?)

泥棒が入ったのでは、という考えは全く頭をかすめなかった。彼が心配したのは、スイッチを入れたままにして放置してきた各種電気機器のことだった。おかしなことになっているんじゃないか、と不安になった。

テレビを消し、二階へ上がっていった。再び信彦の部屋に入る。途端に身体がぶるぶると震えた。部屋が冷えきっていた。

伸太郎は室内を見回した。特に異状はないようだった。エアコンのリモコンを拾い上げ、また適当にスイッチを押した。送風口から出る風の勢いが強くなった。『強冷』になったからだった。

(いかんいかん、一体どうなっとるんだ)

なんとかしようと思った時、突然横で物音がした。見ると、さっきまではぴくりとも動かなかったビデオデッキに電源が入り、何やら作動が始まっていた。セットされていた録画予約のタイマーが働いただけなのだが、彼はうろたえた。さっき自分がいじったせいで動きだしたと思ったのだ。がむしゃらにスイッチを押すが、止まる気配がない。頭に血が上った。

「こわしちまったか。やあ、こりゃまずい。こわしちまった」どうしても止まらないビデオデッキを前に、仲太郎は焦りまくった。壊れたと思い込んでいた。

混乱の中で彼はコンセントを抜くことを思いついた。コードを手繰(たぐ)り、ビデオデッキのプラグを見つけると、迷わず引っこ抜いた。ビデオデッキは停止した。

「やれやれ、とりあえず止まったか」

おそるおそるプラグを差し込んでみた。デッキは止まったままだ。仲太郎は安堵(あんど)した。

「最近の機械はどうもいかん。やたらややこしくするばかりで、便利になったのか不便になったのかわからん。すぐに壊れるし」ぶつぶつと文句をいっているうちに、さっきまで見ていた演歌の特番のことを思い出した。彼はテレビの本体のスイッチを入れた。映ったのはマンガだった。彼はチャンネルを変えようとしたが、本体のチャンネルスイッチが見つからなかった。彼はうんざりした思いで周囲を見回し、リモコンを探した。

ベッドの下に、それらしきものが置いてあった。黒い小さな台のようなものに載せてある。手に取ると、数字を書いたボタンが光った。

（これだこれだ。間違いない。チャンネルのボタンもついてる）

彼は納得した。そのボタンの番号が0から9までしかないことには不審を感じなかった。『外線』というボタンが光っていることにも、上部の穴からピーという発信音が出ていることにも気を留めなかった。それがコードレスホンという名の電話だとは夢にも思わなかった。彼はいつも、一階の居間にある親機を使っていた。

（ええと、たしか1チャンネルだったな）

伸太郎は1のボタンを押した。ピッという音がしたが、当然のことながらテレビ画面は変わらなかった。

（違ったか。1チャンネルじゃなくて10チャンネルだったか）

10のボタンを押そうとして彼は指を止めた。そんなボタンはなかったからだ。彼は首を傾げた。

（おかしいな。10というボタンがあったと思ったが）

しかし彼はあまり深く考えることはせず、1、0と押した。それでも画面は変わらない。

むっとした時、彼の手元で人の声がした。声は、彼がテレビのリモコンと思い込んでいる器具から出ていた。

「わっ」驚いて彼はそれをベッドの上に投げつけた。そうしてしばらく眺めた後、逃げるように部屋を出た。気味が悪かった。

仲太郎が出ていって少ししてから、洋服がいっぱい吊してあるブティックハンガーの中から泥棒は抜け出した。誰かが階段を上がってくる音を聞き、あわててそこへ飛び込んだのだった。彼は両手を使い、身体のあちこちをこすった。ブティックハンガーはエアコンの真下にあったのだ。隠れている間中、彼は冷気を浴びていた。『強冷』にされた時には、凍え死ぬかと思った。

そんな状態だったから、入ってきたのが誰なのか、何をしていたのかは全く知らなかった。ただ爺さんだということは、独り言をいう声で察しがついた。家にいるのが爺さん一人なら、まだなんとかなる。彼はそう考えていた。

机の上にカッターナイフがあったので、それを手に彼は部屋を出た。さらに足音を殺して階段を途中まで下りた。階下のようすを窺う。話し声はしないから、ほかには誰もいならしいと見当をつけた。

(よし)

深呼吸を一つして、階段を下り始めた。

居間に戻った伸太郎は、再び四〇インチテレビのスイッチを入れた。しかし演歌番組は終わっていた。彼はリモコンを取り、適当にパチパチとチャンネルを変えた。そのうちに『入力切換』というボタンを押してしまった。それによってテレビ画面は、ビデオ入力に切り替わった。ビデオデッキのスイッチは入っていなかったので、画面は灰色一色になった。彼はまたしてもあわてた。

(なんだ、なんだ、なんだ。またおかしくなったぞ。どいつもこいつも、一体どうなってるんだ)

彼は必死でチャンネルボタンを押すが、画面に変化はなかった。いったん電源スイッチを切ってから、もう一度入れ直してもみたが同じことだ。仕方なく、切ったままにしておいた。

「まったくもう、近頃の機械というやつは」ぼやきながら伸太郎はソファに腰を下ろした。すると尻に何か当たった。立ち上がって見ると、ビデオのテープが置いてあった。例のAVだ。彼はぽんと手を叩いた。

(これのことをすっかり忘れておった。これを見ないことには意味がないじゃないか)

所期の目的を思い出した彼は、テープをビデオデッキに差し込んだ。今度は吸い込まれるようにテープはデッキの中に収まった。このテープは誤消去防止が施されていた。そういうテープが投入された場合、最近の大抵のビデオデッキはそのまま再生を始める。この家のデッキもそういう機能を持っていて、速やかに動きだした。

（さあて、問題はテレビだな。なんとか映るようにせんと）

　仲太郎が再びテレビのスイッチを入れようとリモコンに手を伸ばしかけた時、突然口を塞がれた。もがこうとすると、顔の前にカッターナイフが突き付けられた。

「し、し、静かにしろ」男の声だった。「い、命が惜しかったら、いうとおりにしろ。逆らうな。わ、わかったか」

　驚きと恐怖のあまり、失禁しそうになった。仲太郎は震えながら頷いた。逆らうななどといわれなくても、彼には抵抗する意思など全くなかった。彼は怯えきっていた。命が惜しかった。彼はまだまだ長生きするつもりだった。命を奪われるかもしれないという状況が突然やってきて、彼はパニックに陥りかけていた。恐怖のあまり立っているのさえ辛かった。

「よし、こ、声を出すなよ。両手を後ろに回せ」

　仲太郎はいわれたとおりにした。強盗の手が口から離されたが、彼は声を出さなかった。

　両手首をハンカチのようなもので縛られた。そのままソファに座らされた。強盗は四十歳ぐらいの男だった。色が黒く痩せていた。灰色のジャンパーを着ていた。その顔つきは、ものすごい凶悪犯のように見えた。

泥棒は怯えていた。老人は意外に若々しい体形をしていた。態度も落ち着いて見える。何の抵抗もしないというのが却って不気味だった。泥棒は自分の顔に迫力がないことを自覚していた。この爺さんは内心、こっちのことを舐めているかもしれないなどと考えた。

「か、金を出せ」ナイフを喉元に突き付けていった。

「いくらでも持っていったらいいだろう」爺さんは答えた。「だから早く帰ってくれ」

「どこにある？」

「隣の部屋に、わしの上着がかけてある。そこに財布が入っている」

「ほかにはねえのか」

爺さんは首を振った。「息子が家には必要以上の金を置かん主義だ。生活費の入った財布は、嫁が肌身離さず持っている」

泥棒は、ちっと舌を鳴らそうとしたが、うまくいかなかった。緊張で口の中がからからに乾いていたからだった。

彼はソファの上に地味な色のマフラーと手袋が置いてあるのを見つけた。マフラーを使って爺さんの足を縛り、手袋を口の中に突っ込んだ。爺さんは目を白黒させた。うぐうぐと何かいっているが、死ぬことはなさそうだ。

泥棒は隣の和室に入った。爺さんがいっていたように、茶色の上着がハンガーにかけて吊してあった。内ポケットを探ると黒革の財布が出てきた。札だけを摑み出す。一万円札が二枚と、千円札が四枚だった。老人の小遣いを奪うのは気がひけたが、ここまできて手ぶらで帰るわけにもいかなかった。それらの札をズボンのポケットにねじこんだ。

居間に戻り、何か金目のものはないかときょろきょろした。しかしこれといったものは見当らない。一番高価そうなのは四〇インチテレビだろうが、こんなものを持って逃げることはできない。

「し、仕方がない。今日はこのくらいにしといてやる」爺さんにそう一声かけて泥棒は居間を後にした。廊下を通り、玄関に出る。

その時、ドアが開いた。

泥棒は声を出すこともできなかった。そこに現われたのは、ここへ来る前に見かけた、この家の住人たちに間違いなかった。そして彼等の横には制服を着た警官が立っていた。約二秒間、泥棒と彼等は対峙していた。誰も何もいわず、表情も変えない。

やがて泥棒はその場にへたり込んだ。

「いやあしかし、素晴らしい機転でしたねえ」中年男の刑事が感心したようにいった。刑事は強盗事件が一つ簡単に片付き、上機嫌だった。

さっきの居間で、仲太郎は彼の事情聴取を受けているのだった。

刑事は続けていう。「闖入者の存在に気づいた場合、下手に騒ぐより、気づかないふりをして密かに警察に通報する手段を講じたほうが安全なことが多いですからね。全く見事でした」

「ははあ、いやまあ」仲太郎は曖昧な笑いを浮かべ、孝子が出してくれた茶を啜った。今夜は家族たちの彼に対する愛想がよかった。

だが仲太郎としては、今ひとつ事情がよく飲み込めていないのだった。刑事によると事の次第はこうだ。まず警察に一一〇番がかかってきた。ところが呼びかけてみても、何の応答もない。だが電話が切られたようすもない。もしや何らかの事件が起きたのではと、警察では早速逆探知を行い、すぐに電話をかけてきている家を発見した。そして近所の派出所に連絡し、ようすを見にいくよう指示した。そこで制服警官がこの家の前まで来たところ、食事から帰ってきた家族と門の前で出くわした。警官から話を聞いた貞男が驚いて玄関のドアを開けたところ、見知らぬ男が立っていた。男は抵抗せず、そのまま警官に捕まった。貞男たちは居間に行き、縛られている仲太郎を発見した——。

わからないのは、ここから一一〇番をかけたということだった。仲太郎にはそんな覚えはなかった。だがそのおかげで犯人が捕まったわけだし、皆も感心してくれている。モヤモヤしてはいるが、彼はあまりこの点にはこだわらないことにした。

「だけど親父、よく泥棒が隠れてるってことに気づいたなあ」貞男も、見直したという顔でいった。この息子には、最近すっかり馬鹿にされているので、仲太郎としては気分がよかった。

「そりゃまあ、こう見えても頭はボケとらんからな。まだまだ人の気配を察知する程度の鋭敏さは持っておる」手首をこすりながら仲太郎はいった。縛られたところが、まだ少し痛むのだった。

「なるほど、なるほど。そのへんは、戦争に行っておられた方、特有のものなんでしょうなあ」刑事がおだてた。いやいや、はっはっはっと仲太郎は頭に手をやる。じつは彼は戦争に行っていなかった。身体的に問題があって兵役を免れたのだ。

「とにかく、おじいちゃんに怪我(けが)がなくてよかったですわあ」ソファの後ろに回った孝子が、仲太郎の肩を揉(も)み始めた。

そこへ信彦と警官二人が入ってきた。彼等は二階を調べていたのだ。

「どうだ、そっちは」と刑事が訊(き)いた。

「かなり荒らされていますが、盗まれたものはないそうです」

「そう、よかったわあ」孝子が仲太郎の肩を揉みながらいう。

信彦は首を捻った。「だけど変なんだよな。どうして泥棒のやつ、冷房のスイッチなんか入れたのかな」

「冷房？　どういうことだ」と貞男が訊いた。

「知らないよ。とにかく冷房のスイッチが入ってて、がんがんに部屋が冷えてんだ」

「妙ですな」刑事も首を傾げた。「ほかに気づいたことは？」

「いえ、別に……」信彦は小さくかぶりを振った。じつをいうと彼は、秘蔵していたＡＶのケースが空なので気になっているのだが、親の前だけに話せないでいたのだ。

「この部屋では、盗まれたものはないということでしたな」刑事が居間を見回した。

「ないはずです」貞男が答え、次に伸太郎を見た。「強盗は、どこにも触らなかったんだろう？」

「うん、触っとらん」

「盗まれるほどのものもございませんしね」オホホホと孝子が、わざとらしく笑う。

「ご謙遜を。持ち運べるものがなかっただけですよ。ここにこんな立派なものがある」刑事が指差したのは四〇インチテレビだった。「かなり高価なものなんでしょう？」

「これですか」貞男が身を乗り出した。「自慢の品でしてね」

「このぐらい画面が大きいと、劇場の雰囲気が楽しめるでしょうなあ」

「ええ。全くそうです」

「羨ましい。私も大きなテレビが欲しいんですが、置くところがありませんでね。でも大きすぎて画面が荒れて見えたりはしませんか？」

「そんなことはありません」貞男はリモコンを手に取った。「まあ見てください」

全員が画面に注目した。

「あれ、ビデオが動いてる」信彦が呟いた。

貞男がスイッチを入れた。

花婿人形

要子は一歩下がり、紋付き袴を身につけた茂秋の姿を、爪先から頭のてっぺんまで舐めるように見ていった。縁が三角形をした眼鏡のレンズが光っている。彼女の鋭い眼光は、息子の晴れ姿を感慨無量の思いで眺める母親のものではなかった。それはむしろ校則の厳しい中学校などで行われる、服装検査に臨む教師のものに近かった。

要子はゆっくりと首を縦に動かした。

「問題ないようね」

「大丈夫でしょうか」茂秋は両手を奴凧のように広げ、真剣な目をして母親に確認した。

「ええ、大丈夫。でも、もう一度後ろを向いてごらんなさい」

茂秋はいわれるままに回れ右をした。

要子はここでさらにしっかりと頷いた。

「いいわよ茂秋さん。とても上手に着こなせていますよ」

「そうですか」茂秋はもう一度回転して、母親のほうに向き直った。

「本当に息子さんは体格がよろしくて、私共も着付けのしがいがございました。それにお召し物も見事で」中年の着付け係が、横からお世辞をいった。彼女は新郎の母親から合格点を貰えたことで深く安堵していた。この母親については、式場係から話を聞かされ、万が一にも落ち度があってはいけないと緊張していたのだ。

「何しろ御茶之小路家の跡取り息子ですからね、どういう方に見ていただいても恥ずかしくないようにしておきませんと」要子は着付け係のほうなど見ずにそういうと、息子に微笑みかけた。「じゃあ私はお客様への御挨拶がありますから、これで行きます。何かほかにわからないことはありませんね」

「はい」茂秋は一旦答えてから、「あっ、お母様」と呼び止めた。

「なんですか？」

「あの……」

茂秋がさらに言葉を出そうとした時、ドアがノックされた。どうぞ、と要子がいった。

ドアを開けて入ってきたのは、式場係の男だった。ここ、へもじ神宮結婚式場では、一番のベテランという話だった。無論、そういう人間でなくては困ると、式場を予約する時から要子が主張していたのだ。

「あっ、こちらにいらっしゃいましたか」髪をぺったりと七三に分けた式場係は、要子を見て、手に持っていた紙の束を差し出した。「じつは祝電が届いているんです。司会の方に披露宴で読み上げてもらう分をピックアップしていただけませんか」

「ああ、そう。わかりました」要子は電報の束を受け取ると、まず一番上に載っている祝電の表紙を開き、茂秋のほうを振り返った。「中林先生から届いているわ。学長を退職されてから何年になるかしらね。出席していただけたらよかったんですけど、まだちょっとお身体の具合がよくないってことだったわ」

「中林先生にはお世話になりましたからね。来ていただけなくて僕も残念です」

「ではピックアップされましたら、私か司会の方にお渡し願えますか」式場係がいった。

「ええ。ところで、そちらの手にお持ちになっているのは？」要子は式場係の左手を見て訊いた。

「これは山田様のほうの分です。あちらでも分けていただこうと思いまして」式場係はいった。山田家は、今日茂秋が結婚する相手の実家である。

「あらそれなら」要子は片方の眉を上げていった。「そちらも私がお預かりいたしますわ。こういうものはまとめて選んだほうがよろしいでしょう？」

「はあ、あの……そうですか」

「ええ。私共と山田さんとで決めさせていただきますわ。さあ」

早く寄越せといわんばかりに彼女は手を伸ばした。

「そうですか。ではよろしくお願いします」式場係はためらいながらも、電報の束を要子に渡し、部屋を出ていった。

要子は山田家の電報をぱらぱらと見ると、少し考えるような顔をした後、茂秋を見た。

「それじゃあ、後は式場でね」

「はい」条件反射のように茂秋は返事した。

要子は部屋を出ていった。その後ろ姿を見送った後、茂秋は小さな不安が胸に広がってくるのを感じていた。彼はじつは一つだけ母親に確認しておきたいことがあったのだった。それを訊いておかないと安心して結婚式に臨めなかった。

今からお母様を追い掛けようか――彼がそう考えた時、再びノックの音がした。返事すると、巫女の格好をした若い娘が顔を覗かせた。

「式の手順を御説明しますから、こちらにいらしていただけますか」

「あっ、はいはい」彼は草履を履いた足でゆっくりと踏み出した。着物を着るのは、大人になってからはこれが初めてだった。当然草履を履くのも初体験といえた。

別室に入ると弥生がすでに座って待っていた。白い打ち掛けに綿帽子という出で立ちだった。綿帽子の下から、白く化粧した細い顎が覗いていた。茂秋は巫女にいわれるまま、彼女の隣に座った。

弥生が彼のほうを向いた。その顔を見て茂秋が咄嗟に思ったことは、こんな顔だったかな、ということだった。目の前にあるのは、真っ白なのっぺらぼうに、好き勝手に目や鼻や口を描き入れたという感じの顔だったからだ。山田弥生の顔がベースになっていることは間違いないようだったが、彼女の本当の顔を彼はうまく思い出せなかった。大体弥生の顔は、これ以上はないというぐらい平凡なのだった。

この女とこれから一生暮らすのか——。

ぼんやりとそう考えた。

そう考えたが、茂秋の胸には少しも実感が広がってこなかった。そのことに関して、何も感想が思い浮かばないのだった。この山田弥生という娘と結婚することが決まって彼が最初に思ったことは、

(これで御茶之小路家の名を残すメドがついた)

という、その一点だけだった。彼にとって結婚とは、それ以上のものでも、以下のものでもなかったからだ。

だから彼は結婚だけで満足してはいなかった。まだ大きな仕事が残っていると思っていた。いうまでもなく、子供を作るということだ。

とにかく今日は、結婚式と披露宴を無事果たさねば——。

そのためにも、例のことをお母様に確認しておかねば——。

御茶之小路家は旧家なのである。

どれぐらいの旧家か、ということを正確に説明するのは難しい。茂秋にしても、完璧に把握しているわけではなかった。それを語るには、先祖から連綿と伝えられてきた家系図が必要だった。そしてその家系図は、御茶之小路家の金庫に、厳重に保管されている。茂

秋にしても、その実物を目にしたのは、まだ数回しかなかった。

「先祖は、さる藩の家老をつとめておりまして」というのが、要子が御茶之小路家についての語る時の出だしである。その後彼女の話は、明治新政府になってからは特権階級の地位を与えられ、様々な権力者とも深い繋がりがあったというふうに展開していく。

要子は御茶之小路家の第十二代当主だった。先代夫婦に男の子が生まれなかったから、長女の要子が婿養子をとったのだった。

茂秋の父、つまり要子の夫は学校の教師だった。繊細そうな人だった、という印象が残っている。休日にはいつも書斎にこもって本を読んでいた。無口で、いつも妻の後ろに隠れているようなところがあった。親戚が集まる時などには、それが特に顕著だった。先祖伝来の土地を人に貸したりして一家の収入は保証されていたから、稼ぎ頭という扱いを受けることもなかったようだ。

茂秋が五歳の時、その父が亡くなった。胃がんだということだった。父について茂秋はあまり詳しいことを知らない。ただいつだったか、要子がこういったことがある。

「お父様はね、とにかく頭の良い人でした。あちらの家系には、うち以上に勉学に優れた人が多いんですよ。私がお父様と結婚することになったのも、そういう血を御茶之小路家に入れることも悪くないと、お祖父様がおっしゃったからなのです」

つまり頭のいい人間の遺伝子が欲しかった、ということになるのだろう。

父がいなくなったことで、茂秋は母親一人の手で育てられることになった。だが二人の生活は、母子家庭という言葉からは程遠いものだった。それは、家事全般をするのが家政婦たちだという理由からだけではなかった。たとえば茂秋の小学校を選ぶにあたっては、御茶之小路家の座敷に親族代表が十数人集まり、会議が行われた。本家の長男の進路については、何事につけ必ず親族会議を行うというのが、一族のしきたりであったからだ。

そんな環境だったから、茂秋の日々の生活においても、常に要子の目が光っていた。言葉遣いや生活態度、服装なども厳しくチェックされた。

中でも要子が神経質になっていたのは、付き合う友達のことだった。茂秋は学校から帰ると、まず要子に学校での出来事を包み隠さず報告せねばならなかったが、その話の中に少しでも知らない名前が出てくると、「そのナカムラ君というのは、どういう子？　家は何をしておられるの？」という質問が飛んだ。知らないというと、その場で要子は担任教師に電話し、その相手の子供の成績、授業態度、家庭環境にいたるまで仔細に尋ねるのだった。そんな質問に答える教師も教師だったが、有無をいわせぬ迫力が要子にあったということだろう。

そんなふうにして情報を仕入れた上で、たとえばそのナカムラ君と今後も友達付き合いをしていいかどうかを要子が判定する。「もうその子とは、あまり遊ばないようにしなさい」ということも、しばしばあった。そういわれると茂秋は、はい、と返事した後、いつも自分の部屋にこもって泣いた。付き合いを禁じられた友達にかぎって、魅力的で、一緒にいて楽しいことが多いからだった。要子が、「その子とはぜひ仲よくしなさい」というような相手は、退屈で人畜無害といった感じの子供ばかりだった。

　しかしこの母の決定に逆らうことはできなかった。友達選びにかかわらず、何につけても反発することは許されなかったのだ。なぜなら茂秋は跡取り息子だからだ。将来御茶之小路家を継ぐ彼は、当主となるための条件を身につけておかねばならなかった。そしてそのように導いてくれるのが要子だったのである。

　茂秋の通っていた小学校は、某有名私立大学の付属であり、そのまま中学、高校と上がっていけるシステムになっていたが、中学校から彼は別の学校に移らされることになった。その学校もやはり前述の大学とは甲乙付け難い有名大学の付属であったが、男子校であるという点が、これまでの学校と違っていた。

「中学や高校時代というのは、妙に性的なものに心を惑わされやすいものです。堕落する人間は、皆この時期につまずいています。茂秋には、そういうことは絶対にないようにしませんとね」

　以上が、親族会議における要子の発言である。そうだそうだということになり、全員一致で茂秋は男子校に入学することになったのだった。

　またその際、次のようなやりとりもあった。

「あっちのほうにうつつをぬかさんようにするとなるとあれだな、男子校に入れるだけじゃいかんな。今の世の中、乱れとるからな。ちょっと街の中を歩くだけで、そういう誘惑がごろごろしとる」こういったのは、親族の中でも長老格の、要子の叔父である。あっちのほう、というのは、性的な事柄全般を指していった言葉らしい。

「そうですよねえ、ほんとうにもう近頃は、若い娘の裸同然の写真が雑誌に載ってたりして」要子の従妹がいう。

「裸同然なんてものじゃない。裸がそのまま載ってることだってあるぞ。そそそ、そりゃあもうものすごい写真だ。丸裸だ。すっぽんぽんだぞ」一族では若手に入る要子の従弟が、目を剝きながらいった。言葉遣いが粗野なので、他の者の顰蹙を買うことが多い。が、この時は、言葉遣いよりもその話の内容に皆が顔をしかめた。

「えええ」

「まさか」

「本当だよ。みんなも一度、週刊誌というものを読んでみたらいい」

「そうかもしれませんね」要子が抑制した声でいう。「性風俗だけでなく、最近の若い人たちの風紀の乱れには、目に余るものがございますものね。そういった劣悪な雑誌に限らず、テレビなどでも目を覆いたくなるような番組が流れていたりします」

「うん、テレビはよくない」長老の叔父が同意した。「あんなもの、阿呆になるだけだ」

「うちはＮＨＫ以外は見ないな」

「ええ、うちだってＮＨＫだけです。民放なんて、くだらないものばっかり」

「要子さん、これはちょっと考えたほうがいいかもしれんな」一族の中で、最も要子が信頼している従兄が、重々しくいった。「中学ともなると、悪い誘惑がいろいろあるからな。生活管理を余程しっかりやらんと、朱にまじわれば赤くなる、ということになりかねんぞ」

そうだ、と一同頷く。

「もちろん、これまで以上に厳しくしつけていくつもりです。皆様にも御迷惑をおかけすることになると思いますけれど、どうぞよろしくお願いいたします」そういって要子は、深々と頭を下げた。

こんなやりとりが交わされたぐらいだから、中学に上がってからの茂秋に対する要子の監視の厳しさは、熾烈を極めたものになった。それはまず通学路に反映された。通学途中に悪への誘惑があってはいけないと、要子が自分の目で様々なルートを見てまわり、最も安全だと判断したコースを通学路と決めたのだ。茂秋がそれ以外のコースを辿ることは固く禁じられた。もし何かの事情でそのコースを通れない時には、家に電話をかけ、どういうルートで帰るかを指示してもらうということになっていた。

毎日毎日同じ道を登下校しながら、茂秋はたまには他の道を通りたい、という誘惑と闘っていた。だがそれを行動に移すことはできなかった。母親にばれた時に、どれほど激しく叱責されるかを考えると、とてもそんな勇気は出なかった。ばれるはずがない、というふうには考えられなかった。かつて彼も何度か母親のいいつけを破ったことがあったが、ただの一度としてそのことをごまかせたことがなかったからだ。実際要子は、息子に関しては異常ともいうべき嗅覚を持っていて、どんな嘘でも見破ってしまうのだった。

また彼は財布というものを持つことがなかった。彼に与えられていたのは、バスの定期券とテレホンカードだけだった。

「昼食は給食が出るし、学校に行って勉強するだけなのに、突然お金が必要になるなんてことは考えられませんからね」というのが要子の言い分だった。

では欲しいものがある時にはどうするのか？　その時には、茂秋がその旨を要子に話し、要子が買ってもよいと判断した時には買うということになっていた。しかし実際にこのシステムを茂秋が活用したことは、ほんの数えるほどしかなかった。その理由はいろいろある。日常生活や学校生活に必要なものは、すべて要子が揃えてくれたからとか、勉強に忙しかったからとかだ。だが一番大きな理由は、「欲しいものがなかったから」だろう。もう少し正確にいうならば、「世の中にどういうものが出回っているのか知らなかったから、欲しいものを思いつくこともなかった」ということになる。

通学路のことでもわかるように、茂秋に与えられる情報は、要子によって徹底的に管理されていた。テレビは一日一時間、ＮＨＫを見ることだけを許された。書籍については、マンガはもちろん雑誌はすべて駄目、文芸書にしても、現代作家のものは純文学や大衆文学にかかわらず読んではいけないとなっていた。音楽もクラシック以外は認められなかった。

茂秋は流行というものを、まるで何も知らなかったのである。彼は中学時代も高校時代も、外出する時には制服を着用していた。外出といっても、友達同士で遊びに行ったりするわけではなく、要子に連れられて親戚の家に行ったり、クラシックのコンサートに行ったりするだけだから、制服でも何も不都合はなかったのだ。

学校での交友関係に関しては、例によって要子が厳重にチェックしていたから、友達からよからぬ誘いを受けたり、妙な知恵をつけられたりということもなかった。それ以前に、茂秋に近づいてくるような級友は殆(ほとん)どいなかった。皆、彼のことを薄気味悪がっていたのだ。

茂秋を包む無菌室のような環境は、大学に進んでからも維持された。彼は天文学を専攻した。大学の講義が終わると、真っすぐに帰宅し、二階の自室に据え付けられた天体望遠鏡を眺めるというのが、彼の生活パターンだった。

ただこの時期彼は、一つのことで悩んでいた。それは遅ればせながら性に目覚めてきたことだった。彼は月に一度ぐらいの割合で夢精をするようになっていた。その現象の意味も原因も、彼はよくわからなかった。わからずに苦悶していた。

息子の変化に気づいていた要子は、考えた末、ある日茂秋に対して性教育を施すことにした。それは仏壇の置いてある座敷で行われた。正座する茂秋の前に要子は、一つの箱を置いた。その中には先祖伝来の書物が納められていた。現代風の言い方をすると、性教育マニュアルということになる。時代に応じて少しずつ手が加えられているが、最も古い部分などには、浮世絵の春画に似た絵が用いられていた。それらの資料を用いながら、要子は男女の身体の仕組み、妊娠のメカニズムなどを、淡々と茂秋に語って聞かせた。

「すると、私のあの現象は病気ではないのですね」茂秋は訊いた。

「ええ、違いますよ。あれは、あなたに子孫を残す力があるという証なのです」

「どこかの女性と、あの、今お母様が教えてくださったようなことを成して、子供を作るのですね」

「それが結婚するということなんですよ。でもまだ茂秋さんには早い話ですね。その時が来れば、お母様がしかるべき相手を探してあげます。それまでは、決してほかの女の人に近づいたりしてはいけませんよ。わかりましたか」

「はい、わかりました」茂秋は、背中をぴんと伸ばして答えたのだった。

彼がその「しかるべき相手」と出会うのは、それから十数年後のことだった。

茂秋たちが巫女から結婚式での手順を教わって間もなく、式場係がやってきた。いよいよ式場に入るのだという。すでに親族一同は、中で並んで待っているということだった。

「あの……」茂秋は口を開いた。

「何ですか」

「あの、その、母は？」

式場係の顔に軽蔑の色が一瞬浮かび、すぐに消えた。

「お母様も中で待っておられます」

「あっ、そうですか」茂秋は仕方なく頷き、口を閉じた。

訊きたいことがあるのに、と彼は思った。どうしても確認しておかねばならないことがあったのだ。

式が終わったら、隙を見て尋ねてみようと思った。

式は神前結婚で行われた。それが御茶之小路家の仕来りだった。キリスト教での式など論外だった。大勢の親族一同が見守る中、茂秋は先程巫女から教わったとおりに、新婦の弥生と共に誓詞を読み、三々九度の盃を交わした。

茂秋が真剣に結婚相手を探そうと思ったのは、二十七歳の誕生日を迎えてからだった。いや正しくは、要子がそういうことをいいだしたのだ。茂秋は彼女にいわれるまで、考えてもみなかった。考えなくていいと思っていた。彼は会社には就職せず、大学付属の天体観測研究所で助手をしていた。相変わらず、星が恋人だったのだ。

「御茶之小路家の嫁になる人は、やはりそれ相当の条件を備えている人でないといけません。まずそれなりの家庭に育った人であること。これは当然ですね。それから教養があり、家事全般は無論のこと、茶道、華道に長じていること。女らしく、おしとやかで、常にあなたから一歩退いて、あなたをたててくれるような性格であること。そして健康であること。ただ健康なだけではいけません。立派な跡継ぎを産める身体を持っていることが肝心です」

どういう相手を選べばいいかという話になった時、要子はこのように条件を並べていった。向かい側で正座した茂秋は、この母のアドバイスを、真剣な面持ちで手帳に記録していった。

「さらにもう一つ大事なことがあります」やや声のトーンを落として要子はいった。

「なんでしょうか」と茂秋は訊いた。

「それは」彼女はふっと息を吐いてから続けた。「処女であることです。いいですか。ほかのこともそうですが、この点についても決して妥協してはいけません。御茶之小路家が嫁にする娘が、すでに穢(けが)れているなどということは、絶対にあってはいけないのです」

茂秋は大きく頷くと、手帳に「処女」と書き、アンダーラインを二本強くひいた。

これらの条件に基づいて、花嫁探しが始められたわけだが、当然のことながらそれは難航した。大体次のような感じだ。

「二十七歳？　ちょっと歳がいきすぎてますね。できれば二十歳前後、せいぜい二十三歳ぐらいまでの方がよろしいんですけど」見合いの話を持ってきた相手に、要子がこのようにいう。

「でも奥様、近頃は結婚年齢が上がっておりますからね、二十七ぐらいなら若いほうだとお考えになったほうが……」

「いいえ、茂秋の嫁には、もっと若い方でないと困ります。二十七歳まで独身でいたなんて、何か問題があるからに違いありません。それにそれぐらいの歳だと、全く男性を知らないということも考えにくいんじゃございませんかしら。せっかくですけれど、このお話はお断りさせていただきますわ」

また仮に年齢制限をクリアしても、次々にハードルがある。

「まあ、お勤めをなさってるの。都内の商社に？　いけませんわあ、こういう方は。茂秋の嫁にはちょっと……」

「でもとてもいいお嬢さんなんですよ。子供の頃からお茶もお華も習っておられますし」

「だけど会社勤めをなさってるんでしょう。そういう方は、家を守るという姿勢にどうしても欠けるんじゃないでしょうか。それに、世間擦れした部分も、きっとあると思うんですよ。茂秋の嫁にはできませんわぁ」

このほかに、「一人暮らしの経験がある娘など、何をしてきたかわからない」、「学歴が高すぎる女は理屈っぽい」、「資格をたくさん持っている女は出しゃばりだ」など、偏見に満ちたハードルが数多く存在した。おかげで殆どの見合い話は、茂秋が写真を見ることもなく却下された。

それでも世の中は広いもので、数々の難関を突破し、御茶之小路家が馴染みにしている高級料亭で茂秋と見合いをする、というところまでいった女性も何人かはいた。そして要子が、「この方なら嫁にしてもいい」と思うこともあった。

ところがそうなると、今度は相手が茂秋のことを気に入ってくれないのだった。そんな時見合いの世話人は、いつも相手の家から同じような断り理由を聞かされた。曰く「マザコンは嫌い」、曰く「母親のロボット」、曰く「時代錯誤」。もちろん世話人はそういったことを要子に伝えるわけにはいかないから、適当な嘘を考えねばならなかった。もっとも、要子が烈火の如く怒り狂うことには変わりがなかったが。

山田弥生は通算三十五人目の見合い相手だった。短大を卒業後、実家で家事手伝いをしており、勤めの経験はなく、茶道、華道を母親から習っている以外は特に取り柄もなく、言葉数も少なく、表情も乏しく、とにかく地味な娘だった。話を持ってきた世話人も腹の中では、おしとやかというよりはぼんやりした娘だなあ、と感じていた。

ところがこの娘を要子は気に入った。そして山田家のほうでも、喜んで嫁に出すといってきたのだ。

かくして結婚話はトントン拍子に進んでいった。

式が終わると、一同は写真室に移動した。そこで親族揃って写真を撮るわけである。茂秋は要子のそばに近づこうとした。ところが写真係が慌ただしく指示を出した。

「はい、新郎と新婦はそこに座っていてください。はいはい、その位置で結構。その横が仲人さん。おかあさんはその隣で。はい、そこでいいです」

要子との間に仲人が入ってしまったので、茂秋は訊きたいことを訊けないでいた。やがて写真撮影が終わり、皆がロビーに移動を始めた。茂秋は要子の後を追おうとした。ところが写真係に声をかけられた。新郎と新婦の二人だけの写真を撮るのだという。仕方なく茂秋はその場に残った。

写真を撮り終えた時には、すでに披露宴の始まる時刻が迫っていた。茂秋は要子を探したが、もう会場に入っているらしく姿が見当たらなかった。

「いいですね、私の合図と共に入場してください」式場係が指示した。

「あのう……」と茂秋はいった。

「なんですか」時間がないからか、式場係の目は険しくなっていた。

「いえ、なんでも」

「では並んでください。はい、その場所です」

式場係にいわれ、扉の前に二人は並んだ。入場の音楽が流れ、扉が開け放たれる。式場係が合図した。二人はスポットライトを浴びながら、ゆっくりと前へ進み出た。

拍手が鳴り響いた。カメラのストロボが光る。皆の笑い顔が見えた。

茂秋は母親の顔を探した。要子は奥のテーブルにいた。背中を伸ばし、息子の晴れ姿を見ていた。母と子の視線が合致した。

お母様——茂秋は胸の中で問い掛けた。

お母様、教えていただきたいことがございます。今すぐ知りたいことなのです。

万一——。

万一、この披露宴の最中に、お手洗いに行きたくなったらどうすればいいのでしょう。しかも大きいほうのお手洗いです。

新郎だけが途中で退出してもいいのでしょうか。

それともそれは不作法なことなのでしょうか。御茶之小路家の恥になるのでしょうか。

お母様、教えてください。どうすればいいのでしょう。

私はすでに、かなりの便意を感じ始めております。今朝からお腹がゴロゴロと不気味な音をたてており、ずっとお手洗いに行きたかったのですが、そのきっかけが摑めなかったのです。

助けてください、お母様。

披露宴は、出席者がうんざりするほどのスローモーなテンポで進んでいった。スピーチをする人間の数がやたらに多い上に、皆揃いも揃って話が長かった。歌をうたうだけのはずだった人まで、前置きに長々としゃべりだすという始末だった。予定よりもかなり時間がかかっていることは明白だったが、この後には予約が入っていないらしく、式場側も諦めたような対応ぶりだった。

茂秋の下腹は、限界に近づいていた。もはや人のスピーチを聞く余裕などなく、神経のすべてを、肛門を締め付けることに費やしていた。それでも誰かがスピーチする前には、新郎新婦は雛壇で起立しなければならない。立っている間、彼は地獄の苦しみを味わわねばならなかった。

最近の披露宴では、新郎が色直しをすることも珍しくない。もしそうであったなら、茂秋もその時にトイレに駆け込むことができた。ところが今日の披露宴に、新郎の色直しはなかった。男はそんなことをせず、雛壇でじっとしている、というのが御茶之小路家の習わしだからである。

食事はフランス料理だった。オードブル、スープに始まり、魚、肉料理、サラダの後には、デザートやフルーツも出されることになっていた。しかし茂秋は一切口にしなかった。一口でも食べたなら、直腸のあたりで辛うじて踏んばっているものが、一気に押し出されそうな気がした。

彼は全神経を肛門括約筋に集中させていた。下腹に鈍痛があった。それは心臓の鼓動に合わせて、ずきんずきんと襲ってきた。彼はこめかみから脂汗を流していた。腋にも汗がだらだらと流れていた。

それでも彼は穏やかな笑みを浮かべているのだった。時折スピーチをしている人に頷いて見せたりもした。まるでゆったりとこの幸福な時間を楽しんでいるように、周りの者には見えるはずだった。この局面でそういうことができるのは、そのように教育されているからにほかならなかった。披露宴における新郎の態度というものを、要子からみっちりと教え込まれていたのだ。

ただ、途中で大便に行きたくなったらどうするか、ということについては教わっていなかった。

苦しみのあまり、彼は生まれて初めて母親を憎み始めていた。誰かにこの苦痛の責任を押しつけねば、気が済まなかったのだ。

お母様――。

なぜ教えてくださらなかったのです。教えてくださっていたら、こんなに苦しまなくてもよかったのに。お母様は何でも教えてくださったじゃないですか。お母様のいうとおりにしていれば間違いないとおっしゃってたじゃあないですか。

披露宴がどのように進んでいるのか、今誰が何をしゃべっているのか、彼には全くわからなかった。彼の頭の中は真っ白になりつつあった。下半身が熱い塊となり、彼の意識のすべてを奪っていた。

しかしその薄れかけた意識の中で、彼は司会者がこういうのを聞いた。

「さて、ではここで新郎新婦より御両親に花束の贈呈です」

御茶之小路要子は誇らしい気分で立っていた。ついに大きな仕事を成し遂げたという充実感を味わっていた。これで無事に子供が、できれば男の子が生まれれば私の役目も終わる、そう考えていた。その点について彼女はあまり心配していなかった。嫁の弥生の身体については、知り合いの医師に頼んで徹底的に調べてある。処女であると同時に、妊娠能力が充分にあることも確認済みだった。

だから、と彼女は思った。今日、こういう場で私が花束を受け取るのは、当然のことなのだ。立派な跡継ぎを育てあげ、こうして嫁もとった。讃えられて当たり前なのだ。

場内が暗くなった。BGMが静かに流れる。花束を抱えた新婦が浮かび上がった。少し遅れて茂秋も横に立った。

司会者が大げさにナレーションする中、二人は花束を持ってそれぞれの親のところへ近づいていく。おかしいなと要子は直感した。茂秋の顔色がよくなかった。それに歩き方が妙だった。老人のように腰を曲げ気味にしている。

「さあ、新郎新婦。お世話になったお父様とお母様に、花束をお渡しください」

司会者にいわれ、茂秋は花束を差し出した。何か訴えるような目をしている。要子は花束を受け取ってから、小声で彼にいった。

「姿勢を正しなさいっ」

その声を聞き、まるで条件反射のように茂秋は、ぴんと背中を伸ばした。よろしい、と答える代わりに要子は頷いた。だが次の瞬間、息子の表情の奇妙な変化を見た。苦しそうに顔を歪(ゆが)めたかと思うと、その顔を徐々に悲しげなものに変えていった。さらにその表情は陶然としたものになり、虚無的なものになり、最後は痴呆(ちほう)のようになった。

「どうしたの？　茂秋さん、どうしたの？」彼女は小声で息子を呼んだ。しかし彼女の大事な息子は、人形のように動かなかった。

何が起きたのかを一番最初に悟ったのは、そばにいた新婦の弥生だった。彼女は新郎の袴の裾(すそ)からこぼれ出たものを見ると、悲鳴をあげ、着物の裾をまくって逃げた。

女流作家

そりゃ作家だって妊娠ぐらいするだろうさ。女なんだから。

だけどどうしてこっちの仕事をしている時に、そういうことになんなきゃいけないわけ。連載中は身体には充分気をつけてくださいって何度もいったのに、全然聞いてなかったたってことじゃないか。

そりゃね、妊娠は病気とは違いますよ。めでたいことですよ。俺だってこんな時でなきゃ、脳天気に祝いの言葉を並べたりしちゃいますよ。だけどさ、今は困るんだよね。何たって連載の真っ最中だもんな。主人公がようやく事件に巻き込まれて、さあこれからって時じゃないの。読者がわくわくして、先が読みたいって気になる頃なんだよね。それが突然、

「著者妊娠のため、しばらく休載します」

これはないよなあ。

しかも今度の作品は、結婚に背を向けたスーパーキャリアウーマンが、競争会社の不正輸入を調査しつつ少しずつ危険な罠に落ちていくというストーリーだ。どう考えても、家庭的な雰囲気は合わない。だから作家自身もスタイルに気をつけてほしいのに、

「著者妊娠」

だもんなあ。イメージぶちこわしだよなあ。

まあこの点については、妊娠なんて言葉を遣わず、「著者の都合により」とか何とか書いとけばいいわけだけどさ。

それにしても、妊娠したから小説が書けないなんてことあるのかね。

「なにい、腹ぼて？　腹ぼてでも何でも書かせろ。手は動くんだろ、ワープロは叩けるんだろ？」

編集長みたいな下品な言葉は遣いたくないけど、俺だってそう思うよ。男だからわかんないのかもしれないけど。

それでまあ祝い金を運ぶついでに、そのあたりのことを問いつめに来たわけだ。

宮岸という表札のかかった門柱の前で俺は足を止めた。インターホンを押すと、男の声で返事があったので、少し面食らった。

玄関から出てきたのは、丸い金縁の眼鏡をかけたカトンボみたいな男だった。年齢は三十半ばというところか。あまり顔色がよくないが、それでも笑顔を作って、

「ささ、どうぞどうぞ」

と俺を屋内に導いてくれた。

「お邪魔します」

こいつが諸悪の根源か、と俺はカトンボの横顔を見た。ここへは何度か来たが、今まで

に会ったことはない。会社勤めをしているという話だが、今日は休んだのだろうか。

(こっちの都合も考えずにセックスなんかしやがって)

俺は心の中で毒づいた。

応接間で待っていると、程なく宮岸玲子が現れた。チェックの派手なトレーナーに、ずどんとした丈の長いスカートを穿いていた。髪はいつものように一本に編んで右肩の前に垂らしてある。顔色はあまりよくないが、それでもふっくらして見えるのはやはり懐妊のせいか。

俺は立ち上がり、深々と頭を下げた。

「このたびはどうもおめでとうございます」

「いやあねえ。そんな真面目な挨拶しないで。余計恥ずかしくなるじゃないの」

オホホのホとばかりに、宮岸玲子は口紅をべったりと塗った唇に手をやって笑った。ここで照れるぐらいなら、妊娠したことを出版社に葉書で連絡したりするなといいたいのをこらえて、

「これは些少ですが、うちの社からの気持ちです」

といって背広の内ポケットから祝儀袋を取り出した。中身は五万円である。本来なら出産後に持ってくるべきものだが、それを今出すのは、何とか心理的優位に立って連載を続けさせようという編集長のセコい作戦である。

「あらあら、まあまあ、こんなこと」

といいながら、宮岸玲子は辞退の言葉をひとつも吐かずにそれを受け取った。

その時ノックの音がしてドアが開いた。さっきのカトンボが盆にコーヒーカップを載せて入ってきた。

「あっ、これはどうも」

コーヒーカップをテーブルに置く、彼の骨ばった手を見ながら俺は頭を下げた。

「あなた見て、こんなのいただいたのよ」

宮岸玲子は五万円入りの祝儀袋をぴらぴらさせた。するとカトンボはそれをよく見極めるように眼鏡の位置を直すと、その目を糸のように細くした。

「いやあ、これはどうもすみませんねえ」

「いいえ」

「ではどうぞごゆっくり」

彼は祝儀袋と俺の顔を交互に見ながら、じりじりと後ろに下がっていき、完全に部屋の外に出たところでドアを閉めた。

「御主人は今日は会社のほうは？」

カトンボが淹れてくれたコーヒーを一口飲んでから俺は訊いた。まあまあ旨いコーヒーだった。考えてみたら、この家に来て飲み物が出たことなど一度もない。

「ああ、会社ねえ。あれ、辞めたのよ」

宮岸玲子はしれっといった。俺はコーヒーを吹き出しそうになった。

「辞めたというと、つまりその……退職ですか」

「そうよ。子供ができるとなると、誰かきちんと家事のできる人が必要でしょ。家政婦を雇うことも考えたんだけど、あの人が主夫役をしてくれるのが一番いいってことに気づいたの」

女史本人が仕事をやめるという案は出なかった模様だ。収入のことを考えれば、それが当然だろうが。

「ええと、御主人はどういった会社にお勤めでしたっけ」

「コンピュータの技術者よ。社内でもかなり実力を認められてたらしいけど、仕事がきついっていつもこぼしてたわ。だから本人も喜んでるみたい。見てわかると思うけど、主夫業が性に合ってるのよ」

俺はつい頷いていた。いろいろな夫婦があるものだ。

「ところで先生」

俺はソファに座り直し、背骨を伸ばした。

「連載のことですが」

「ああ、あれね。ほんっとにもうごめんなさい」

宮岸玲子は悪びれるようすもなく、ぺこりと頭を下げた。「こんな時にこんなことになって申し訳ないと思うわあ。この埋め合わせは必ずします」

「いや、あのですね」

俺は唇を唾で濡らした。「今度の先生の作品はじつに評判がいいんです。読者からも早く次が読みたいという手紙が殺到してましてて」

雑誌自体がそれほど売れていないので、そんなことはありえないのだが、嘘も方便だ。宮岸女史は信じたようすで、そうだろうそうだろうと頷いている。

「それだけに、今ここで連載を中断してしまうのは非常に惜しいと思うのです。どうでしょう。一回の枚数を減らしてでも継続するということはできませんか。もしそうしていただければ非常に助かると、編集長も申しております」

「できないわ」

こっちが必死に打開策を見つけようとしているのに、宮岸玲子はあっさりと否定しやがった。俺はむっとした。

「なぜです」

「だってお医者さまからいわれたんだもの。妊娠中は無理しちゃいけない、ストレスの溜るような仕事はもってのほかだって。あたしもそれほど若くないわけだし、今度の子が最初で最後になる可能性大なのよね。だから何としても完璧な条件で産みたいわけ」

ほうが、読者に対して失礼だと思うの。ねえカワシマさん、そう思わない？」

「でも読者がですね」

「読者もわかってくれるわよ。それにそんなふうにして無理やり書いたものを読ませるほうが、読者に対して失礼だと思うの。ねえカワシマさん、そう思わない？」

「それはまあ……」

いかんいかんと思いながら丸め込まれている。この女に理屈で対抗するのは、はっきりいって無理なのだ。

「そこを何とかしていただけませんか。こちらも苦しいわけでして」

泣き落とし作戦に方向転換してみた。が、女史の顔がみるみる険しくなった。

「あたしが書かないからといって、会社がつぶれるわけじゃないでしょ。もしあたしに何かあったら、おたくの会社でどう責任とってくれるの？　責任なんかとれないでしょ。赤ちゃんの代わりなんてないんですからね。それでもあたしに書けっていうの？　カワシマさん、あなた、あたしのおなかの子供と目先の仕事とどっちが大切？」

そりゃ仕事のほうだよと正直にいうわけにもいかず、「うー」と唸（うな）ってしまった。何だか腹まで痛くなってきた。

「いやまあその、僕は先生に休んでいただいてもいいと思ってるわけなんです。ただですね、うちのあれが。つまり編集長が」

しどろもどろになっていると、

「オダカさんがうるさいわけね」

と彼女は編集長の名前を出していった。俺は思わず、「そうなんです」と答えていた。

「わかったわ」

宮岸女史は立ち上がると、部屋の隅に置いてあったコードレス電話を取った。そして馴れた手つきでピポピポとボタンを押した。

「あっ、宮岸ですけど編集長お願いします。……ああ、オダカさん？　どうも御無沙汰しています。ところで今カワシマさんが見えてるんですけど――」

宮岸玲子はさっき俺にいったことを再び繰り返した。口調はさらにエスカレートしており、電話の送話口が唾だらけになりそうだった。

一方的にしゃべった後、今度は女史が編集長の言い分を聞く番になった。またきっと彼女が怒りだすに違いないと俺は身構えたが、意外なことにニコニコと笑い始めた。

「あらそうですか。やっぱりオダカさんならわかってくださると信じてましたわ」

どうなってるんだと呆然とする俺の前で、電話は和やかに切られた。

「しばらく休載にしましょうって、編集長が。これでいいわね」

勝ち誇ったように宮岸玲子は胸をはった。

それなら文句はございませんというしかなく、俺はすごすごと宮岸家を退散した。ところが社に戻ってから、「このバカたれめ」と編集長に怒鳴られた。

「何のためにおまえを行かせたと思ってるんだ。祝い金まで取られおって」

「でも最終的に結論を下したのは編集長じゃないですか」

「あの局面じゃ、どうしようもないだろうが」

　みにくい言い争いをした後、どちらからともなくため息をついた。

「仕方ない、とりあえず来月分の穴埋めのことを考えよう」

　編集長の一言で、この件は宮岸女史の一方的大勝利で落着することになった。


　宮岸玲子が作家としてデビューしたのは、今から三年前だった。某新人賞を受賞した作品がベストセラーになり、それ以来人気作家の仲間入りをしている。現代的な感性を持った文章と、退屈させないストーリー運びが人気の秘密とされているが、俺が見たところでは、読者を若い女性に絞った点が成功の最大の要因だろう。デビュー当時本人がまだ三十そこそこだったことも、読者に仲間意識を抱かせる効果を発揮したようだ。これがもし冴えないオッチャンだったりしたら、どんなに面白くても今ほど売れることはなかっただろう。

　執筆の動機は、結婚して会社を辞めたら暇になったから、というものだった。それが今や十万部ぐらいは楽々クリアしてしまう売れっこだ。だからこそ今回みたいな我が儘をいおうって気にもなるんだろう。売れてない作家がこんなことをしたら、即お呼びがかからなくなる。

本人がいったように、その後宮岸玲子は殆ど仕事をしなかった。するといえば短いエッセイ程度だ。それも毎度同じ、妊娠とお産の話題だ。おそらく頭の中は、そのことでいっぱいなのだろう。

そしてその年の暮れ、宮岸玲子から編集部に葉書が届いた。無事に男児を出産したという知らせだった。ただ、すぐに仕事にとりかかるのは無理なので、来月から連載を再開したいと書いてあった。俺は編集長に命じられるまでもなく、祝いの電話をかけた。電話に出たのは例のカトンボだった。女史は赤ん坊と共にしばらく実家で療養するとのことだ。その家の電話番号を訊いたが、女史の亭主は柄にもなく突っ張って、最後まで教えてくれなかった。

「しょうがねえな。だけど来月からビシバシ書かせろよ」

編集長は鼻息荒くいった。

だがこの気合いも、やがて拍子抜けすることになった。次の月になるとこちらが催促するまでもなく、宮岸女史のほうから原稿が送られてきたのだ。俺は驚嘆し、歓喜し、はりきって感謝の電話をかけた。女史は自宅に戻っていた。

「そんな礼なんかいいのよ。迷惑かけたから、そのお詫び」

久しぶりに聞く彼女の声は、子供を産んだせいか前よりも少しソフトになっていた。背後で赤ん坊がギャーギャー泣いている。

「いやあ、でも感激しました。近いうちに御挨拶に伺いたいと思いますが、来週あたりいかがでしょうか」

「えっ、来週？　来週はちょっとまずいわねえ……」

「では再来週でも」

「うーん」

宮岸玲子は電話の向こうで何やら考え込んだようすだ。「あのう、しばらくはお会いできないのよ。ほら、赤ん坊がいるでしょ。だから」

「ははあ」

その赤ん坊の世話をさせるため、亭主に会社を辞めさせたのではないか。しかし来るなという以上、無理に行くともいえない。ではいずれそのうちに、ということで電話を切った。

その後も女史からの原稿は、毎月締切近くになると、きちんきちんと送られてきた。妊娠休業宣言以前は、こっちが何度催促しても、

「どうもまだ身体の内側から湧き上がってくるものがないのよね」

とかいって仕事をぐずぐず引き伸ばしていたのだから、大変な変わりようといえる。母親になったし、大した違いではないとはいえ亭主の収入がなくなったから、それなりに自

覚が出てきたのかなと俺は解釈した。

ところが出産後半年が経っても、俺が宮岸女史と直接会うことはなかった。話をするのは電話だし、原稿はファックスで間に合ってしまうからだ。

他の出版社の連中に訊いても、どうやら同じような状況らしかった。ただどの編集者も、原稿が早くなった点は素直に喜んでいた。

俺が宮岸家に足を運んだのは、八月のクソ暑い夕方だった。雑誌の連載が無事終わってから二か月が経っていた。その原稿を単行本にする前の校正刷りを届けるのが目的だ。本当は郵送するつもりだったのだが、アルバイトの女の子がぼけっとしていて忘れるものだから、帰り道でもあることだし、俺が直接届けることにしたのだった。

宮岸邸の近くにある電話ボックスに入り、これから行く旨を伝えた。

「今から？　そんな……困るわ。仕事で忙しいのよ」

女史は明らかに狼狽していた。そのうろたえぶりが、俺の好奇心を刺激した。

「ゲラをお届けするだけです。玄関で帰ります。先生はお仕事をなさっててください」

ここまでいえば断れまい。女史はしばらく黙っていたが、

「わかったわ。じゃあ主人にいっておくから、渡しておいてください」

と、やや投げやりな調子でいった。

宮岸邸に行くと、玄関にはやはりカトンボの旦那が出てきた。以前にも増して痩せたよ

うだ。目が赤く充血している。主夫業と育児の大変さを物語っているわけだ。俺はゲラを彼に渡した。

「先生はいかがですか。かなりお忙しいようですが」

「ええまあ何とかやっているようです。わざわざ来ていただいたのに、顔も出さずに申し訳ございません」

彼は気弱な顔でぺこぺこと頭を下げた。その時、奥の部屋から赤ん坊の泣き声がした。ちょっと失礼といって部屋に戻ってしばらくすると、彼は赤ん坊を抱えて戻ってきた。

「ははは、片時も目が離せないんで参りますよ」

力なく彼は笑った。依然として泣き続けている赤ん坊の顔は、はっきりいってあまりかわいくはなかった。力んでいるせいか、茹でた平家ガニみたいだ。

「元気そうで何よりですね」

当たり障りのないことをいって俺は辞去することにした。

門を出た後、俺は来た道には戻らず、屋敷の裏側に回ってみた。そっちに女史の仕事部屋があることを知っているからだ。

塀に手をかけ、つま先立ちをして屋敷内を覗き込んでみた。前栽の向こうに大きな窓が見える。そこには白いレースのカーテンがかかっていた。

そのカーテン越しにピンクのTシャツを着た宮岸玲子の姿が見えた。久しぶりに見るのだが、あまり変わってはいなかった。ワープロに向かって黙々とキーを叩き、時折首を回したり、尻のあたりをボリボリと掻いたりしている。

（別にどうってことはないみたいだな）

何となく周囲を見回してみた。窓の斜め下にやけにでかいエアコンの室外ユニットが置いてあって、ブーンというモーター音を発していた。それを見ているうちにクーラーの風が恋しくなり、塀から離れて帰路についた。

どうやら宮岸玲子は人間嫌いになったらしい、という噂が出版界に流れだした。出産後一年が経過したというのに、誰一人として彼女に会えないからだった。子供を産んですごいデブになったからだとか、整形手術に失敗したからだという説も飛び出したが、それらは俺を含めて数人の編集者たちによって否定された。あきれたことに、俺以外にも窓越しに覗いた者がいたのだ。中の一人は近所の主婦に見つかって、あやうく痴漢扱いされるところだったという。

最近覗いた者の話によると、彼女は相変わらず熱心に仕事をしているが、時々手を休めては、少し大きくなった子供をあやしたりもしているらしい。

「子供が生まれて家庭的な気分になったものだから、出版界の人間みたいな変人とは付き合いたくなくなったんじゃねえか」

その男は自嘲気味にいった。「まあ別にいいよ。仕事さえしてくれりゃあこっちは文句はないんだからな」

実際彼女の仕事ぶりは評判がよかった。そして本の売行きも、妊娠休暇前と変わらず好調であった。

ところがある日、俺はとんでもないものを見てしまったのだ。

ポカポカ陽気で、四月というのに上着を脱ぎたくなるような日だった。俺は久しぶりに宮岸邸を訪れた。単行本の見本を届けるためだった。宮岸という表札の下のインターホンを鳴らし、いつものごとく女史の亭主の声が出てくるのを待った。

だが何度鳴らしても、あの例の細い声は返ってこなかった。今日来ることは事前に連絡してある。留守というのは解せなかった。

俺は屋敷の裏に回り、前に一度やったように塀越しに中を覗き込んだ。やはり窓にはカーテンがかかっていたが、室内のようすはよく見えた。宮岸女史は部屋にいて、仕事をしているのだった。前に見た光景と同じだ。違う点といえば、服が春物のセーターになっている点か。

(いるならインターホンにぐらい答えてくれればいいじゃないか。それとも防音対策がされていて聞こえないのかな)

その時俺の目に留まったのは、例のエアコンの室外ユニットだった。こんなに良い気候だというのに、それは作動を続けていたのだ。

（電気代がもったいないぜ）

貧乏性の俺は、ついそんなふうに思ってしまう。

やがて女史は何かに気づいたように振り返ると、にっこりと笑い、一旦しゃがんでから立ち上がった。彼女は子供を抱えていた。どうやら彼女の息子も、よちよち歩きぐらいはできるようになったらしい。

もう一度インターホンを鳴らしてみようと表に回ると、黒のアウディが駐車場に入ったところだった。痩せた亭主が運転席から出てきた。

「すみません、事故で道が混んでしまって。お待ちになりましたか」

「いや、今来たところです」

俺はとりあえずそういっておいた、カトンボ君は何だかほっとしたようすで、車の後部ドアを開けた。彼がそこから出してきたのは、白い服を着た子供だった。

「ええと、その子は？」

「うちの子ですよ。赤ん坊はすぐに大きくなるでしょう？」

「はあ……」

どういうことなのだ。これが彼等の子供なら、さっき女史が抱いていたのはどこの子供なのだ。双子を産んだという話は聞いていない。

「どうかしましたか」

俺が釈然としない顔をしていると、カトンボは不安そうに尋ねてきた。その怯えたような目は、俺に二人の子供について質問することを躊躇させた。

「いや、何でもありません。かわいいお子さんですね」

適当なお世辞をいうと、見本の単行本を彼に渡してその場を去った。しかしその後も俺の心の中はもやもやしたままだった。

ある日俺は宮岸玲子が出産した病院を訪ねてみた。じつは双子が生まれていて、それを何らかの理由で隠しているのかと思ったのだ。ところが医師は、俺が宮岸玲子の名前を出しただけで、なぜか表情を険しくした。

「何か不審な点でもあるというんですか」

まるで喧嘩腰の口調で、その態度自体が不審な点だわいと俺は思った。それでもまずは、宮岸先生の産後の具合はどうだったのでしょうかなどという無難なことから質問を始めた。ところが何が気に入らぬのか、医師の態度はますます硬化していくのだった。しまいには、

「うちの病院にケチをつける気か」

と怒りだす始末だ。俺はほうほうの体で退散したが、どうやらこの病院に何かあるらしいと確信したのだった。

俺は病院の近所の住人から聞き込みをすることにした。その結果、じつに興味深い情報が得られた。その病院を知る、主に中年のおばちゃんが口を揃えていうには、

「あそこの医者は腕が悪い」

らしいのだ。近代的で大きな建物だから幻惑されやすいが、じつはすでに何人か死んでいるという。いずれのケースも、ほかの病院なら絶対に助かったと思われているそうだ。

どうも不吉な予感がする。

だけど宮岸女史の身に何かあったとは考えられない。なんたって、ああして元気に仕事をしているじゃないか。それに医者の腕が悪いことと、子供が二人いることとは、どう考えても繋がらない。

(わかんねえな、どうも)

俺は一旦は匙を投げかけたのだった。

投げた匙を拾うきっかけになったのは、経済新聞のある記事だった。それを見た途端、頭の隅に引っ掛かっていたものがポロリと落ちたような気がした。これしかないというような仮説が浮かんだのだ。

俺は友人から携帯電話を借りて、宮岸邸に出向いた。しかし今日はインターホンを鳴らさずに、そのまま裏側に回った。

塀の外から背伸びして覗くと、いつものように女史の座っている姿が見えた。それを確

認してから俺は携帯電話で宮岸家にかけた。電話に出たのは亭主だった。

「四葉社のカワシマですが、宮岸先生はいらっしゃいますか」

「あ、はいはい。ちょっとお待ちください」

俺は窓から彼女のようすを見ながら待った。しかしカトンボ亭主が彼女を呼びにくることはなかったし、彼女の部屋の電話に繋がれたようすもなかった。そしてそのうちに、

「ああ、どうもお待たせ」

という女史の声が受話器から出てきたのである。

「カワシマです。その後、仕事のほうはいかがですか」

「うーん、相変わらず忙しいわ。おたくのほうの仕事には、なかなかかかれないみたい」

「それは残念ですね」

窓の中の宮岸女史は、さっきから変わらぬ姿勢で仕事をしていた。ということは、俺は今一体誰と話しているのか。

適当に話を切り上げると、俺は宮岸邸を後にした。帰りの電車の中で例の経済新聞の切り抜きを取り出した。

その記事は、かつて宮岸玲子の旦那が勤めていた会社で、家庭用の高解像度巨大ディスプレイが開発されたことを報じていた。

正直いって、俺は自分の編集者としての能力に自信をなくしたね。途中から書き手が変わってたっていうのに、全く気づかなかったんだから。いやしかしそれは他の編集者も同じか。「いかにも女性らしい細やかな描写」なんて書いてた、あの書評家も同類だな。

それにしてもあのカトンボ亭主、思いきったことをしたものだ。

女史はたぶんあの下手(へた)くそな医者のおかげで亡くなったんだろう。最近は出産で死ぬなんてことないというけど、じつはそうでもないんだよな。

だけどカトンボは病院と結託して、女史が死んでいないことにした。病院側としても、今以上の悪評がたつのは拙(まず)いから、亭主の提案を喜んで受け入れたはずだ。

なぜそんなことをしたかだが、それはカトンボが今の生活を守りたかったからに違いない。女史が死んでしまえば、収入がなくなってしまう。奴(やつ)は自分が代わりに小説を書き、それを宮岸玲子の名前で発表することにしたんだ。

問題は、どうやって女史が生きているように見せかけるかだ。まず電話のほうだが、自分の声を周波数変換して女史の声に聞こえるようにする機械を使ったのだろう。そういえばこちらがしゃべった後、彼女がしゃべるまでの間に、いつも少し間が空いていたように思える。

そして窓から見える光景だが、あれは例の巨大ディスプレイを使ったに違いない。奴は前の職場の仲間に声をかけて、試作品か何かを融通してもらったのだろう。

あの女史の姿は、すべてコンピュータ・グラフィックだったということか。それにしても子供の姿までプログラムしてしまうとは、ちょっと芸が細かすぎやしないか。

これでエアコンの謎も解けた。巨大ディスプレイやコンピュータを使い続けていたら、とんでもない放熱量になってしまう。それを冷やすために、クーラーをかけ続ける必要があったのだ。

それにしても、あの亭主にあれだけの文才があったとは。

そこまで考えた時、ちょっと待てよという気になった。

じつは以前から亭主が書いてたりして。

だけど若手女流作家ってことにしたほうが売れると思って、女史が書いてるってことにしたとか。

そう考えるとつじつまが合ってしまう。最近締切をきちんと守れるようになったのは、会社を辞めて執筆に専念できるからなのだ。

「で？」

俺の話を聞き終えた編集長は仏頂面でいった。「それがどうした」

「どうしたといわれましても……驚きませんか？」

「驚いた」

「でしょう」

「しかし、それが俺たちに何の関係がある？」

「…………」

「俺たちに必要なのは、著者宮岸玲子というラベルだ。読者はそのラベルがついていれば本を買う。宮岸玲子が本当は誰なのかなんてことは、この際関係ない。わかるな」

「わかります」

「じゃあ」

編集長は俺の机を指差した。「仕事に戻れ」

俺は納得して席に戻った。なるほどそうだよという気になっていた。宮岸玲子がじつはあんなカトンボだったなんてことになったら、俺たちは読者から殺されるかもしれない。

ほっとこう、と俺は決心した。

それから数年が経った。宮岸玲子の本はコンスタントに売れていた。だが彼女の生活について触れるものは、出版界にはいなかった。時折新米の編集者がパーティの席などで、

「この前初めて先生の姿を窓から見たんです。びっくりしましたね。だってデビュー当時の写真と殆ど変わっていないんですから」

といったりする程度だ。そんな時我々ベテラン編集者は、ぱっと後ろを向いて、ほかの人間と話をするのである。

殺意取扱説明書

神田にはよく来るけれど、古本屋に入るなんてことは今までになかった。誰が所有していたのか知れない本を、手袋もはめない手で触るのなんて、想像するだけでも嫌だったからだ。それに第一、最近は本なんてめったに読まない。活字を目にするといえば、転職情報誌ぐらいか。とにかくここ一、二年は、本屋の新刊コーナーからさえ、足が遠退いていたのだ。

それなのに何となく、この日にかぎってふらふらと、その古本屋に入ってしまったのだった。ラーメン屋の隣にある、狭い店だった。古く薄汚い本が入り口にまで積み上げてあって、うっかりすると先日買ったばかりのスカートが汚れそうだった。

店内にいるのは男性ばかりだった。皆それぞれ熱心に、棚に並んでいる本を睨んだり、手にとって中を読んだりしている。自分の世界にはまっていて、人のことなど目に入らないという感じだった。オタクだなと私は思った。本オタクだ。

いちいち読むのが嫌になるほどずらりと並んだ本の背表紙を眺め、こんなところにいても仕方がないと思った。こんな店に入ったところで、探すべきものなど何もない。ここは私とは、この世で一番縁遠い場所の一つだ。

しかし私はなぜか、この店を出ていけなかった。この店の前を通りかかった時、何かがここにはあるような気がしたのだった。何かが私を呼んでいたのだ。私はあてもなく、本の山をぼんやりと見つめた。この店の何が私を、これほどひきつけるのだろう。

しばらくそうした後、私は心の中で自分を嘲笑（ちょうしょう）した。馬鹿馬鹿しい。こんなところに、今の私を救える何かがあるはずがない。どうしようもないぐらいに行き詰まった挙げ句、おかしな幻想を抱（いだ）いたにすぎないのだ。

出よう、そうして苦いコーヒーでも飲んだほうがました。

そう思って出口に向かいかけた時、その本が目に留まった。

その本は出口に一番近いところにある書棚の、一番端に入っていた。厚さは一センチぐらいで、カバーもついていない白色の本だった。

殺意取扱説明書。

こういうタイトルがついていた。しかしその文字もかなりかすれていて、よく見ないと読めなかった。なぜそれが目に留まったのか、自分でもわからなかった。

気がつくと私はその本を買って店を出ていた。私がレジで本を出した時、店の主人は一瞬意味ありげにこちらの顔を見たようだった。しかし結局無愛想な声で「二千六十円です」といっただけだった。

二千六十円。気紛れに使うには、適当な金額だ。

狭いワンルームに帰り、簡単な夕食を済ませてから、買ってきた本をテーブルに置いた。殺意取扱説明書。本当に変わったタイトルだ。考えてみると、小説なのかエッセイなのかもわからずに買ってしまった。まさか実用書ではないだろうが。

ところが――。

本の第一項目に書かれていたのは、次のような文章だった。

『殺意は誰にでも簡単に手に入れることができます。しかしその使用方法については、正しい知識が行き渡っていないのが実状です。生半可な知識で使用すると、非常に悲しい結果を招くことにもなりかねません。本書は、初めて殺意をお使いになる方が、安全に正しく殺人を行なえるよう解説したものです。なお、お読みになった後は、目的を達するまで、大切に保存ください。』

さらに次の頁（ページ）をめくってみる。そこには目次が書かれていた。

『目次

準備……………………五頁
殺意の概要と基本操作……一〇頁
殺意の初期化……………一四頁
調整……………………二二頁
……………………………』

「げっ、何よこれ」私は思わず本をほうりだした。

これでは小説でもエッセイでもなく、まさしく取扱説明書以外の何物でもないではないか。何というつまらないものを買ってしまったのだろう。

自慢ではないが私は、この取扱説明書というものが大嫌いなのだった。ビデオだとかステレオだとかの電化製品を買うと、こういうものが必ずついてくるが、まずきちんと読むことなどない。スイッチ類を適当にごちゃごちゃいじりながら、どうにかこうにか基本操作だけはマスターするというのが、私流の電化製品との付き合い方なのだ。だから知り合いにいわせると、私は高機能の機械をいっぱい持っていながら、その能力を十分の一も使っていないらしい。

私が取扱説明書を読まない理由は二つある。一つは、読んでも絶対に途中で何が何だかわけがわからなくなるということだ。知らない言葉や、意味不明の用語が出てきたりすると、イライラしてしまう。二年前に買ったノートパソコンを、全然使わずにクロゼットの中にほうり込んであるのも、それが原因なのだ。

取扱説明書を読まないもう一つの理由は、あそこには嘘が書いてあるということだ。私だって何度か、どうしてもうまく機械が動かない時に、取扱説明書を読んでみたことがある。しかし一度だってそれで、満足な結果が出たためしがないのだ。いい例がビデオの予約だ。取扱説明書のとおりにしているはずなのに、きちんと録画できたりできなかったりする。それで不安なものだから、どうしても見たい番組を予約した時などは、その時刻になるとビデオの前に座って、きちんと作動するかどうか見張っていなければならないのだ。これでは全然予約の意味がない。怒ったすえに出した結論が、「取扱説明書には嘘が書いてある」というものだった。

私は買ってきた本をほうりだし、テレビでも見ようとリモコンのスイッチを入れた。しかしチャンネルをあちこち変えたが、くだらないドラマかニュース番組か、全国旨いもの食べ歩き番組しかやっていなかったので、すぐに消した。そうしてまたテーブルの上の本を見た。

考えてみれば妙な本だ。殺意なんてものは各個人が勝手に胸に抱き、それに動かされて犯行に及ぶものだと思っていた。電化製品みたいに、スイッチを入れたり切ったり、ツマミをひねったりするものではないはずなのだ。

もう一度本に手を伸ばした。『準備』という頁を開いた。そこにはこう書かれていた。

『対象をたしかめましょう

殺したい相手を限定してください。複数の場合はモード2を参照。それが済んだら、相手と自分との関係を明確化してください。』

私は本から目を上げた。そして矢口育美の派手な顔を思い浮かべた。

育美は女子大時代からの友人だった。今から考えると全く愚かなことだけど、親友だと思った時期すらあるのだ。しかしそれは私のほうだけで、彼女は私を利用することしか考えていなかった。そのことが、今はよくわかる。

さらに本の頁をめくる。『殺意の概要と基本操作』には、殺意が芽生えるメカニズムと、やたらに抱いてはいけないという意味の注意事項が書かれていた。説教くさいので、途中で飛ばし読みした。

次は『殺意の初期化』だ。そこにはこうある。

『初期化しよう

長期にわたって悶々としていると、そのうちに憎しみだけが残り、いったいなぜ殺意を抱くにいたったかが不明瞭になってしまうことがあります。ここでは最初に殺意を抱いた時のことを回想し、気持ちを整理してください。』

それはあるな、と私は思った。最近では育美の行動の一つ一つを思い出すたびに憎しみを増殖させてしまい、何が一番許せなかったのかがわからなくなっている。

よし、殺意を初期化させてみよう。私は過去に思いを馳せた。

きっかけは、緒方洋一だった。

私と洋一は、同じ会社に勤めている。職場も元は同じだった。それで私たちは親しくなり、やがて恋人と呼ばれる関係になったのだ。将来のことについて、はっきりと話し合ったことはないけれど、私は彼と結婚したいと思っていた。彼もそのつもりだったはずだ。

職場内でも、私たちのことについては誰もが知っていた。「式はいつなの？」そんなふうに何度訊かれたことか。

失敗だったのは、彼を育美なんかに紹介してしまったことだ。

ある夜、育美と二人で飲んでいると、急に彼女が私に恋人を紹介してくれといった。今から呼び出そうというのだ。私は彼に迷惑をかけたくなかったが、育美の次の言葉で気が変わった。

「本当にあなたに夢中なら、どんな時でも飛んでくるものよ」

急の呼び出しに応じないようでは、相手は大してあんたのことなんか気にしていないのだ、といわんばかりだった。私はカチンときて、「じゃあ電話してみる」といった。

電話すると彼は嫌だとはいわず、むしろ喜んでいた。約三十分後に彼が現われた時には、私は育美に対して勝ち誇ったような気分になったものだ。

しかしこれが間違いだった。私は思い出すべきだったのだ。育美が学生時代から、気に入った男性は必ず自分のものにしてきたことを。そして警戒すべきだった。洋一が席を外した時に私の耳元で囁いた、「素敵な人じゃない。羨ましい」という台詞を。ところが私は有頂天で、洋一の長所をべらべらとしゃべっていた。余計なことに、彼の家が財産家であることまで。

洋一は優しい性格をしていた。だがそれが同時に彼の欠点でもあった。その点についても私は注意をすべきだったのだ。嫉妬深いと思われてもかまわないから、彼が育美から、「今度ゴルフを教えてくださいね」といわれた時、「私が一緒でなきゃだめよ」と横からいってやればよかったのだ。だが私はそうはしなかった。「素敵な彼を貸してあげる」という感じで、優越感に浸っていたのだ。育美が心の中で舌なめずりしていたことにも気づかずに。何という馬鹿だったのだろう。

変化は、それから一か月ほどたった頃から現われた。洋一の態度が妙にぎこちないものに変わり始めたのだ。私の前で、じつに居心地悪そうにするのだった。そして育美に紹介してから約三か月目、彼はおずおずと別れ話を持ち出した。寝耳に水とは、まさにこのことだった。

問い詰めると、育美との関係を彼は白状した。何度か彼女のほうからゴルフの誘いがあり、一緒にプレイしているうちに惹かれていったのだという。だが私は洋一の言葉を信用しなかった。彼が惹かれたのではない。育美が誘惑したのに違いなかった。

私は泣きながら育美に抗議した。すると彼女は困った顔でこういった。

「あなたには悪いと思うのよ。でも彼があたしのことを選んだ以上、仕方がないでしょ。あなただって、気持ちの離れた相手と一緒にいたって幸せにはなれないと思うな」

それで私が余計に逆上すると、「あなたに彼を独占する権利なんてないでしょ。奥さんじゃないんだから」といって開き直るのだった。

私は何とか洋一の気持ちを変えようと努力した。だが育美が彼の背後で操作しているせいか、彼は考え直すとはいってくれなかった。

私と彼の関係が崩壊したことは、会社内でも知れ渡った。誰もが私を遠巻きにし、憐れみと、好奇の目を向けてきた。露骨に同情の言葉をかけてきたのは、オールドミスの先輩だ。あんなブスに、「一緒にいい男を探そうよ」なんていわれたくない。

そして先日の人事異動だ。

全く予期していなかったことだが、私は別の職場に移されることになった。地味で目立たない職場で、これといった仕事もしていないところだ。その職場の社員の殆どは、定年間近の男性社員だった。

なぜこんなところに配置転換がなされたのか、その理由はあきらかだった。我が社では習慣的に、社内結婚があった場合は妻のほうを別の職場に移すのだが、破局があった時にも同様のことが行なわれるのだ。

私は今までの職場が気に入っていた。仕事自体は男性社員の補佐だったので、自分で企画を立案するとか、取引するとかいうことはなかったが、とにかく華やかな雰囲気に包まれていたのだ。有名人が集まる場に行くこともあったし、時にはホステス役を命じられることもあった。職場の花だと、皆がちやほやしてくれた。

それなのに今は、野暮ったい事務服を着せられて、コピー取りだとか、慰安会の日程表の清書だとかをやらされている。その慰安会にしても、想像するだけで憂鬱になる。女性参加者は私一人なのだ。くたびれた爺さんたちと温泉旅行して、何が楽しいものか。

会社なんか辞めてやろう、と私は決意していた。それでこのところ転職情報誌を読む機会が多いのだ。ところが世の中不景気で、条件のいい会社なんて、そうそうない。こうなったら水商売でもと思うことがあるが、そんなところで働いているところを、万一知り合いにでも見つかったら何と思われるだろう。物笑いには、絶対になりたくない。

ああ、ああ、なぜ私がこんな思いをしなければならないのか。だからとにかく育美が悪いのだ。あいつが私の洋一さんを横取りしたから、不幸がいっぺんに押し寄せてきた。あの女が悪いのだ。あんなやつ、死ねばいいのに。

やや漫然とした感じになっていた憎しみが、新鮮な感覚となって蘇ってきた。今すぐにでも殺したい。じっとしていられない。

私は本を閉じ、立ち上がって狭い部屋の中を歩き回った。どうやって育美を殺してやろう。それを考えることに没頭した。

翌日私は会社の昼休みに、近くのホームセンターで出刃包丁を買った。もちろん服は着替えていたし、眼鏡をかけたり、髪型を変えたりといった変装もした。

夜になると育美のマンションのそばまで行き、服の上からさらに黒いトレーナーを着込んだ。闇に紛れるのと、返り血を防止するのが目的だった。その上で駐車場の車の陰に身を潜めた。育美は毎週この日になると、英会話教室に通っている。生意気に車でだ。そろそろ帰ってくる頃だった。

エンジン音がして、赤い車が駐車場に入ってきた。育美の車だ。バックで車庫入れ。エンジン音が止まった。私は出刃包丁を握りしめた。掌に汗が滲む。

ドアが開き、柄入りのストッキングをはいた格好のいい脚がまず現われ、続いて育美のスーツ姿が出てきた。ドアを閉めると、バッグを肩にかけて颯爽と歩きだす。ハイヒールの音が駐車場にこだました。

私は包丁を持つ手に力を込め、飛び出していこうとした。ところが足がぴくりとも動かない。馬鹿、何をしているんだ。早く行かないと間に合わないじゃないか。

しかし結局私はそこでじっとしていただけだった。育美の背中がマンションの中に消えた。それを確認して私はのろのろと立ち上がった。包丁の柄がじっとりと濡れていた。

自室に帰ってからも、しばらくぼんやりしていた。あれほど固い決意で挑んだはずなのに、土壇場で尻込みした自分が情けなかった。

例の殺意取扱説明書を出してきた。昨日は『殺意の初期化』というところまでしか読まなかったのだ。その後の『調整』という項目を見てみた。そして、ああそうかと思った。

そこには次のように述べられていた。

『殺意を初期化し、相手を憎しみ始めた当初の気持ちを取り戻したら、次にその気持ちを調整します。この手順をはぶくと、いざ犯行という時になって気持ちがひるんだり、たとえ犯行に及んだとしても、勇み足でとんだポカをすることになります。』

そういうことか。これを読んでおけば、今夜のようなことはなかったのだ。で、その調整手順とは次のようなものだった。

『殺意の大きさを以下のどのレベルに当てはまるか調べ、その指示にしたがってください。

レベル1（相手を殺せるなら自らが死んでもいい）……二三頁へ

レベル2（相手を殺せるなら捕まってもいい）…………二四頁へ

レベル3（捕まるのは嫌だが、多少の不幸は覚悟）……二六頁へ

レベル4（自分は一切苦しまずに相手を殺したい）……三〇頁へ』

これはもちろんレベル4だ。三〇頁を開く。そこに書いてあることを読んで、私は少しショックを受けた。

『レベル4では殺意が足りません。殺意の増加（次頁）か、犯行の断念（一五三頁）のどちらかを選択してください。』

そうかあ、と私はため息をついた。自分は一切苦しまないで、相手だけを殺そうというのは、ムシがよすぎるということらしい。いわれてみればそのとおりだ。ではレベル1なら文句なしということだろうか。そう思ってためしに二三頁を開いてみた。

『レベル1では衝動殺意が多すぎます。以下の手順で冷静化をはかってください。
1．死んだら何にもならないことを思い出す。
2．最悪の場合、自分が死んで、相手が生き残ることもあると考える。』
なるほど。殺意がたっぷりあっても、頭に血が上っているようではだめなのかもしれない。やはり調整は必要なのだろう。

とにかく私の場合、犯行を断念したくはないので、三一頁の『殺意の増加』を見た。

『殺意の増加
もし犯行に及ばなかった場合、相手が幸せになることを想像してください。』

もし殺さなかった場合か――。

幸せになるんだろうな、育美のやつ。洋一の実家はお金がいっぱいある。結婚したら家だって建ててもらえるだろう。それもきっと、サラリーマンでは一生働いても買えないような豪邸だ。お手伝いさんの一人や二人は雇えるだろうから、主婦といっても育美は何もしなくていい。もちろん会社だって辞められる。奇麗な服を着て、パーティに出たり、同じようにお金持ちの奥様連中と贅沢競争をするのが仕事になる。海外旅行だってするだろう。それもハワイ四泊六日とかじゃなく、世界一周だとか、パリに一か月滞在とかだ。ちくしょう、ちくしょう。それは全部、私のものだったのだ。私が手に入れるべきものだったのだ。それをあの女が横取りした。あんな馬鹿な女が。頭が空っぽで、胸が大きいこと以外は何の取り柄もない女が。

海外旅行から新婚旅行を連想した。どこへ行くつもりか知らないが、あの女はきっとその時の写真を葉書に印刷して、知人宛てに送るに違いない。そしてそして、たぶんあの女は私のところへも送りつけてくるだろう。自分が勝ったことを誇示するために。そういう腐った性格なのだ。

殺したい。殺さないと気が済まない。育美を殺せるなら、多少の犠牲は覚悟してやろうじゃないか。

そこまで考えたところで、これはレベル3に相当することに気づいた。レベル3は二六頁とある。そこを開いた。

『レベル3は犯行に適した状態です。殺意の管理（八七頁）を精読の後、殺意の発揮（九九頁）に移ってください。』

よし、どうやら殺意の調整は終わったようだ。そういえば育美を殺したいという気持ちが、ふつふつと湧き上がってくるようだ。しかも頭は冷静で、何物をも恐れないという覚悟ができている。

指示にしたがって八七頁を開いた。ここでちょっと顔をしかめた。

『殺意の管理

殺意をユーザー管理モードにしてください。制御ができない場合は、いったんレベルアップ後、マルチモードでレベルダウンしてください。』

なんだ、これ。どうしてここで急にこんな難しい言葉が出てくんのよ。

本の最後に用語解説の頁がついていたので、そこで調べてみた。『ユーザー管理モード』については、次のように説明されていた。

『殺意を操作可能状態にすること。精神操作の項参照。』

よくわからない。精神操作の項というのも、本をぱらぱらめくったかぎりでは見当たらなかった。

まあいいやと思って、『殺意の管理』をさらに読み進もうとしたが、どうも意味不明の言葉が多くて困る。あまり大事そうでもないので、とばすことにした。『殺意の管理』では最後にこう書いてあった。

『殺意のレベルを維持することは大変重要ですので、必ず管理項目をチェックした後に、犯行に移ってください。』

ううむ。やっぱりこれ、大事なところだったみたいだなと思った。しかし頁数が多いし、読みなおすのもかったるい。不都合が出たら読むということにして、次の『殺意の発揮』に移ることにした。九九頁だ。

『殺意の発揮
レベルが安定したことを確認し、以下の指示にしたがって殺意を発揮してください。

1・発揮の計画立案……一一二頁
2・発揮方法の選択……一二一頁
3・事後処理………一三〇頁』
それぞれの頁に、私はさっと目を通した。

金曜の夜、育美のマンションの近くから電話をかけた。

「用事があって、すぐ近くまで来てるのよ、今から行ってもいいかしら」

「こんな遅くにい？」育美は露骨に嫌そうな声を出した。

「ちょっと寄るだけ。すぐに帰るから。じゃ、よろしく」育美が何かいう前に電話を切った。

部屋に行くと育美は、思い切り無愛想な顔で私を迎えた。

「あたし、明日は朝早くから予定があるのよ」

「あら、そうなの。洋一さんとデート？」

育美は何もいわない。私は靴を脱いで上がり込んだ。玄関に黒いハイヒールが置いてあった。洋一の好みなのだ。だから私も一足持っていた。

「ワインを買ってきたのよ。グラスを出してくれる？」白ワインのボトルを見せた。

「あたし、今あまり飲みたくないわ」

「そういわないで、付き合ってよ」

仕方がないなという感じで、育美はワイングラスを二つ出してきた。ボトルの栓を抜き、それぞれのグラスに注いだ。

「育美と洋一さんに乾杯ね」私はグラスを持ち上げた。

「それ、皮肉？」育美がじろりとこちらを見た。

「とんでもない。本心よ。もう何も気にしてないもの」

「それならいいんだけど」育美はワインを舐めるように飲んだ。

気にしてないはずないじゃないか、と私は心の中で呟いた。

しばらく無言で飲んだ後、育美が席を立った。この時を私は待ち兼ねていた。バッグの中に隠してあった白い毒薬を、彼女のグラスに入れた。飲めば数分で死に至る、強力な毒薬だ。そして何くわぬ顔で、ワインを飲み続けた。

育美が戻ってきた。手に小さな箱のようなものを持っている。

「あなたに渡したいものがあったの。今までずっと渡しそびれていたんだけど」

「なに？」早くワインを飲め、と思いながら私は訊いた。

「いいから開けてみて」

私は彼女の前のワイングラスを気にしながら、渡された箱を開いた。中に入っていたのは、金のブローチだった。中世の騎士が持つような剣の形をしていた。

「友情の剣というの」上目遣いに私を見ながら彼女はいった。「あたし、あなたには本当に悪いことをしたと思っているの。洋一さんからプロポーズされた時には、とても悩んだのよ。あなたとの友情をなくしたくないと思って」

ふん、何をいってるんだと私は思った。そんな言葉にごまかされるものか。

育美は頭を下げた。「でも結局彼を想う気持ちに勝てなくて……。ごめんなさい」

「あやまる必要なんかないじゃない」と私はいった。「私は彼の奥さんじゃないんだから独占する権利なんてない——そう育美だっていったでしょ」

「ひどいことをいったと思う」育美はうなだれた。それからまた顔を上げた。「でも信じて、本心じゃなかったのよ。あんなことをいったのはね、自分の手で友情にピリオドを打とうと思ったからなの。そのほうがお互いのためにいいって。だけどやっぱりあなたも失いたくない。それでこれを買って、あなたに渡そうと……。自分勝手なのはわかっているんだけど……」

育美が涙を流し始めたので、私は面食らった。彼女が泣くのは学生時代から何度も見ているが、それは必ずといっていいほどウソ泣きで、本当に涙が出るなんてことはまずなかったのだ。

「育美……」

「ごめんなさい、ごめんなさい」彼女は泣き続けた。「許して、お願い」

許さない、という声が自分の中で聞こえた。しかしそれはずいぶん小さな声だった。むしろ、仕方ないか、という思いが芽生えていた。

育美がワイングラスに手を伸ばした。その前に私は自分のグラスを取るような格好をして、彼女のグラスを倒した。毒入りのワインは床にこぼれた。

部屋に帰ってから後悔し始めた。どうも育美にしてやられたような気がするのだった。彼女は昔からウソ泣きが上手かった。その技術に磨きがかかり、今では自在に涙ぐらいは出せるのではないか。

もらってきたブローチも、帰ってからじっくり見ると、どうも安っぽい。それに友情の剣なんて聞いたことがない。考えれば考えるほど、何もせずに帰ってきてしまったことが悔やまれた。

どうしてうまく殺意を発揮できなかったのだろう。あの程度の言葉に眩惑されるなんて、どうかしていた。

例の取扱説明書を見てみた。最後のほうに、『おかしいなと思ったら』という項目があった。そこには、電化製品の故障に対応する時のようなことが書かれていた。その中にこういうものがあった。

『症状　思いどおりに殺意がわかない、途中でくじけてしまう

原因　●気合いが入っていない（対処　気合いを入れる）
●じつは大して相手が憎くなかった（対処　犯行を断念する）
●正しく調整されていない（対処　殺意の管理を行なう）』

やっぱりか、と思った。前回読み飛ばした、『殺意の管理』というところがポイントになっているらしい。気が進まなかったが、もう一度その頁を開いた。

『……殺意が途中で消滅することのないよう、殺意の維持を行なってください。ユーザー管理モードに戻し、レベル調整を行なったのち、マニュアル操作にて行ないます。その際、モード切り替えタイミングに留意してください（五五頁参照）。レベルをメモリに記憶させる場合には、精神操作にて実行します。手順は拡張ユニットを使用する場合と同様です。またマインドコントロールにて指示する場合は、モード2を参照してください――』

本を投げ出した。だめだ。

絶望的な気分になった。はじめから終わりまで、何のことやらさっぱりわからない。こんなものを読解しないことには、殺意を抱いて、人殺しをすることもできないのか。

自分にはとても無理だ、と思った。

数か月がたち、一枚の葉書が届いた。裏は育美と洋一がカナダでスキーをしている写真だった。新婚旅行の写真だ。

それを見ていると、またしても憎しみが湧いてくる。

ちくしょうめ、ちくしょうめ。今に見ていろよ、と思う。

だが同時に、もう一人の自分がこう囁いている。結局私に殺人なんて大それたことはできないのだ、と。

あの取扱説明書は、まだ本棚に入っている。時々引っ張り出しては眺めてみるが、すぐに頭が痛くなって戻してしまう。この繰り返しだ。

そして私の殺意は——。

現在クロゼットの中で、ノートパソコンと共に埃(ほこり)をかぶっている。

つぐない

クルマがすれ違うのは到底不可能と思える細い道路に面して、同じ形をした小さな家がずらりと並んでいた。同じ材料を使った低い門柱、狭い駐車場、道からすぐのところにある玄関ドア、住んでいる家族までもが同じではないかと思えた。

栗林と書かれた表札は、角から二番目の家にかかっていた。自転車が一台、門の外に置いてある。中に置けるほどアプローチが広くないからだ。ふと気がつくとどの家の前にも自転車が並んでいた。二台置いているところもある。駅から遠いこの地区では、自転車は必需品に違いない。両側に置かれた自転車のせいで、狭い道路が余計に通りにくくなっているのだが、お互い様のことで誰も文句をいわないのだろう。

こんなに家が立て込んでいるのに、騒音のほうは大丈夫なのかしらと、これから訪ねる家の事情について、藤井実穂は少し心配した。

インターホンを鳴らすと、この家の主婦と思える女性の声がした。実穂は、橋本さんから紹介された者ですがと自分の身分を名乗った。間もなく玄関のドアが開き、この小さな一戸建てにふさわしい、平均的な身なりをした中年女性が現れた。しかし彼女の外観から推定できる年齢は、実穂の予想とは違っていた。どう見ても、小さな子供がいるようには見えなかったのだ。もちろんピアノは何歳から始めてもよいのだが。

実穂は頭を下げ、バッグから名刺を出した。「はじめまして。藤井と申します」

相手の女性は名刺を一瞥した後、実穂の顔と身体をじろじろ眺めまわし、それからようやく口を開いた。「どうぞ」

「お邪魔します」

家に入りながら、実穂は違和感を覚えていた。この仕事を始めて何年にもなるが、どの家でも最初に訪れた日には歓待されてきた。ところがこの家の主婦はなんとなく不機嫌そうだ。まるで邪魔者が来たような顔をしている。どういうことだろうと思った。

六畳の和室に実穂は通された。ふだん客間として空けておくほどの空間的余裕はないらしく、壁際に並べられた組み立て家具の中に、本やら生活備品やらがびっしりと詰め込まれていた。テレビにはテレビゲームの機械が繋がれたままだ。

主婦が消えて間もなく、誰かが階段を下りてくる音が聞こえた。子供が下りてきたのだろうと実穂は推測した。何歳ぐらいだろう。男の子だろうか女の子だろうか。

だが襖が開いて姿を見せたのは、髪の薄い中年男だった。先程の主婦の夫、つまりこの家の主らしいと実穂は察した。

「や、これはどうも」男はどことなく硬い表情で実穂の向かい側に座った。手に二枚の名刺を持っていた。一枚は先程実穂が夫人に渡したものだった。もう一枚のほうを男は卓袱台に置いた。「今日は遠いところをわざわざお越しいただき、ありがとうございます。私が栗林です」

その名刺には某家電メーカー名が印刷されていた。栗林の肩書きは照明機器設計課長となっている。

父親の名刺を渡されても困るんだけどなと思いながら、実穂はそれをバッグに入れた。

「今日は御自宅のほうからですか？」栗林が尋ねてきた。

「そうです」

「所要時間はどのくらい？」

「三十分ぐらいでしょうか」

「三十分……ははあ、なるほど。ええと、それですと、ここまで来ていただくことは問題ないということに」

「ええ、問題ありません。もっと遠いところに行くこともありますし」

「そうですか。それはよかった」栗林は安堵したようすだ。

「あのう」実穂はちょっともじもじしてから切り出した。「お子さんはどちらに？」

「子供ですか？　ええと、どこへ行ったのかな。塾かな」栗林は頭に手をやって、襖のほうを見た。

「おいくつなんですか」

「歳ですか？　お恥ずかしいんですがね、ちょうど五十になりました」

「いえあの、栗林さんのお歳ではなく、お子さんの……」

「えっ？　ああ、子供の歳ですか。中学三年だから、何歳になるのかな。十五かな。やかましい盛りですよ」相変わらず硬い顔のまま彼は笑った。

中学三年なら受験生なのではないのかと実穂は訝しく思った。

「勉強との兼ね合いは大丈夫なんですか」

「はっ？」栗林が口を開いた。

「そんな時にピアノを習っても、高校受験に差し障りはないのですか」

実穂がはっきり尋ねると、栗林は大きく口を開いた。そして妙にそわそわし始めた。

「ええと、橋本君のほうからは、どのように聞いておられるんでしょうか」

「どうって……こちらのお宅でピアノを習いたいとおっしゃるお子さんがいて、教師を探しておられるという話でしたけど」

橋本というのは、現在実穂がピアノを教えている女の子の父親だ。会社では栗林の部下だという話だった。

「ははあ……」栗林は薄い頭を掻き、「彼には、ピアノの先生を探しているとだけいったんだけどなあ」と呟いた。

「あのう、何か手違いでも」

「いやあ、その、手違いといえるかどうかはわからんのですが、少し事情が違いまして」

「それがですね、ピアノを習うのは娘ではなく、ええと、その」栗林は咳払いをし、背中をぴんと伸ばして彼女の顔を見た。「私なんですよ」

「えっ」

絶句した実穂のようすを見て、栗林は失望したようだ。へへへと寂しい愛想笑いをした後、「やっぱり変ですか」と訊いてきた。

「いえ、その、変ということは、ないと思うんですけど、聞いてた話と、その、違うものですから」実穂も愛想笑いをしようとしたが、頬が妙な具合にひきつるのが自分でもわかった。

「おかしいと思われるでしょうなあ」栗林は両手をこすりあわせた。「この歳になってピアノというのは」

「昔、弾いておられたとか」

それならまだわかると思ったが、彼はかぶりを振った。「全く経験なしです。ピアノどころか、ハーモニカだって吹けません」

「それなのに急に……」

「ええ、まあ、そういうことなんです。急に、その、ピアノを習おうと思い立ったわけでして」

「どのようにですか」

「あの、このことは橋本君には内緒にしておいてもらえませんかな。娘が習うのだと思っているのなら、それでいい」

「あ、はい。わかりました」

「ええと、それで」栗林は上目遣いに彼女を見た。「だめでしょうか。習うのが私では」

実穂はあわててかぶりを振った。「いえ、だめということはありません。むしろいいことだと思います。年配の方でも、新しいことに挑戦するべきだと思います」

「では、引き受けていただけるわけで？」

「はい、もちろん」実穂は頷いて答えた。歳をとってから習おうとする人間は、意欲がある分、子供よりも教えやすいという話を、音大仲間などから聞いていた。それにピアニストを目指すわけではないから、妙なプレッシャーを感じずに済む。

「そうですか。引き受けていただけますか。そりゃあよかった。ほっとしました」断られるのではないかと心配していたらしく、栗林の顔から先程までの硬い表情が消えた。

「あの、それでレッスンはどこで？」

「あ、はい。御案内します。二階なんですよ」

狭い階段を上がると、ドアが一つと引き戸が一つあった。二階は二部屋らしい。栗林は引き戸を開いた。

「ここなんですけどね」栗林は、やや照れ臭そうにいった。

そこは四畳半の和室だった。タンスが二棹、片方の壁に並んでいる。そのタンスと向き合うように、スタンドピアノが置かれていた。狭い部屋の中だと、それは巨岩のように見えた。ピアノってこんなに大きかったかしらと、部屋を見回しながら実穂は思った。

「娘の部屋もいっぱいでね、ここしか置くところがなかったんですよ。そこの窓から入れたんですけどね、いやあ苦労しました」光沢のあるピアノの表面を指で撫でながら栗林はいった。

「最近お買いになったんですか」と実穂は訊いた。

「ええ、先週」あっさりと答えた。つまり自分が習うために買ったということだ。それだけ決意が固いということか、それとも衝動的に行動するタイプなのか、今のところ実穂には判断できなかった。

「ええとそれで、レッスンはいつからやっていただけるんでしょうか？　私のほうは今日これからでもかまわんのですが」揉み手しながら栗林が訊いた。

積極性に、実穂のほうがちょっと気圧された。

「今日はこれから予定がありますので、来週からということでいかがでしょう。月曜日が御都合がいいと伺っておりますので、毎週月曜の八時から九時ということで」

「ははあ……」栗林はなぜか浮かない顔をした。それから頭を掻くと、早くも、「先生」

と実穂のことを呼んだ。「なんとかもう少し回数を増やしていただけませんか」

「回数をですか。週に二度とか？」

「いやその、もう少し多く」

「週三度、ですか」

「いやあ、あのう、ええと、毎日というのはだめですか」

「毎日？」実穂は目を見開いた。思わず背中を伸ばしていた。「毎日って、あの、毎日ってことですか」

「月曜から日曜の毎日ってことです。それから、八時から九時の一時間なんていう短時間じゃなく、もっと長い時間教えていただくわけにはいきませんか。たとえば六時から九時とか、七時から十時とか。もちろん先生の御都合に合わせます」

「ちょっとちょっと。ちょっと待ってください」実穂は両手を彼のほうに出しながらいった。「栗林さんが熱心なのは大変よくわかりました。でも、レッスンの回数だけを増やせばいいというものではないんです。肝心なのは、レッスンとレッスンの間に、どれだけ栗林さんが御自分で練習なさるかということなんです」

「もちろんそれは充分にやるつもりです」栗林の声には気合いがこもっていた。

「そうなんだろうと思います。でもですね、現実問題として、一日程度の練習で課題を次次にクリアしていくなんてことは不可能なんです。できたとしても、本当には身についていないから無意味です」

「そうですか」栗林はしょんぼりした顔を見せた。

「そんなに焦る必要はないと思いますよ。地道に、気長に取り組まれることをお勧めします。こういってはなんですけど、ピアニストを目指そうというわけではないんですから」

実穂がこういうと、栗林はなぜか少し厳しい目を返してきた。彼女の言葉が心外だったようだ。しかし彼は小さく頷き、「わかりました」と呟いた。

話し合った結果、毎週月曜と木曜の二回、一時間のレッスンをするということで決着がついた。実穂としては二回でも多いと思ったが、栗林が譲らなかったのだ。

実穂が部屋を出る時、階段を少女が駆け上がってきた。中学三年の娘らしい。丸い顔が母親にそっくりだ。彼女は実穂に気づくと、階段の途中で立ち止まった。驚いた顔をしている。

「ピアノの先生だ」栗林が娘に紹介した。さらに実穂に、「娘のユカです」といった。

「こんにちは」と実穂は微笑みかけた。だがユカは小さく頭を下げただけで、素早く自分の部屋に入ってしまった。

「なんだ挨拶もしないで。すみません、先生。身体ばっかり大きくなっても、まだ中身は子供なんです」栗林は申し訳なさそうにいった。

だが挨拶しないのは、ユカの母親も同様だった。実穂が玄関で靴を履く時になっても、台所から出てこようとしない。水の流れる音がするから、中にいるのは確実だった。

なんとなく先行きに不安を感じながら、実穂は栗林家を後にした。

翌週の月曜日になると、約束通り実穂は栗林家を訪れた。栗林自身が好々爺の顔で彼女を出迎えてくれた。妻は姿を見せない。

レッスンを始める前に、実穂は栗林にどの程度の音楽的バックグラウンドがあるかたしかめるため、いくつかの質問を行なってみた。結果は彼女の予想を上回るものだった。もちろん悪いほうにだ。彼は音楽に関しては何も知らず、何もできなかった。音符がどういう音を示しているのかさえ知らない。彼に答えられたのは、「ト音記号ってのは、あれでしょう。蝸牛みたいなマーク。意味はわかりませんが」ということだけだった。

「音楽の授業を受けられたことはあるんでしょう？」皮肉のつもりでなく、本当に不思議だったので実穂はこう訊いた。栗林は薄い頭に手をやり、苦笑した。

「それは無論あるんですがねえ、自分には関係のないものと決めてかかって、まともに聞いてなかったわけです」それからため息をつき、しみじみとした口調で続けた。「こんなことだとわかっていたら、真面目にやっていたんだけどなあ」

「わかっていたらって？」その言い方が気になって実穂は尋ねてみた。

「いや、なんでもありません。後悔してるってことですよ」あわてて取り繕うように彼はいった。

栗林の実力を把握した実穂は、予定通り、用意してきた教材を取り出した。それは『ピアノのおけいこ』というタイトルの教本で、四歳から学齢までの子供を対象に作られたものだった。

「馬鹿馬鹿しいと思われるかもしれませんが、何事も基本が大事なんです。はじめてピアノに接する以上、大人も子供もありません」子供用の教本では栗林が難色を示すだろうと思い、先回りして実穂は説明した。が、その必要はなかったのかもしれない。彼は大きく頷くと、こういったのだ。

「いやあそうでしょうなあ。私も、そうしていただけるといいと思っとりました」そして浮き浮きした顔で、『ピアノのおけいこ』のページを開いたのだった。

初日は一つの鍵盤を叩くだけの練習だ。指を変えたり、リズムを変えたりするが、単調な練習であることに変わりはない。それでも栗林は不満な素振りはまったく見せず、実穂の指示にしたがって、黙々と指を動かした。ピアノに触れていること自体が楽しそうに見えた。

この気持ちが長続きすればいいけど、と彼の横顔を眺めながら実穂は思った。

しかしレッスンの回数が重なるにつれて、これが取り越し苦労であったことを彼女は認めねばならなくなった。栗林のピアノにかける意気込みは、少しも衰えなかったのだ。日頃の練習量が並大抵のものでないことは、その上達度から明らかだった。栗林に特別な才能があるわけではない。むしろ不器用で、覚えも悪かった。それでも実穂がレッスンに訪れる時には、前回までの課題を確実にクリアしているのだ。

ある日実穂は栗林家を出た後、部屋に忘れ物をして引き返したことがある。するとたった今レッスンを終えたばかりだというのに、家の二階からピアノの音が漏れてくるのだ。見上げるとカーテンに映った人影が、ゆらゆらと揺れていた。

火曜日は、栗林のことを紹介してくれた橋本の家に行く日だった。ここの小学校六年になる娘を、実穂は音大を卒業した五年前から教えているのだ。筋のいい女の子で、上達度も速いが、それを実穂の教え方がうまいせいだと橋本夫妻は評価してくれているようだった。

ある夜実穂は帰りがけに、橋本から声をかけられた。

「どうですか、栗林さんのところは。まだ続いてるんでしょう？」

「ええ、もちろん」栗林を教え始めて二か月が経っていた。「週に二度行っています」

「二度？　そいつはすごいな。ええと、あそこの娘さんは何歳になるのかな」

「いえ、あの、お嬢さんじゃないんです」

「あ、娘さんじゃないんですか。でもあそこは一人っ子だと聞いてるけど……」

えしてるのは、栗林さんの親戚の娘さんなんです」

「ああそうですか。栗林さんのところのお嬢さんじゃないんですか。ああそうですか。ふうん、それでわかりましたよ」橋本は何やらしきりに納得しているようすだ。

「わかったって?」

「ええ。最初にですね、栗林さんからピアノの先生を紹介してもらえないかといわれた時、変だなあと思ったんですよ。あの人が子供にピアノを習わせるなんて、とても考えられませんでしたからね」

「どうしてですか」

「どうしてって、音楽には全く興味がないっていうタイプでしたからねえ。音楽に限らず、芸術全般を馬鹿にしてるんです。あんなもの、この世になくても人間は困らない、音楽を聞いたり、絵を見たりしても腹の足しにはならないって、いつもいってますよ」

「へええ」意外な話だった。実穂が知っている栗林とあまりに違うので、同一人物の話だとはとても思えなかった。「無趣味だったとは、おっしゃってましたけど」

「無趣味なんてものじゃありませんよ。プロ野球とかのスポーツにも無関心だし、流行にもてんで興味がない。これはここだけの話にしてもらいたいんだけど、あの人と二人きりでいると、何の話をしていいのか困ってしまうほどなんですよ。で、結局仕事の話をするしかなくなってしまう」

「じゃあ仕事が趣味というわけですね」

「よくいえばそうだけど、栗林さんの場合、そんなふうだから仕事の面でも結局損をしてるんですよ。部下たちに煙たがられるのは仕方ないとしても、上の人間から面白くない人間だと思われてるってのは致命的だなあ。仕事はできないけど、ゴルフができるっていうだけで部長になれた者だっているのに」

「そうだったんですか」

栗林が、音楽を真面目に勉強しなかったことについて後悔していたのを、実穂は思い出した。もしかしたら彼自身も、無趣味であることが自分の欠点であると気づき、それで突然ピアノを習うことを思い立ったのではないか。

もしそうだとすると、会社での言動も、以前とは違ってきているはずだ。そう思って尋ねてみた。「最近の栗林さんの様子はどうなんですか。やっぱり仕事一筋ですか」

橋本の答えは実穂の期待を裏切るものだった。「そうですねえ、相変わらずかな。いやむしろ以前よりもひどくなったような気さえするな。今日なんか、昼休み中にも仕事をしていましたからねえ。きっと家にも仕事を持ち帰っているんだと思いますよ」

栗林が家で何をしているかを知ったら、橋本はどんな顔をするだろうと、彼の話を聞きながら実穂は思った。

発表会のことを栗林が切り出したのは、レッスン開始から約三か月目のことだ。最初は橋本の娘のことを話していた。やがて彼女が年に一度、発表会で演奏するというのは本当かと、栗林が尋ねてきたのだ。

「発表会といっても大層なものではないんです。私の先生が主催しておられるもので、内輪だけの小さな会です」

「しかし、一応、皆さんの前で演奏するわけですね。観客がいるのですね」

「ええ、まあ。でも親御さんが殆どですよ」

「ははあ……」栗林は鍵盤を前に、腕組みをした。眉間に皺を寄せ、何事か考えこんでいるようすだ。

「あの、それが何か？」実穂は訊いた。

やがて栗林は顔を上げた。真っすぐに実穂の目を見つめていった。「先生、その発表会に、私も出させていただけませんか」

「えっ」実穂は目を剝いた。「出させてって、あの、演奏するってことですか」

「そうです。舞台の上で演奏して、皆さんに聞いてもらいたいんです」

栗林の目は真剣だった。ふざけているのでないことはたしかだった。

「でも、それは、殆ど子供ばかりの演奏会ですよ。大人といえば音大生が二、三人出る程度で……」

「しかし、出ちゃいかんということはないんでしょう?」

「ええ、まあ、それはそうですけど」

「今度の発表会はいつですか」

「ええと、十月九日の土曜日だったと思います」

「十月九日ですね」栗林は壁に貼ってあるカレンダーを睨んだ。今日は七月一日だ。彼は再び実穂のほうを向いた。目が少し血走っていた。「先生っ」やたら大きな声でいうと、頭を下げた。「お願いします。どうか私を十月の発表会に出させてください」

　あまりの迫力に、実穂は思わず後退りした。

「だけど、こういっては失礼ですけど、栗林さんはまだ発表会で演奏できるレベルでは……あの、そりゃあ、『猫ふんじゃった』ならできるかもしれませんけど、そういうわけにはいかないでしょう? やっぱりそれなりのレパートリーを……」

「がんばります。練習します。死に物狂いで稽古します。ですから、何とか発表会に。お願いします」栗林は椅子から下り、正座した。「もし間に合わなければ、『猫ふんじゃった』でも構いません。どうか舞台に上がらせてください」畳に額をこすりつけ始めた。

　実穂は焦った。

「よしてください。どうか顔を上げてください」

「では、望みを聞いていただけますか」

実穂はため息をつき、彼の薄い頭頂部を見つめた。「理由を教えていただけませんか。そこまでおっしゃる以上は、何かわけがあるとしか思えないんですけど」

栗林は額を畳に押しつけたまま黙り込んだ。しばらくして静かな口調でいった。「償いをしたいんです」

「つぐない？」

「はい。私は長い間、ある男の気持ちを踏み躙ってきました。その償いをしたいのです。すみません、今はこれだけしかいえません」

「栗林さん……」

土下座したまま、彼は石のように動かなかった。そんな彼を見ているうちに、胸騒ぎのようなものが自分の中に生れてくるのを実穂は感じた。しかしそれは決して悪い予感ではなかった。

「わかりました」と彼女はいった。「何とかしてみます」

「そうですか」栗林は顔を上げた。目を輝かせていた。「ありがとうございます。ありがとうございます」そしてまたぺこぺこ頭を下げた。

そんな彼の姿を見ながら、実穂は橋本の話を思い出していた。これが仕事一筋人間のもう一つの顔だとは、とても思えなかった。

曲はバッハの『メヌエット』でいくことにした。これなら栗林でも聞いたことがあるだろうし、大人の男が舞台上で弾いていても、さほどおかしくないと思えたからだ。

問題は時間だった。

三か月で弾けるようになるかどうか、じつに微妙なところだったのである。

栗林の取り組み方には、以前にも増して真剣味が感じられるようになった。鍵盤を叩く時の表情には、大げさでなく鬼気迫るものがあるのだ。実穂もそれに応えて、より高密度な指導を行なうよう心がけた。

そんなある日、いつものように実穂が栗林家を訪れると珍しく栗林の妻が玄関に現れた。彼女と会うのは、最初にこの家を訪れた日以来だった。

「会社でトラブルがあったとかで、つい先程出かけていったんです。だから今日は休みにしてもらってくれということでした。せっかく来ていただいて申し訳ないんですけど」栗林の妻は、いっこうに申し訳なく思っていそうにない顔で、そういった。

「そうですか。それは仕方がないですね。じゃあ次回ということで」

失礼しますと実穂が踵を返しかけた時、「あ、ちょっと」と栗林の妻が呼びかけてきた。

「ちょっと話があるんですけど、よろしいかしら」

「ええ、かまいません」頷いたが、なんだか嫌な予感がした。

一階の和室で二人は向き合った。栗林の妻は少しためらいを見せた後、思い切ったように口を開いた。

「ピアノの発表会に出るという話を主人から聞いたんですけど、本当なの？」

「ええ、本当です」と実穂は答えた。「それが何か」

「やっぱり」栗林の妻は眉を寄せ、口元を歪めた。そして実穂を見た。「そんな発表会には出ないように、あなたのほうからいっていただけないかしら」

実穂は驚いて彼女の顔を見返した。「どうして出ちゃいけないんですか」

「だって、そんな、みっともない」彼女は顔をしかめた。

「みっともない？　たしかに大変勇気のいることだとは思いますけど、みっともないなんてことは……」

実穂が話す途中から、栗林の妻は首を振り始めていた。

「あなたは何も知らないのよ。近所でも物笑いの種になってるんだから。ピアノの音が聞こえてくるから、娘さんが習い始めたのかと思ったら、旦那さんだったって。いい趣味をお持ちですねって、買物の途中でいわれたりするのよ」

「それ、嫌味じゃないと思いますけど」

「嫌味よ。嫌味に決まってるじゃないの。いい歳をしてピアノだなんて……おまけに発表会なんて……町内の人に知れたら、ますます笑われるわ」

「仮に笑う人がいたっていいじゃないですか。御主人にだって趣味を楽しむ権利はあるはずです」

「趣味なんて、囲碁とか将棋とかにしてくれればいいのよ」栗林の妻は眉をいからせた。

実穂は吐息をついた。これ以上は何をいっても無駄だと思った。

「とにかく私としては、奥様の希望をお聞きするわけにはいきません。これまで通り、栗林さんを応援します」仏頂面をした栗林の妻を残し、実穂は部屋を出ようとした。だが襖を開けたところで、ふと思いつくことがあって振り返っていった。「栗林さんが発表会のことをお話しになったのは、奥様たちに見に来てもらいたいからじゃないでしょうか」

栗林の妻は、どきりとした表情を見せ、それからかぶりを振った。「まさか……」

「いいえ、そうに違いないと思います。奥様、どうかお嬢さんとお二人で、見に来ていただけないでしょうか。十月の九日、市民ホールでなんですけど」

「とんでもない」彼女は鋭くいった。こめかみが細かく震えていた。「そんなところへなんか行けるもんですか。み、みっともない。恥ずかしい」そして身悶えした。

実穂は小さく首を振ると、失礼しますといって部屋を出た。

栗林家を出ると、そのまま駅に向かった。栗林の妻に対する苛立ちから、つい足早になっていた。だから途中の道で、前から歩いてきた女の子が実穂を見て立ち止まったことにも、すぐには気づかなかった。気づいたのは、相手の女の子が頭を下げたからだ。実穂は、はっとした。栗林の娘、ユカだった。私服なのは、塾の帰りだからだろう。

「こんばんは。遅いのね」と実穂は声をかけた。

ユカは小さく頷き、そのまま歩きだそうとした。それを実穂は、「待って」と呼び止めた。「少し話をしない？　お父さんのことで」

ユカは迷ったようだ。時計を見て、家のほうを見て、それからようやく頷いた。

ハンバーガーショップが近くにあったので、そこに入った。実穂は、父親がピアノを習い始めたことについてどう思っているのか、率直に話してほしいとユカにいった。

「お父さんがピアノを弾きだすと、お母さんがヒステリーを起こすから鬱陶しい」壁際のカウンターに向かい、アイスクリームを立って食べながらユカはいった。

「あなたはどうなの？　お父さんがピアノを弾くのはいや？」

「別にいやじゃない。好きにすればいいと思う。今まで仕事オンリーのつまんない人だったから、これでちょっとはマシになるんじゃないかとも思うし」

「そう」実穂はほっとした。ユカは理解してくれているようだ。

「でも」とユカは付け足した。「時々気味悪くなることがある」

「気味悪い？」

「人が変わったみたいなんだもの。前は口うるさくて、あたしの顔を見れば勉強しろ勉強しろって……。それが最近は全然そんなこといわないし、反対に、若い時しかできないことを今のうちにやっておけなんていうし」

「それはピアノを始めたからじゃないかな」

実穂の言葉に、ユカは首を振った。

「変わったと思ったのは、ピアノを始める前だもの」

「ふうん」実穂は薄いコーヒーを飲んだ。「何か心境の変化でもあったのかしらね」

ユカは両肘（りょうひじ）をカウンターについた。「頭がおかしくなっちゃったんじゃないかな」

「えっ？」実穂は驚いてユカの横顔を見た。冗談の口調ではなかったからだ。

「この間、夜中にトイレに起きた時、お父さんが洗面所の鏡に向かって、何かぶつぶついってるのを見ちゃったの。なんだか怖くって、結局トイレに行けなかった」

「へえ……」たしかに薄気味悪い話だが、説明のつかないことではなかった。「独り言をいってただけでしょ。怖がる必要なんてないわ」

しかしこれには答えずにユカはいった。「お父さん、昔、頭を手術したことがあるんだって」

「え……」

「子供の頃らしいけど、結構大きな手術を受けたそうなんだ。でね、半年ほど前に、お父さんはまた脳の病院に行ってるんだよね。お母さんは知らないけど、あたし、診察券を見ちゃったから知ってるんだ」

「そんなの関係ないわよ。考えすぎよ」実穂はいった。思わず大きな声が出たのは、ユカの話を聞いて、何となく背筋に冷たいものを感じた自分を恥じたからでもあった。

「それならいいんだけどさ」やけに落ち着いた声でユカはいった。


夏が終わっても栗林の必死の練習は続いていた。まだぎこちなさは残るが、『メヌエット』はかなりサマになりつつあった。

「ここまでこれたのも先生のおかげです。本当にありがとうございます」ある夜レッスンが終わってから、栗林はしみじみといった。

「栗林さんの努力の成果です。正直いって、これだけ上達するとは思いませんでした」実穂はお世辞でなくそういった。

ありがとうございます、と栗林は頭を下げた。

「じつは発表会用の衣装も決めましてね」

「衣装って？」

「貸衣装ですがね、サイズがぴったりのタキシードがあったんで、予約したんですよ。似合うかどうかはわかりませんが、何しろ、その、晴れ舞台ですから」相好を崩して話していたが、途中で実穂の唖然とした表情に気づいたらしく「変ですか？」と心細そうに尋ねてきた。

実穂は顔の前で手を振った。「いえ、変だなんてことは少しも。きっと素敵だろうと思います」

「そうですか。ま、ちょっと照れますがね」栗林は頭を掻いた。

「あの、奥様とお嬢さんは発表会には？」

実穂が訊くと、彼はそれまでの明るい笑いを苦笑に変えてかぶりを振った。

「まあいいんです。あいつらにも来てほしいんですが、いやなものは仕方ない。それにこれは私の問題ですから」

「償い、とおっしゃってましたね」

「そうです。償いです」自ら確認するように彼は深くゆっくりと頷いた。

「その償う相手の男の人は、発表会にはいらっしゃるんですか」

「相手の男ですか。ええ、もちろん来ます。彼が来なくては話にならない」そういって彼はもう一度頷いた。

十月九日は、いつ雨が落ちてもおかしくないような曇り空だった。発表会を聞きに来る人の数が例年よりも多いのは、そのせいかもしれなかった。いつもは母親しか来ないが、今日は父親もついて来ているという家が多かった。たぶん雨が降った時のことを考えて、車の運転手として父親が駆り出されたのだろう。

橋本もそうだった。今まで顔を見せたことがないくせに、今日に限って来ているのだ。

そして控え室で、さかんに娘にハッパをかけている。

「いいか、あがるんじゃないぞ。実力を出しさえすればいいんだからな。いつもより上手に弾こうなんて思う必要ないぞ」

だが娘のほうは慣れているから、「わかってるよ。もういいからパパは席に座ってて」という具合に、そんな父親を適当にあしらっていた。

橋本が控え室を出ようとした時、栗林が入ってきた。橋本は一瞬気づかなかったようだが、廊下に出かけたところで突然振り向き、大きく目を開いた。

「く、栗林課長、どうしてこんなところに、それに、それに」唾（つば）を飛ばして訊いた。「その格好は一体なんですか」

栗林はさすがにバツの悪そうな顔をした。「いやあまあ、これにはいろいろと事情があってね」

「事情ったって……」

「そのうちにわかりますよ」横から実穂が助け船を出した。「席にお戻りになって、プログラムを御覧になってください。そうすればわかります」

「えっ、プログラムですか。ええと、どこへやったかな」橋本は背広のポケットを探る格好をしながら部屋を出ていった。

実穂は改めて栗林のほうに向き直った。「いよいよですね。がんばってください」

「さすがに緊張しますな。ははは。なんだか大失敗をやらかしそうで」

「大丈夫ですよ。あんなに練習したんですから」

「だといいんですが」

彼がそういった時、控え室のドアをノックする音がした。顔を覗かせたのは、白髪の瘦せた男だった。金縁の眼鏡をかけている。「ここに栗林さんは……」と男はいった。

「マナベ先生っ」栗林は声を上げた。

「やあ、どうも」マナベと呼ばれた男が目を細めた。

「ちょっと失礼します」栗林は実穂にいうと、控え室を出ていった。

実穂はドアのそばに立ち、外の様子を窺ってみた。栗林とマナベが廊下で話しているのが見えた。マナベと呼ばれた男はにこにこと笑い、栗林はしきりに頭を下げていた。

それから間もなく発表会が始まった。ピアノを習い始めたばかりの小さい子から演奏していくのが通例だ。栗林は四番目に演奏することになっていた。

実穂が客席に行くと、例のマナベという男が一番隅の席に座っているのが見えた。彼女は他の父兄に挨拶しながら、男に近づいていった。彼の隣に座ると、男は少し驚いた顔を向けてきた。

実穂は自分が栗林のピアノ教師だということを彼にいった。彼は表情を緩めた。

「そうですか。あなたが。それは大変だったでしょうなあ」

「あのう、失礼ですけど、栗林さんとはどういう御関係で」思いきって尋ねてみた。

男は少し考えてから、「彼は私について何かいってますか」と訊いた。

「いいえ、何も。でも」実穂はいった。「償わなきゃいけない人がいるって、その人も今日ここに来るって、そうおっしゃってました。それがあなたじゃないかと思いまして」

すると男は瞬(まばた)きを何度かした後、「いや、それは私じゃない」といった。そしてポケットから名刺を一枚取り出した。

そこには、統和(とうわ)医科大学第九教室教授、真鍋浩三(まなべこうぞう)とあった。

「主に大脳生理学を研究しています」と彼はいった。

「大脳……」いつかユカがいっていたことが思い出された。「栗林さん、脳に何か病気をお持ちなんですか」

「いやいや、そうじゃない。あの人は病気じゃありませんよ。ただし、ふつうの人とは少し違いますがね」

「違うって?」

「どうせあなたには話すつもりだと彼もいっていたから、私から説明しても差し支えないでしょう。じつはね、彼は分離脳患者なんです。といっても何のことかわからんでしょうな。人間の脳に左脳と右脳があることは御存じですか」

「知っています」

「ふむ。その左脳と右脳は、ふつう神経の束のようなもので繋がれております。脳梁というんですが」

「ノウリョウ……」

「栗林さんは小学生の頃、この脳梁を切断する手術を受けているのです。なぜそんなことをしたかというと、あの方が先天性のある重い病気を持っていたからです。その治療に脳梁の切断は、大きな効果がありました」

「そんなことをしても大丈夫なんですか。その……右と左に分けちゃっても」

「症例はたくさんあるし、多くの患者がふつうに生活しています。彼にしても、今までは何の問題もなく生きてきた」

「今まではって？」

「最近になって、彼は偶然一冊の本と出会ったのです。それは分離脳手術を受けた人たちに対して行なわれた、様々なテスト結果を紹介したものでした。主にスペリーという学者のレポートが引用されていました。この研究でスペリーはノーベル賞を受けているのです」

スペリーという名前を知らなかったので、実穂は黙って頷いた。

「その本には栗林さんにとって驚くべき結果が書かれていました。それは、分離脳手術を受けた人の場合、左脳と右脳に別の意識が存在するというものでした」

「えっ……」実穂はぴくんと身体を動かした。「まさか」

「実験結果を分析すると、そうとしか考えられないのです。通常話すことや書くことで示されている本人の意思というのは、じつは左脳だけによるもので、右脳には右脳の意識というものがあるらしいのです」

「信じられません。そんな状態で、まともに生活できるものなんですか」

「ふつうの人の身体は一つの意識でコントロールされているが、分離脳患者の場合は、二つの脳がチームを組んでそれをしていると思えばいいでしょう。しかもこのチームワークは、極めて優秀なのです」

「でも二つの意識が喧嘩（けんか）するってことはないんですか」

「喧嘩とまではいかなくとも、多少の食い違いはあるようですな。ある男性の例ですが、朝の七時に起きねばならないのに、ぐっすり眠り込んでいた。すると誰かが自分の頬を叩いているんですな。目を覚ますと、叩いているのは自分の左手だった。左手の動きを司（つかさど）っているのは右脳です。左脳は眠っていたが、右脳は起きていて、時間に遅れないよう警告を発してくれたわけです」

「……信じられない」

「同様の話はいくつもありますよ。そこである学者は、右脳だけにコンタクトしてみることを思い立ちました。といっても言語を使うわけにはいかない。言語は主に左脳の領分ですからな。そこで用いられたのは、連想ゲームのような方法でした。質問内容を映像化したものを、ごく短い時間、左目だけに見せるのです。そのうえで、質問に対する答えを、左手を使ってやらせるわけです。この方法は見事に成功しました。それまで神秘のベールに包まれていた右脳の意識を、ごく一部とはいえ、知ることができるようになったのです」

真鍋の説明はわかりやすかった。だが彼の話がとても現実のことだとは実穂には思えなかった。ただぼんやりと彼の口元を見ているしかなかった。

「この本を読んだ栗林さんは、自分の右脳に別の意識があるかもしれないと知って、いてもたってもいられなくなったようです。いや、正確にいうと、栗林さんの左脳がそのように思ったというべきでしょうな。あの人は、本の著者に会うことを思いつきました。で、私のところへ来ました。私が著者だったからです」

「ああ、それで」

「栗林さんは私にいいました。自分も右脳と接触したい、特に、今までの人生について右脳がどう思っているかを知りたいとね。そんなに複雑な質問はできないと答えると、あの人は次にこう訊きました。では、右脳はどんな職業につくことを望んでいたかを知りたい、と。仕事一筋だったあの人にとって、人生の選択とは職業の選択だということなんでしょうな」

「それを知ることはできたんですか」

「できました」真鍋は頷いていった。「こういう質問を行なった例は、過去にもいくつかありましたからね。方法もわかっていたし、さほど難しくはなかった。この結果、栗林さんは、もう一人の自分が望んでいた職業を知ることができたわけです」

「それはもしかしたら……」実穂は舞台に目を向けた。小学校二年の男の子が、無事練習曲を弾き終えたところだった。

「ええ、そうです」真鍋は落ち着いた声で続けた。「あなたが考えておられるとおりですよ。栗林さんの右脳は、ピアニストになることを望んでいたのです」

「やっぱり……」

「それを知った時あの人の落ち込みようは、こちらが気の毒になってしまうほどでした。右脳の考えが、あまりにも自分のものと違っていたから、それで失望したのだろうと私は解釈していました。しかしそうじゃなかった。そうでないことを、この発表会に出るという話を聞いた時に知りました。あの人は、右脳の意識を無視してきたことに対して、自分を責めていたんですね」

私は長い間、ある男の気持ちを踏み躙ってきました――彼の言葉が実穂の耳に蘇(よみがえ)った。ある男というのは、栗林の中にある、もう一つの意識のことだったのだ。

これですべての謎(なぞ)が解けた。なぜ彼が突然ピアノを始めようとしたのか、なぜあれほどまでに発表会に出ることを望んだのか。

切なさと、何か熱いものが実穂の胸にこみあげてきた。

ちょうどその時、タキシード姿の栗林が現れた。

明らかに緊張している彼は、硬い動きでお辞儀をすると、ピアノの前に座った。唾を飲み込むのが遠くからでもわかった。

観客たちは、突然中年の男が出てきたことに戸惑っているようだった。くすくすという笑い声。ひそひそという話し声。好奇の目。だがそれも長くは続かなかった。大の男がこの舞台に立つまでに、どれほどの勇気を必要としたかは、まともな人間ならわかるからだった。観客の目は、次第に温かいものへと変わっていった。

ドアの一つが開くのを実穂は目の端で捉えた。彼女はそちらを見た。栗林の妻と娘が、不安そうな面持ちで入ってくるところだった。

舞台上の栗林は、もちろん気づいてはいないようだ。彼の目に入っているのは、鍵盤と楽譜だけに違いなかった。

静寂の中、『メヌエット』が始まった。

栄光の証言

おでん屋で、おでんを一皿食べ、ビールを一本飲んでから、正木孝三は帰路についた。それが彼にとって最も贅沢な週末の過ごし方だった。今日は土曜日である。彼の勤める金属加工会社は、まだ週休二日制ではなかった。おまけに土曜日でも、納期に間に合わせるために、今日のように遅くまで残業させられることも多い。安物の腕時計は十二時近くを指していた。

ポケットに手を突っ込み、背中を丸め、地面を見つめながら彼は薄暗い道を歩いた。アパートに帰っても、待っている者はいなかった。今年で四十五になるが、まだ独身である。一度も結婚をしたことがない。嫁さんを世話してやろうといってくれるような親しい知人も、彼にはなかった。

「もっといろんなところへ出ていったほうがいいよ。でないと、出会いってもんがないだろう。あんた、ちょっと引っ込み思案すぎるんだよ」

勤め先の社長が、先日もこういうことをいった。あの社長が内心、孝三のことを鬱陶しく思っていることに、孝三自身も気づいていた。口が重く、お世辞の一つもいえない陰気な男だと、他の者に話していたらしい。

孝三は決して人間嫌いではなかったが、人といる時、話題を見つけるのが苦手だった。

何を話していいのかわからなくなるのだ。向こうから話しかけてくれれば、いくらでも答えられるのにと彼はいつも考えていた。だが用もないのに彼に話しかけてくる者など、全くいなかった。

道の反対側から、男が一人歩いてきた。背が高く、孝三よりも若い男だった。しゃれた服を着ていた。こういう男なら、きっと女にもモテるんだろうと孝三は思った。すれ違う時、彼は顔を伏せた。下手に目を合わせて、喧嘩でも売られたら大変だった。子供の頃から、喧嘩などというものは一度もしたことがなかった。

それからまた少し歩き、アパートの近くまで帰ってきた時、ゴトッという音が横から聞こえた。彼は足を止め、音のほうに顔を向けた。細い路地があり、そこから音は聞こえてきたようだった。彼は作業ズボンのポケットに手を突っ込んだまま、おそるおそる中を覗き込んだ。

男が二人、揉み合っているように見えた。痩せた男と太った男だった。はあはあという息遣いが孝三の耳にまで届いた。

喧嘩だ——彼はそう判断し、急いでその場を離れた。酒に弱く、一本のビールでほろ酔い加減になっていたのだが、いっぺんにさめてしまっていた。

誰も待っていない部屋に帰ると、彼は上着を脱ぎ、敷きっぱなしの布団に横になった。

そしてテレビをつけ、昨日から借りっぱなしになっているアダルトビデオをデッキにセットした。路地で見たことは、すでに忘れつつあった。

間もなく、画面に若い女の顔が大写しになったが、彼はコントローラを操作して早送りにした。セックスシーンが始まるところで、早送りを止めた。

やがて彼はズボンを脱ぎ、パンツも下にずらした。


ざわざわという人の声で目が覚めた。時計を見るとまだ八時過ぎだった。声は窓の外から聞こえてくる。彼は顔をこすりながら窓から外を見下ろした。彼の部屋は二階にある。通りにパトカーが数台とまっていた。その周りに人だかりが出来ている。見ると、昨日孝三が喧嘩を目撃した路地に、警官が出入りしているようだ。

孝三はパジャマ代わりに着ていたスウェットのまま外に出た。ヤジ馬たちの後ろに回った。

「あのー、何かあったんですか」前に立っている、主婦らしい中年女に尋ねた。

「路地で人殺しがあったそうですよ」女は答えてから、孝三の身なりを見て、そそくさとその場を離れた。いつ洗濯したのかもわからず、奇妙な臭いを発しているスウェット姿では、主婦が逃げるのも無理はなかった。大体彼は、ふだん近所の人間とは言葉を交わしたことがない。

「人殺し……」

孝三は唾を飲んだ。あの路地で？　すると昨夜見たあれが関係しているのだろうか。

「このあたり、夜は物騒だからなあ」横で声がした。

「そうねえ、街灯の管理だって悪いし」

「胸を刃物で一刺しだってさ。たぶん物取りだろう。不景気だと、こういう事件が多くなる」

「いやあねえ」

夫婦ものらしき二人の会話を聞きながら、孝三は首を伸ばして路地のほうを見たが、もう死体は片付けられた後のようだった。

午後になって孝三の部屋に、アパートの大家が家賃を取りにやってきた。大家は七十近いじいさんだった。じいさんは玄関から孝三の部屋をさっと見渡して、顔をしかめた。

「あんた、もうちょっと部屋を掃除したらどうかね。埃だらけだし、なんか変な臭いもするよ」そういって鼻をくんくんさせた。

「あ、すみません。今日はやろうと思ってるんですけど」

「そうしてもらいたいね。ここに住んでるのは、あんただけじゃないんだから」大家は仏頂面でいった。

家賃を払った後、孝三は、「人殺しがあったみたいですね」といってみた。

大家は不機嫌そうな顔のまま頷いた。

「物騒な世の中だよ。ますますこのあたりの評判が悪くなる」

どうやらアパートの空き室が埋まらないことを気にしているらしい。

「殺されたのは、誰なんでしょうかねえ」

「なんでも、バス通りにある中華料理屋の親父らしい。わしは行ったことないが」

孝三も、その店には行ったことがなかった。

「犯人の手がかりってのはあるんでしょうか」と彼はいってみた。

「さあねえ。目撃者はいないかって、刑事がこのへんを聞き回ってるらしいけど、可能性は少ないんじゃないか。殺されたのは、たぶん昨日の夜だろうけど、夜になるとこのあたりは、人なんかあんまり歩いてないからなあ」

大家は部屋を出ていこうとした。その手を孝三は摑んだ。「あの、ちょっと」

「何だい？」大家は白髪混じりの眉を寄せた。

「あの、大家さんのところにも刑事が？」

「うちにはまだ来てないよ。だけど来たって、何も答えられんな。うちは夜が早いから」

「ここにも来るでしょうか」

「ここに？　さあな。来るかもしれんな。それがどうしたんだ」大家は苛立った声を出していた。

孝三は少し迷ってから思いきっていった。

「じつは、見ちゃったんですよ」

「見た？　何を？」

「だからその、人殺しの現場を。ゆうべ……」

「えっ」大家は目を剝いた。「ほんとかい、そいつは」

「はあ。仕事の帰りに。十二時頃だったかな。あの路地で」

大家は孝三のほうに向き直った。

「そりゃあ、あんた、警察にいわなきゃならんよ。そりゃ、すごい証言じゃないか。早く警察に連絡しなさい」唾が孝三の顔にふりかかった。

「いや、でも、関係ないかもしれないし……」

「そんなこたあ、警察が判断することだ。これはもしかしたら、すごい手がかりになるかもしれん。よしわかった。私が連絡してやろう」そういうと大家は、孝三の部屋を出て階段を下りていった。家賃の入った集金袋を、孝三の部屋の下駄箱の上に置いたことも忘れているようだった。

それから三十分後に刑事がやってきた。四角い顔をした、ごつい感じのする男と、目つきの悪い若い男のコンビだった。どちらも灰色の背広を着ていた。

「昨夜のことを、なるべく詳しく話していただけますか」四角い顔の刑事がいった。表情に真剣味が漂っている。

孝三は緊張気味に、話しだした。

「……おでん屋を出て、それから路地の近くまで歩いてきました。ええと、十二時ぐらいだったと思います。そうしたら、路地のほうから物音がして、そっちを見たら、二人の男の人がいました」

「二人は何をしてましたか」

「それが……」

揉み合っていた、といおうとして、孝三はためらった。揉み合っているのを見て、なぜ止めに入らなかったのかと訊かれたら困るからだった。止めに入っていれば、中華料理屋の主人は殺されなかったかもしれない。

「特に何も……。あの、立って、話をしていたみたいで」

「路地で立ち話をしていたわけですね、その二人は」四角い顔の刑事は確認した。

「そうです」

刑事は納得したように、しきりに頷いている。それで孝三は、自分の証言が不自然なものではないらしいと思い、安堵した。

「その二人の人相風体を覚えていますか」

「一人は太って背が低くて、ええと、もう一人は痩せて長身でした」

二人の刑事が同時に頷いた。一方が被害者の体格と一致するのだろう。

「顔はどうですか。覚えていませんか」

「顔……ですか。いや、その、ちらっと見ただけだし、覚えてないなあ」

若いほうの刑事が、明らかに落胆の顔つきをするのを、孝三は目の端で捉えた。こんな証言じゃ役に立たないと思っているのかもしれない、と彼は心配になった。

「その男の顔を見れば思い出せそうですか」年嵩の刑事が訊いた。これは孝三にとっては助け船になった。

「ええ、まあ、たぶん、思い出せると思います」

結構、というように刑事は顎を引いた。若い刑事も満足そうに、何やらメモしている。

「ほかに何か特徴を覚えていませんか。特に、その痩せた長身の男のほうについて」

「特徴というと……」

「たとえば服装とか」

「服装ねえ」何か思い出さねば、と孝三は焦った。今までの証言は、どうやらあまり刑事たちの役には立っていないようだった。

その時、唐突に頭の中に蘇ってくる記憶があった。「そうだ」と彼は手を叩いた。「縞模様のセーターだった……」

「縞模様？　たしかですか」

「間違いないです。あれは、ええと、グレーと赤の縞模様だった。うん、そうだ」

孝三は、はっきりとその配色を思い浮かべることができた。二人のうちの、どちらかがそういう服だった。どっちだったか？

「痩せたほうだ」と彼はいった。「痩せた男のほうが、そういう服を着ていたんです」

刑事たちの目の色が、明らかにそれまでとは違ったものになっていた。年嵩の刑事が目くばせすると、若い刑事は、「ちょっと失礼します」といって部屋を出ていった。

「ほかに思い出すことはありませんか」残った刑事が訊いた。

「ほかにですか。いやあ、後はあまり覚えてないな。あっ、でも」と孝三は刑事を見た。

「どんな顔だったか、なんとなく思い出してきました」

「どんな顔でした？」

「頬がこけてて、眉が薄くて、それから髪の毛は長かったと思います」

すらすらと孝三は答えた。なぜ突然こんなふうに明瞭に思い出せたのかは、彼自身にもわからなかった。

正木孝三の証言を手がかりに、捜査当局が山下一雄を逮捕したのは、死体発見の翌日のことだった。

山下は、あらゆる点で犯人としての条件を満たしていた。

彼は、殺された下田春吉の従弟にあたるのだが、まともな仕事についておらず、しょっちゅう春吉から金を借りていた。その借金の額は百万円近くになっており、そのことで最近では春吉からずいぶんと責められていたらしい。

事件当夜山下は、十時頃に同棲中の女のアパートを出ている。女には、「用事を済ませたらすぐに帰る」とだけいったらしい。その時の服装が、白のコットンパンツに、赤とグレーの縞模様のセーターだということは、女が証言している。またそのセーターは、部屋から見つかっていた。

だが取調べ室の山下は、犯行を否認していた。彼によるとたしかにあの夜、下田春吉と会ったが、それは借りていた金の一部を返しただけだというのだ。会ったのは、殺害現場から二百メートルほど離れたところにある公園で、そこで現金二十万円を渡して別れたと主張している。

その二十万円をどうやって工面したのかという質問に、山下は最初答えなかった。しかしこのままでは容疑が深まるばかりだと思ったか、賭け麻雀で稼いだカネだということを白状した。そしてこの点については、どうやら裏付けがとれそうだった。もっとも、だからといって容疑は消えない。殺された下田春吉の所持品の中に、二十万円の現金などはなかったからだ。

警察では、セーターの柄のほかに、路地で二人の男が立ち話をしていたという証言を重視していた。それは犯人が被害者と顔見知りであったことを物語っている。

何度目かの取調べの時、捜査員は正木孝三を警察署に呼び、マジックミラーを通して山下の顔を見せた。

「あの男に間違いありません」と孝三は証言した。

「とにかくこっちはさ、いい気分で歩いてたわけなんだよ。おでん屋で一杯ひっかけてさ、ああ今週もよく働いたなあなんて考えながら、アパートに帰ろうとしてたんだ。ところがあの路地のそばを通る時、なんか妙な話し声が聞こえたわけだよ。あんなところに人がいるなんてのはおかしいからね。それで何だろうと思って、ひょいと覗いてみたら、あの二人がいたんだ。太った男と痩せた長身の男が、向かい合って立ってるんだ。険悪な雰囲気っていうのかね、なんかちょっと異様な感じではあったね。それで二人のことが印象に残ったんだけど、特に痩せたほうをよく見ておいたのがよかった。結局、あっちが犯人だったわけだからね。うん、そう。赤とグレーのセーターだ。派手な服を着てやがるなあと、ちらっと思ったんだ。しかしまあ、それが後で貴重な証言になるとはさ、その時は夢にも思わなかったよ」

紙コップのコーヒーには殆ど手をつけず、孝三は一人でしゃべっていた。工場の休憩時間でのことである。聞いているのはパートで働いているおばさんたちだ。

「へえ、それはまた、すごいお手柄だったわねえ」おばさんの一人が感心したようにいった。他の者も、いっせいに頷く。

「いやああ、お手柄ってことはないんだよ。そんなの、たまたまだったわけだから。だけどあれだよな、俺がなんにも覚えてなかったら、今頃はまだ犯人も捕まってなかったわけだから、一応その、貢献したってことにはなるかな」

「そりゃあもう、貢献も貢献、大貢献じゃないのお」おばさんはいう。

「そうかな。うん。やっぱりそうかな」孝三は気分良さそうに、少し冷めたコーヒーを飲んだ。

パートのおばさんの中には、孝三からこの話を聞くのはすでに二回目という者もいた。しかし上機嫌で、しかもものすごい勢いでしゃべりまくる彼の勢いを、誰も止めることはできないのだった。正社員たちが、休憩時間になってもこの休憩所に現われないのは、彼のこの目撃談を、初日にいやというほど聞かされたからだった。

「これは刑事さんからいわれたことなんだけどね」孝三はポケットから煙草を取り出し、もったいをつけるようにゆっくりと一服した。「どうやら裁判所なんかにも行かなきゃならんらしいんだ」

「へえー、裁判所に」

おばさんたちの顔に素朴な驚きの表情が浮かんだのは、この話を聞くのが初めてだからである。

「うん、まあ、そういうことらしいんだな。警察としちゃあだ、俺の証言にすべてがかかってるらしいんだよな。犯人は悪いやつなんだけど、死刑とかになったら後味悪いだろうな。そう思うとあれだよな、俺の一言で、有罪にできるかどうかが決まるってわけだ。それ考えると、ちょっと気が重いんだよ」

「それはまた大変なことだわねえ。やっぱり重要な証人だからよお」

孝三は顔をしかめて見せたが、その目は幸福そうだった。

実際この二、三日は、彼にとって栄光の日々といってもよかった。殺人事件の犯人逮捕に繋がる証言をしたといえば、誰もが話の続きを聞きたがってくれる。そして聞いた後には、驚いたり、感心したりしてくれるのだ。

こんなことはこれまでの彼の人生では一度もなかった。誰にも注目されず、存在を重視されることもなく生きてきたのだ。そうしてたぶんこのまま死んでいくのだろうと彼は考えていた。

ところがあの事件以後、すべてが百八十度変わった。彼の証言は、多くの人間に影響を与える。たとえば彼が、「目撃した」というだけで、一人の男が処罰されるのだ。

近所でも、孝三の証言のことは有名だった。彼自身が近くの店に買物に行ったついでなどに話すからだ。

「じつは俺、犯人の顔を目撃しちゃってさ、警察から呼ばれたりして大変だったんだ」

ここでいうと、大抵の相手はびっくりして先を聞きたがる。そんな相手に、もったいぶった口調で目撃談を話すのだ。その甲斐あってか、最近では近所の主婦なども顔を見ると挨拶してくれるようになっていた。時には、「例の事件、その後どうなったの？」というように尋ねられることもある。そんな時孝三は、ちょっとしたスター気分を味わっていた。

何度も何度も話すうちに、彼の話は整理されていった。不明だった点も、いつの間にか補われている。それが脚色と呼ばれるものであることに、彼自身はまだ気づいていなかった。気づかず、脚色した内容が事実であったかのように、自分も錯覚し始めていた。

事件から一週間後の土曜日、孝三はいつものおでん屋に寄った。そしてこの屋台の親父には、まだ例の目撃談を話していないことを思い出した。

「例の犯人だけど、まだ犯行を認めないのかねえ」何気ないふうを装ってきりだした。

頭に鉢巻きを締めた親父は、ちょっと虚をつかれた顔をした。

「ええと、例の犯人っていうと？」

「あれだよ。この先の路地で死体が見つかった事件だよ」

もう忘れたのかと、責める口調になっていた。あんなすごい事件を。ふつうの人間なら一生関わることのない出来事を。

「ああ、あの事件ですかい。いやあどうなったんですかねえ。新聞見てないんで、ちょっとわからんです」親父は鍋の火加減のほうが気になるといったようすでそういった。

孝三としては舌打ちしたい気分だった。まだ一週間しか経っていないというのに、どうしてこんなに無関心でいられるのだろう。すぐそばで起こった事件だというのに。

だがそれはこの親父だけではなかった。工場や近所の人間たちも、昨日あたりから、そろそろ事件の話をしなくなっていた。

彼等にしてみれば、自分とは無関係の事件のことを四六時中考えているというわけにはいかない。だから時と共に忘れていくのが当然なのだ。それに孝三の話にも、いい加減うんざりしていた。

しかしそのことに、孝三だけは気づいていなかった。気づかず、焦りのようなものを覚えていた。つまり彼の中では今回の事件は、彼の存在価値と繋がっているのだった。事件のことが忘れ去られる時は即ち、自分が忘れられる時だと自覚していた。またあの平凡で、地味で、陰気な生活に舞い戻らねばならないのだ。

「あの犯人だけどさ」孝三はコップにビールを注ぎ、一口飲んで喉を湿らせた。「俺がたまたま現場を目撃しててさ、それで後で警察に犯人の特徴なんかを教えてやって、それで捕まったんだ」

「えっ、そうなんですかい？」親父はさすがにびっくりしたようだ。

「そうだよ。俺、先週もここに来ただろ。その後、アパートに帰る途中で目撃したんだ」

「へええ、そりゃ、すごいことでしたねえ」

さすがに初めて話を聞く親父は、孝三の期待通りの反応を示してくれた。彼はもはや流暢ともいえる口調で、目撃談を語った。親父は、「こりゃ驚いた」とか「すごいですね」といった相槌を打ち、孝三の舌をますます滑らかにした。

いつもよりビールを一本余計に飲み、孝三はおでん屋の椅子から腰を上げた。火照った顔に夜風が心地よかった。

先週と同じ道を通って、彼はアパートに帰ることにした。あの時はまさか後でこんなことになるとは思わなかったなあ、などと考えながら。

不意に彼は足を止めた。

ある光景が頭に浮かんできたからだった。

先週、おでん屋を出た後のことだ。例の路地の前に行くまでに、一人の男とすれちがった。その男のことを思い出したのだ。

首から上が急激に熱くなるのを孝三は感じた。心臓が早鳴りを始める。こめかみから汗がひとしずく流れた。その汗は気持ちが悪いほどに冷たかった。

次に足が震え始めた。そのまま立っているのも辛くなった。よろよろと歩きだした。

「赤とグレーの縞模様、赤とグレーの縞模様……」

念仏のように彼は口の中で繰り返した。

赤とグレーの縞模様のセーターは、あの時すれ違った男が着ていたものだったのだ。細い顎、薄い眉、長い髪。あれもそうだ。あの男の人相だった。

いずれも犯人の特徴なんかではない。路地での出来事を目撃する直前に見かけた男の特徴を、犯人のものと思い違いしていたのだ。

そして――。

あれが山下一雄だったのだ。孝三のすれ違った男が……。

山下とすれ違った後、孝三は路地で二人の男を見ている。その二人は揉み合っていた。

山下は犯人ではない。

むしろ孝三は、彼の無実を証明できる証人なのだ。

警察に行かなければ、と思った。そして本当のことを話さなければ。

しかし話したら、みんなから一体何といわれるだろう。

孝三には刑事の怒る顔が目に浮かぶようだった。孝三の証言を元に山下を逮捕したというのに、今度は彼の無実を証言するなどといわれたら、怒り狂うのが当然だと思えた。

そして周りの人間たちは、もう決して自分のことなど相手にしないだろうと孝三は思った。

「えらそうなことをいってたけど、思い違いだったんだってさ」

「なんだ、そうか。変だと思ったよ。あんな鈍な奴に、犯人の特徴なんか覚えられるわけないと思ったもんなあ」

「振り回された警察も迷惑よねえ」

「何より迷惑なのは捕まった人だよ。思い違いで逮捕されるなんて、とんだ災難だ」

「今度はその人の無実を証言するってさ」

「信用できるかよ、そんな話。馬鹿じゃねえの」

皆の罵る声が聞こえてくるようだった。軽蔑の後には、これまでよりもっと陰湿でどす黒い無視が待っているに違いなかった。


本当のことなどいえないと孝三は思った。このまま突っ張るしかない。俺は見たんだ。犯人が赤とグレーの縞模様のセーターを着ていたのを。それが山下だったかどうかは知らない。人相は似ているといったが、断言はしていない。人違いかもしれない。でもそうだとしても、それは警察の責任だ。俺が悪いんじゃない。もし山下が犯人じゃなくて、たまたまあの夜、赤とグレーのセーターを着ていたのだとしたら、それは偶然の一致だ。犯人も着ていて、あいつも着ていた。そういうことだ。

重い足取りでアパートに向かいながら、孝三はこれからの方針を固めていた。記憶違いのことは誰にもしゃべらないこと。これまでの証言を決して翻さないこと。

やがて例の路地の前までやってきた。彼はあの夜と同じように、その奥を覗き込んでみた。路地の中は、思った以上に薄暗かった。

彼は、はっと息を飲んだ。

こんなに薄暗くては、服装や人相を判別できない、と思ったのだ。同時に彼は思い出していた。先週ここから二人の男の人影を見た時も、やはり暗くて細かいところまでは見えなかったことを。

くそお、どうしてこんなに暗いんだ——彼は周囲を見回した。その答えは斜め上方にあった。電柱に取り付けられている街灯の蛍光灯が古くて、弱々しい光を断続的に発しているだけなのだ。

胃袋に何か重いものを詰め込まれたような気分を孝三は味わっていた。彼は頬をぴくぴくと痙攣させながらアパートへと急いだ。部屋に入ると、敷きっぱなしの布団の上にへたへたと座り込んだ。

混乱する頭で、必死に思考を巡らせた。

警察は街灯のことを知っているだろうか。

夜、現場を調べていたようすはないから、まだ知らないんじゃないか。

でも、いつかは知るかもしれない。裁判の時に、弁護側が反論するかもしれない。あんなに暗い場所で、服の柄なんか判別できるはずがない、というように。

孝三は窓から現場を見下ろした。今も街灯は暗い。

彼はふらふらと立ち上がると、室内を見回した。流し台の上に取り付けられている蛍光灯が目に留まった。それが街灯に使われているものと同じサイズだったからだ。

彼は蛍光灯を摑み、ぐいと捻って外した。


一方その頃捜査当局では、事態の急変に誰もが戸惑っていた。

「で、どうなんだ。そっちのほうが本ボシなのか」今回の事件で、主に指揮をとっている警部が、部下に向かって怒鳴るように訊いた。

「ええ、どうやらそういうことらしいです。現場の状況に関する供述も事実と一致していますし、凶器を捨てたといっている場所から、先程血のついたナイフが見つかりました。それに被害者の財布を持っています」部下の刑事が答える。

「その財布に金も入っていたわけだな」

「はい。現金で十万円ちょっと。残りは使ってしまったようです」

「しょうがねえなあ」警部はげんなりした顔を作った。

彼等を弱らせているのは、今日別の警察署で捕まった強盗犯の自供内容だった。その犯人は、下田春吉を殺したのも自分だと述べているらしいのだ。下田とは顔見知りでも何でもなく、金を持っていそうな人間がいたら襲おうと思っている時に、たまたま出くわしただけだという。

「犯行時のそいつの服装は？」

「茶色のジャンパーだったそうです」

「なんだ、じゃあ例の証言とは合わんな」

「はい。それにあの目撃者の話だと、路地で立ち話をしていたということでしたが、それもまた矛盾することになります」

「しょうがねえなあ」警部はもう一度いい、首をポキポキと鳴らした。「素人の話ってのは、これだから困る」

「まあ、ちょっと眉唾の話ではありましたがね。街灯の話は警部にしましたよね」

「蛍光灯が古いって話か」

「ええ。あの暗さじゃ、路地の奥にいる人間の服装なんか、満足に見えないと思うんですよ。あの目撃したっていう男も、たぶん何か見間違いしたんでしょうよ」


午前零時を過ぎるのを待って、孝三はこっそりと部屋を出た。手には流し台の上から外してきた蛍光灯を握っている。

街灯の付いている電柱の下に来ると、彼は蛍光灯をズボンのベルトに挟み、周囲に誰もいないのをたしかめてから、電柱に飛びついた。そして両手両足に力をこめて、懸命によじ登り始めた。

なんとか今夜のうちに取り替えておけば。

警察にも感づかれずに済むかもしれない。

俺の証言がいい加減なものだとは。

誰にも思われたくない。

ふだんろくに運動もせず、腹も出るにまかせている彼にとって、電柱をよじ登るのは大変な難行だった。はあはあと息をきらせ、口から涎を垂らしながら彼は上を目指した。汗が目にしみた。

ついに街灯が手の届くところまで来た。彼は左腕をいっぱいに伸ばして古い蛍光灯を取り外した。それを口にくわえると、次にベルトに挟んであった持参の蛍光灯を摑んだ。さっきと同じように左腕を伸ばす。そして街灯に取り付けようとしたその時――。

右手がつるりと滑った。

落下までの間に、彼は様々なことを考えた。このまま死んでしまったほうがいい、というのも、その一つだった。

だが彼は死なず、近くの派出所の警官に発見されるまで気を失っていただけだった。

本格推理関連グッズ鑑定ショー

1

診察を終えると、医者は聴診器を外し、鞄の中にしまい始めた。注射を打つこともなかった。

「先生、いよいよ手の施しようがありませんかね」座敷に敷かれた布団の中から山田鉄吉が訊いた。鶏のように痩せた、皺だらけの喉がびくびくと動いた。

「そんなことはありません。しっかり養生すれば、きっとよくなります」患者と目を合わせずに医者はいった。

「治療らしい治療もせんと、ようそんなことがいえるもんですなあ。だけどまあ先生、わしはあんたに感謝しとるのですよ。あんたのおかげで、思ったよりも長生きできた。もう何も思い残すことはない」

「何をいってるんです」

「なあ、はっきりいってください。わしはあと何か月生きられます」

「そんな馬鹿な質問には答えられません」

「そういわず教えてください。あと何か月ぐらいですか。それとも、ひと月はもちませんかねえ」

「まだまだ生きられますよ。心配無用です」

医者は立ち上がり、息子夫婦に頷きかけてきた。それで嫁の育子が見送りに立ち上がった。息子の史朗も膝を立てたが、その時、

「おい、史朗」と鉄吉が呼んだ。「おまえはここにいてくれ」

「いいよ」

史朗は妻に目配せした。それで育子が一人で医者を玄関まで送っていった。

「史朗、こっちへ来い」かすれた声で鉄吉がいった。

史朗は膝をついたまま移動し、鉄吉の枕元に座った。そして自分よりちょうど四十歳離れた、年老いた父親を見下ろした。

「なんだい？」

「史朗、わしはもう長くない」

「何いってんだよ。親父らしくもない」

「いや、気弱になっていってるんじゃない。自分のことは自分が一番よくわかる。それにわしは死ぬことなんか怖くないからな。それより、生きている間におまえにいっておきたいことがある」

「なんだよ、あらたまって」

「わしはおまえに財産らしきものを何も残してやれなかった。残したといえばこの家ぐらいだが、こんな田舎だし、売ったところで大した金にはならんだろ」

「やめろよ、そんな話」

「まあ聞いてくれ。そんなわしだがな、一つだけおまえに譲りたいものがある。もう何十年も、誰にも見せたことのないものだ。わしだけが知る、秘密の品だ」

「ずいぶん、大層なことをいうじゃないか」史朗はちょっと笑った。

しかし年老いた父親は冗談をいっているわけではなさそうだった。かれは咳を二、三度した後、こんなことをいった。

「仏壇の隣の押入れを開けてみてくれ。右の奥に、細長い箱が入ってるはずだ」

仏壇はこの座敷にあった。史朗はいわれたところを探してみた。たしかに長さが一メートルぐらいの木箱が入っていた。

「箱を開けてくれ」

史朗は箱の蓋を取った。そこには長さ約一メートル、太さ数センチの木の棒が二本並んで入っていた。どちらもかなり汚い。

「何だよ、この棒」と史朗は訊いた。

すると鉄吉は布団の中でにやりと笑った。顔の皺のカーブが、大きく形を変えた。

「それをおまえに譲ってやる。何か困ったことがあったら、それを処分しろ」

「処分って、こんなもの、どう見ても値打ちのある骨董品には見えないけどな」

「そういう類のものじゃない。まあしかし、似たようなものかな。関心のない者にはただのゴミだが、関心のある人間にとっちゃあ、大きな価値がある」

「こんな棒に、誰が関心を持つっていうんだい」

「それをこれから話してやる。ただし、関係のない者には絶対に話すんじゃないぞ」

鉄吉の長い話が始まった。史朗は最初あまり興味がなく、適当に相槌を打っているだけだったが、やがてその話に引き込まれていった。それはとんでもない話だったのだ。そして、なぜ鉄吉がこの棒を大切にしてきたのかもわかってきた。

鉄吉がこの世を去ったのは、それから二か月後のことだった。

2

「さあ、始まりました。『本格推理関連グッズ鑑定ショー』の時間です。古今東西で起こった不思議かつドラマチックな本格推理事件にゆかりのある数々の品を、その道の専門家である鑑定士の皆さんに鑑定していただきます。わたくしは司会の黒田研二です」

「アシスタントの白山ありさでーす」

お笑い出身のタレントと元モデルの挨拶で、番組は幕を開けた。続いて、ずらりと並んだ鑑定士たちが紹介される。今日の特別鑑定士は、天下一事件関係のプロ、壁神辰哉である。この時点で視聴者たちは、ああ今日はどうやら天下一関連の品物が出てくるのだなと察しがつくわけだ。

「では一人目の依頼人に登場していただきましょう。どーぞ」

アシスタントの舌足らずな言葉と同時に、後方の幕が上がり、スモークと共に一人の人物が歩み出てきた。グレーのスーツを着た、中年の痩せた小男だった。

「飯能から来ました、ももも、本山元雄です」男はそう名乗った。かなりあがっているらしく、声が震えている。

「はい、本山さん。あがらなくても大丈夫ですよ。今日は何を持ってきていただけましたか」司会者が訊いた。

「はい、えーと、ここ、これです」

本山は手に持っていた額縁を胸の前で立てた。逆さまだったので、アシスタントがあわてて直した。

額縁の中には一万円札が一枚入っていた。

「おや、一万円札ですね。これがどうかしたのですか。印刷ミスがあるとか、ナンバーが特殊なものだったりすると価値はあるかもしれませんが、その場合ですとほかの番組に持っていかれたほうがいいですよ」そんなことをいって司会者はスタジオの笑いをとった。

「いえ、違うんです。あの、これはですね。あの、例の、『料亭ちびたけ殺人事件』で使われた札の一枚なんです」

「『料亭ちびたけ殺人事件』ですかっ」司会者は大げさに驚いたふりをしてからアシスタントのほうを見た。「何なの、その事件？」

「はい。ではVTRをどうぞ」元モデルのアシスタントがにっこり笑っていった。

ナレーションが流れ、再現ビデオが始まった。

「事件は東京下北沢にある料亭ちびたけで起こった。この日、ある建築会社社長は知り合いの代議士と会う約束をしていた。そしていつもの通り、約束の時刻よりも十分ほど前に到着し、一番奥の間で待っていた。社長秘書の若い男が別の部屋で待機するのも、いつものことである。相手の代議士は逆に十分ほど遅れてやってきた。店のおかみは代議士を奥の間に案内した。だがそこで彼等二人が見たものは、会社社長の無惨な姿だった。社長は首から大量の血を流し、絶命していたのだ。また、彼の周りには数え切れぬほどの一万円札がばらまかれていた。その金はこの日、代議士に渡されるべきものだったのだ。たまたまこの時別の部屋で宴会をしていたのが、富豪警部の高屋敷秀麻呂(たかやしきひでまろ)だった。彼は事件を知ると、すぐに料亭内にいる者全員を足止めした。そして自ら捜査に乗り出したのだ。その結果重大なことがわかった。会社社長が部屋で一人だったのは約二十分間だが、その間この店から外に出た者はいない。つまり犯人はまだ店の中にいることになるのだ。間もなく到着した部下たちに、高屋敷は店内の捜索と、この時店内にいた人間全員の身体検査を命じた。まず凶器を見つけることが先決だと考えたのだ。ところが不思議なことに、凶器はどこからも見つからなかった。真っ先に疑われたのは当然調理場の刃物類である。だがそこには大勢の目撃者がおり、そこの刃物類が凶器に使われた可能性は皆無だった。凶器はどこへ消えたのか。そして犯人は誰なのか」

再現ビデオはここでいったん休止し、テレビ画面にはスタジオの司会者の顔が映った。

「いやあ、すごい事件ですねえ。これはいわゆる高屋敷秀麻呂シリーズの一つで、消えた凶器ものですね。で、真相はどうだったんでしょう」

「ＶＴＲの続きをどうぞ」アシスタントが愛想よくいった。

「死体を詳しく調べたところ、殺害は二つの手順で行われていることが判明した。すなわち、まずかなり固いもので後頭部を殴打し、会社社長を気絶させる。その後、刃物によって頸動脈を切ったのだ。つまり凶器は二つ必要だということになる。刃物だけでも見つからないのに、頭部を殴った鈍器のほうも探さなければならなくなったわけだ。捜査員たちの間に焦りの色が浮かんだ。が、突然、高屋敷秀麻呂は人差し指を立てた。そしていつもの台詞をいったのだ。『我にデュパンの魂が宿った。今こそすべての謎を解きあかしてみせよう』さらに彼は続けた。『我々は最初から見ていたのだ。凶器は目の前にあったのだよ。だがそれは見事に姿を変えていて、というより本来の姿に戻っていたため、我々の目には入らなかったのだ。目を開いてよく見たまえ、これこそが二つの凶器だったのだ』そういって彼が指差したのは、死体を彩る大量の一万円札だった。『固く束ねた札は鈍器になる。そして一枚の新札は刃物になる。使用した後は、死体のそばに捨てていけばいい。血がついていても誰も不審には思わない。こうなると犯人はかぎられてくる。被害者と共に札束を運んできた人間、すなわちあなただ』高屋敷は社長秘書を指差した。秘書はうなだれ、その場に膝をついた。これが有名な、『料亭ちびたけ殺人事件』である」

再現ビデオが終わると、司会者とアシスタントが手を叩いている映像に切り替わった。スタジオ見学に来ている客たちも、わざとらしい笑顔を作りながら拍手している。

「なるほど、そういうトリックでしたか。たしかに新しい札のことを、手の切れるような と表現することがありますからねえ。これは気がつきませんでした。ええと、そうしますと、この一万円札は、あの一万円札なわけですか」司会者が本山元雄が両手で持っている額縁の中を指して訊いた。

「はい、そうです。あの時に凶器として使われた札の一枚です」相変わらず顔をこわばらせたまま本山は答えた。

「なぜそんなものを本山さんがお持ちなんですか」

「ええ、じつはあの時の札はすべて証拠物件として保管されていたんですけど、裁判が終わりますと、銀行で両替が行われたんです。その銀行に従兄が勤めておりまして、一枚だけ私のために確保してくれたわけです」

「ああ、そういうことでしたか。で、これがその時の札だという、何か証明になるようなものはお持ちなんですか」

「それは、ナンバーを見ていただければわかると思いますが」

「ははあ、そういうものですかねえ。では早速鑑定していただきましょう」

額縁に入った一万円札が、アシスタントの手によって鑑定士たちのところへ運ばれた。鑑定士たちはそれを囲んで何やら相談を始める。とはいえ高屋敷シリーズの鑑定となれば、レギュラーの一人である綾小路道彦の仕事と決まっているから、他の鑑定士たちは彼の話を拝聴するという構図になる。

やがて相談が終わり、鑑定士たちの円陣が解かれる。それを見て司会者が口を開く。

「さあ、どうやら結果が出たようです。この『料亭ちびたけ殺人事件』で凶器として使われた一万円札の価値はいかほどでしょうかあ」

彼等の上に吊られた電光掲示板に数字が出た。九千五百円というものだった。

「おっと九千五百円。これは意外な値段です」

司会者の言葉と同時に、依頼者の顔が大写しになる。本山元雄は眉を八時二十分にし、情けなく目をしょぼしょぼさせた。

「どういうことなんでしょう」と司会者が鑑定士のほうを見た。

「ええと、これはですね」ダブルのスーツを着て、蝶ネクタイを締めた綾小路道彦が、トレードマークであるちょび髭を動かした。

「ナンバーからして、間違いなく本物です。『料亭ちびたけ殺人事件』の一万円だと思います」

「それなのに九千五百円なんですか」

「ええとですねえ、まずこの事件で死体の周りにばらまかれていた一万円札というのは、全部で五千枚あるんですね。それでその五千枚が全部同じ価値かというとそうではなくて、その使われ方によって値段が変わってくるんです。最も高価なのが、頸動脈を切断するのに使われた一万円札で、これは現在約百万円で取引されています。たしか大阪のミステリ骨董商が持っているはずです。この札は下三分の一ほどがべっとりと血で汚れていて、裁判で証拠品となったという証明書もついています。これ以外ですと、状態によって価値が変わります。高価な条件は、被害者の血が付着していることです。これもたくさんついていたら良いというのではなく、より美しい付着をしているものが好まれます。で、本山さんがお持ちになった札は、残念ながら血が全く付いてないんですね。こういう札は約三千五百枚もあります。血が付いていれば、一枚一枚に個性があるので価値が出ますが、付いてないとやはりただの一万円札に過ぎないわけです。これではマニアは欲しがりません。

まあこういうことです」

「でもおかしいじゃないですか。ただの一万円札なら、少なくとも一万円の価値があるわけでしょう？　それなのに九千五百円というのはどういうことですか」がっくりと肩を落としている依頼人を思いやってか、司会者が反論した。

「いや、それはそうです。だからこれで何か買い物をなさるんでしたら、一万円として使えるでしょう。でもこれを『料亭ちびたけ殺人事件』の凶器と考えて、誰かに買ってもらおうとするとどうでしょう。マニアは買わない。ふつうの人も気味が悪いから買わない。結局、銀行で両替してもらうしかないわけですが、銀行へ行くにも交通費その他かかりますからねえ。ま、こんなところでしょう」綾小路は薄ら笑いを浮かべた。

「はあ、そうですか。ええと、本山さん。お聞きになったようなことなんですが」司会者が申し訳なさそうに依頼人に話しかけた。

「よくわかりました。じゃあこれで帰りの切符でも買います」落ち込んだ声で本山は答えた。

「それがいいかもしれませんね。でも自動券売機で買ったほうがいいかもしれませんよ。窓口で買おうとしたら、もしかしたらこれが忌まわしい札だということを見抜かれて、受け取りを拒否されるかもしれませんからねえ」

司会者の台詞に、客席はどっとうけた。その笑いの中、本山元雄は背中を丸め、とぼとぼと退場していった。

「いやあ、お気の毒だったねえ」司会者がアシスタントにいった。

「そうですね。自信あったみたいですもんねえ」

「しかし、こういうことがあるから面白いんですけどね。では次の方の品物を見せていただきましょう。二番目の依頼人の方、どうぞー」すっかり気を取り直した司会者は、陽気な声をあげた。

二人目は女性で、持ってきたものは拳銃だった。探偵ポワロが登場する『ナイルに死す』で使われたものだという。この話の途中で、会場からはすでに失笑が漏れている。この番組ではよくポワロものやホームズものが出品されるが、本物だったためしはない。もしそんなものが見つかったら大発見である。

「どうでしょうねえ。ポワロものは偽物が殆どなんですが」司会者も、はなから信用していない。

そして鑑定結果も予想通りのものだった。この方面に詳しい鑑定士が、「何かの舞台の小道具でしょう」と判断して、評価額はなしとなった。この番組では偽物には値段をつけない、というよりつけられないのだ。

こんな調子で次々と鑑定依頼が処理されていった。四人が終わって、今日はまだ高額な品は出ていなかった。

「さて、では本日最後となりました。依頼人はこの方です」

「岡山県からいらっしゃった、山田史朗さんです」

例によってスモークと共に、三十歳ぐらいの男が現れた。彼は一本の棒を手に持っていた。

3

「さて、山田さんの秘蔵の品とはどういうものでしょうか。まさかその棒だというんではないでしょうね」司会者がわざとらしくいった。

「いえ、じつはこの棒なんです」

「えっ、こんな汚い棒が？　これは一体何の棒なんですか」

「これはですね、あの『壁神家殺人事件』に深い関係のある棒なんです」

「ええっ、『壁神家殺人事件』といえば、名探偵天下一大五郎が解決した、あの有名な事件ですか」

「そうなんです」

おおーっという声が会場からわきあがる。天下一ものというのは、この番組でも定番の一つになっていた。

「これはどのようにして入手されたわけですか」

「別に大したことではありません。亡くなった父が事件の舞台となった奈落村の出身で、それでたまたま持っていたらしいのです」

「ほう、そういうことですか。じゃあ、すごい形見になるかもしれませんねえ。なにしろ『壁神家殺人事件』のことは、大抵の人なら知ってますからねえ」

「でも知らない人もいらっしゃるでしょうから、そういう方々のためにＶＴＲスタート」

アシスタントの脳天気な紹介の後、再現ビデオが始まった。

『壁神家殺人事件』とは、天下一探偵が世に知られるきっかけになった事件である。そしていろいろな点で、大きな意味のある事件でもあるのだ。中でも特筆すべき点は、これが現在確認されているかぎりでは、天下一が遭遇した唯一の密室殺人事件であるということだろう。事件はある雪の日に起こった。奈落村のはずれにある農家で、作蔵という男が殺されたのだ。死体が見つかった時、家の周りには発見者以外の足跡はなく、しかも家には内側から戸締まりがなされていた。発見者は戸を壊して入ったのだが、どうやら心張り棒がかましてあったらしく、その棒が戸のそばに転がっていた。つまり殺害現場は雪と扉による二重の密室だったのだ。たまたま友人の結婚式に出席するためこの村に来ていた天下一大五郎は、この難事件に挑むことになる。やがて彼は犯行時刻は雪が降りだす前であることを突き止め、さらに雪の重みで家が変形し、戸が開かなくなることを利用した密室トリックだと見抜く。心張り棒などはかましていなくて、それらしき棒をそばに転がしておいただけだったのだ。犯人は村一番の旧家の女主人、壁神小枝子だった。彼女は自分の暗い過去を隠すために殺人を企てたのだ——」

再現ビデオが終わった。

「さあ、何度聞いてもすごい事件ですよねえ。さて、それで山田さん。そうしますと、本日持ってきていただいたこの棒というのは、もしかすると」

司会者の言葉に山田史朗は大きく頷いた。

「そうなんです。密室トリックに使われた棒なんです。発見者が戸を破って室内に入った時、この棒がそばに転がっていたために、心張り棒がかましてあったのだろうと皆が思いこんでしまったわけです」

「なるほど。それを名探偵天下一が見破ったということですね。さすがといおうか、何といおうか、大したもんです。さあ、そうしますと、これが本物ということになると、すごいことですよ。とにかく天下一ものでも、めったに本物は出ませんからね。しかも『壁神家殺人事件』となると、相当な評価額が期待できます。ではいよいよ鑑定していただきましょう」

司会者の興奮気味の台詞に続いて、鑑定士の中から一人の初老の男が立ち上がり、ゆっくりと前に出てきた。仕立てのいい服を着た、品の良い顔つきの男だった。

「じつは今日は天下一ものということで、この道のトップの人に来ていただきました。壁神辰哉さんです。壁神という名字で、テレビを御覧になっている方々もおわかりと思いますが、今ＶＴＲで紹介された壁神家のお身内の方です。ええと、それに天下一探偵のご友人でもあるというお話でしたね」

壁神辰哉は小さく頷いた。

「そうです。先程のＶＴＲでも紹介されていた、天下一君が出席した結婚式というのは、私の式だったのです」

「あっ、そうだったんですか」

「そして犯人の壁神小枝子は私の母親です」

ほほーっという声が、あちこちから漏れた。この番組内では、犯人の身内が登場することはざらである。というより、最も正確な鑑定ができる人間というのは、どこかで犯人と繋（つな）がっていて当然なのだ。

壁神辰哉は眉間（みけん）に皺を寄せ、ずいぶんと念入りに棒を見ていた。だが最後に一つ頷くと、「わかりました」といって元の席に戻った。

「さあ、答えが出たようです。では評価額を出していただきましょう。『壁神家殺人事件』の密室トリックに使われた棒は、いったいいくらでしょうかー」

やや興奮気味の司会者の声の後、電光掲示板にゼロという数字が出た。ああー、という落胆の声がスタジオ全体を包んでいく。

「偽物ですか。そうなんですか、壁神さん」司会者が、納得できないという顔で鑑定士席を見た。

「まことに残念なのですが、偽物です」と壁神辰哉はいった。「非常に雰囲気は近いし、時代的にも合致しますし、あの奈落村にたくさん生育していた木を使っているという点でも、筋は通っています」

「でも本物ではないんですね」

「残念ながら」

「どこがだめなんですか」

「木に名前が書いてないんです。あの時代、あの村では、心張り棒も大事な道具でしたから、盗まれたり他人のものと間違えたりしないように気をつけなきゃならなかった。だからふつう名前が書いてあったはずなんです。でもその棒には名前がないんです」

「でもその殺された人の家では、名前を書かなかったのかもしれないじゃないですか」

諦(あきら)めきれないのか、司会者は粘った。

「いや、名前はたしかに書いてあったはずです。殺された人の名前は作蔵さんですが、作という字を丸で囲うサインが、棒の両端に書いてないとおかしいんです」壁神辰哉の言葉は自信に満ちていた。

「うーん、ああ、そうですか」まだ未練がありそうな顔で首を傾げた後、司会者は依頼人である山田史朗に訊いた。「ということなんですが、何か感想はありますか」

司会者ほどには落胆しているように見えない山田史朗は、少し考えてからいった。

「一つだけ質問していいですか」

「ああ、結構ですよ。どうぞ」

「もしこの棒が本物だった場合は、評価額はどの程度になるんですか」

「その点、いかがですか、壁神さん」司会者が壁神辰哉に尋ねた。

「難しい質問ですねえ。『壁神家殺人事件』は天下一探偵にとっても記念すべき事件ですから、やはり他の事件の関連品よりは高い値がつくと思いますね。特に密室トリックに使われた小道具ですから、そうですなあ、オークションにかければ一千万は堅いんじゃないでしょうか」

「一千万っ。それはすごいですねえ、残念でしたねえ」司会者は首を振った。「まあ掘り出し物というのは、そうそう転がってないということでしょうねえ。残念でしたが山田さん、また何か面白いものがあれば持ってきてください」

「はい。勉強して出直してきます」そういって山田史朗は頭を下げ、しっかりした足どりで下がっていった。

4

テレビ局から壁神辰哉が一人で出てきたのを見て、史朗は素早く駆け寄った。壁神のほうは、ちょっと驚いたようだ。

「何でしょうか」

「壁神さん。じつはもう一つ見ていただきたいものがあるんです」

「何ですか」

「棒です」と史朗はいった。「心張り棒です。父は、棒を二本残してくれたんです。先程あなたに見ていただいたのは、そのうちの一本です」

「ばかばかしい。あの棒が二本も三本もあってたまるものですか」

「だから一本は偽物です。それが先程のものだとなると、もう一本が本物ということになる。是非鑑定してください」

「それならもう一度番組に応募するんですな」壁神辰哉は歩きだそうとした。その腕を史朗は摑んだ。壁神は史朗を睨んできた。「しつこいな」

「もう一度僕が応募したら、困るのはあなたですよ」

史朗の言葉に壁神は目を見開いた。「失敬なことをいうな。何がどう困るというんだ」

「だからそれをご説明しようとしているわけです。これはあなたのためにいっています」

壁神は何かいい返そうとしたようだが、不安の色がふっとその目に宿った。

「時間はあまりないんだが」

「すぐに済みますよ。そこの車の中にあるんです」そばに停めてある国産のセダンを指して史朗はいった。

壁神辰哉を助手席に座らせ、史朗は運転席に座った。だが車は発進させず、後部座席に置いてあった箱から、もう一本の棒を取り出した。「これなんですがね」

壁神は億劫そうにその棒を受け取ったが、その目がすぐに異様な光を帯び始めた。息が荒くなるのが、史朗にもわかった。

「おい、これは……」

「本物でしょう？」

「うん、間違いない。作蔵のサインもある。どこにあったんだ」

「うちの父は作蔵さんの隣に住んでいたんです。死体を発見したのも父です。だからいろいろと手に入れることができたわけです」

「驚いたな。だけど、なぜこれを番組のほうに出さなかったのかね」

「おかしいと思いますか」

「思うね」

「じつはね、警察の証拠として保管されていたのは、先程お見せしたほうの棒、あなたが偽物と判断したほうの棒なんです」

「なんだって？　そんな馬鹿な」

「ところが本当なんだから仕方がない。なぜそんなことになったか教えてあげましょう。じつは途中で棒がすりかえられたんです」

「すりかえられた？」

「結論から先にいいましょう。『壁神家殺人事件』の犯人は、あなたのおかあさんではなかったのです。真犯人は別にいたのです」

「な……」といったきり壁神辰哉は固まった。しばらくして、「何を、何をいいだすんだ君は」とようやく声が出た。

「真相はこうです。まず犯人は戸の内側に心張り棒をかましてあったかのように見せかけるため、戸のそばに棒を置いておいた。それが今あなたがお持ちになっている棒です。ところがね、その棒には重大な欠陥があったんです。じつは虫食いがひどくて、折れそうになっていた。壁神小枝子さんはそれを知って焦りました。彼女は犯人を知っていたし、密室トリックも見抜いていたんです。彼女が焦ったのは、虫食いの棒では心張り棒として役に立たないということに、警察や天下一探偵が気づくかもしれないと思ったからでした。そこで彼女はまだ誰も気づいていないうちに、新しい棒とすりかえておいた。つまり警察に押収され、証拠として扱われたのは、すりかえられたほうの棒だったのです。さらに小枝子さんは、その後も真犯人のことを庇い続け、最後には自らが罪をかぶることにしたのです」

史朗が話し続けるうちに、壁神辰哉の顔は漂白したように色がなくなっていった。脂汗が額から流れた。

「どこに、そそそ、そんな証拠が、ある」

「今まではありませんでした。でも先程証拠ができました」史朗はもう一方の棒を後部座席から取り上げた。「あなたはこれを偽物だと断言した。本物にはサインが書いてあったはずだと。たしかにそうです。今あなたが持っているほうが本物。真犯人が仕掛けたものです。でもなぜそれがあなたにわかったのです。理由は一つしかない。あなたが犯人だからだ」

狭い車内が重苦しい空気でいっぱいになった。振動音のようなものが聞こえる。史朗は耳をすましてみて、それが壁神辰哉のうなり声であることを知った。

「警察にいうつもりかね。今さらいっても、時効だぞ」

「わかっていますよ。じつは私の父がこの二本の棒を見せて、こういったんです。困った時、これを金に替えろと。きっと金になるからと」

「なるほど」壁神辰哉は、ほっと息をついた。

「で、値段のほうは？」

「それはさっきあなたがおっしゃったじゃないですか。番組の中で」

壁神辰哉は少し考えてから、ようやく口元を緩めた。

「自分でいった以上は、その価格で買い取らざるをえないだろうねえ」

「良い値をつけていただいて感謝していますよ」

車の中で二人は握手した。

誘拐電話網

一人用の電熱鍋で湯豆腐を作り、ビールを飲みながらテレビのお笑い番組を見ていたら、電話が不吉な音で鳴りだした。電話の音に不吉もクソもないのだが、実際瞬間的に災いの気配を感じたのだった。

「はい」コードレスホンに向かって俺はいった。「カワシマですが」

「もしもし」と相手がいった。男の声だった。「カワシマさんと、おっしゃるんですか」

変なことをいう奴だった。自分から電話しておいて、おっしゃるんですか、はないだろう。

「はい、カワシマですが」と俺はもう一回いった。「おたくはどなた？」

すると、ふっふっふっという不気味な笑いが聞こえてきた。

「申し訳ないんですがね、こっちの名前はいえないんですよ」粘着質の、ねっとりとしたしゃべり方だった。

不吉な予感が当たった、と俺は思った。都会に住んでいると、おかしな輩から電話がかかってくることは珍しくない。

「なんだよ、何の用だ。いたずらなら切るぞ。忙しいんでね」

「まあまあ、そう急くことはないでしょう。電話代はこっちが払うんですから。じつはあなたに相談があるんですよ。ぜひ聞いてもらいたいんですが」

「なんだ？」

「じつは」勿体（もったい）をつけるように、ここでいったん言葉を切ってから、男は続けた。「お子さんを預かっていましてね」

「子供？」

「かわいい子です。これだけかわいいと、親としても鼻が高いでしょうなあ。そういうお子さんを預かっているわけです。もうちょっと過激な言い方をするなら、さらってきて監禁してある、ということになりますか。俗にいう誘拐というやつです」

「ちょっと待て」

「心配なさらなくても、今のところ危害は加えていませんよ。大事に扱っています。手足は縛ってありますが、これはご勘弁ください。万一逃げられると困りますんでね。ああそれから猿ぐつわもしてあります。声を出されたら厄介ですから」

「ちょっと待てといってるだろう」俺は大きな声を出した。「いったい何の話をしているんだ？」

「誘拐の話です」と男は答えた。「子供をさらった話をしているんです」

　俺はふふんと鼻を鳴らして笑った。

「誘拐ごっこのいたずらをするなら、もうちっと下調べをしてからにすることだな。残念ながら俺には子供はいないよ。結婚もしてないんだから、いるはずがないだろう。どこかほかの家に電話しな」

そういって電話を切ろうとした。ところがその前に男の声が聞こえてきた。

「あなたのことなんか関係ありませんな」

俺は再び電話に耳を近づけた。「なんだって？」

「あなたのことは関係ないといってるんですよ、カワシマさん。あなたに子供がいようがいまいが、結婚してようが独身だろうが、こちらには関係ないんです」

「じゃあどうして俺のところに電話してきたんだ」

「ですからそれを、今からご説明しようと思っているところです。急いちゃいけません、急いちゃあ」男は相変わらず、からみつくような口調で話しかけてきた。俺はいらいらしてきた。

男はいった。「じつはですね、私今、金に困ってるんですよ。どうしても早急に三千万円必要なんです。ところがそんな金、どこにもありゃしません。貸してくれる人もいない。それで誘拐を思いついたと、まあそういうわけです」

「ふん。そんなことを俺に告白してどうしようというんだ」

「話はここからです。で、子供はさらってきた。次は当然身代金を要求すると、まあこういう段取りになりますよねえ」

「そうだろうな」

何がいいたいのかわからず、不安な気持ちで俺は同意した。

「しかしですね、卑劣だと思いませんか」

「何がだ」

「子供のことを思う親の気持ちに付け込んで、大金を要求するというやり方がですよ。とても人間のやることじゃない」

「そんなこと、あんたにいわれなくてもわかってるよ」そういってから俺は頷いた。「ああ、そうか。そう思ったから、誘拐は中止しようってわけか」

「いやいやいや、それじゃああなた、お金が手に入らないじゃないですか。中止するわけにはいきません」

俺は目眩がした。世の中は本当に変な人間が多い。改めてそう思う。

「でも卑劣だと思うんだろ？」

「親に身代金を要求するのはね」そして男は、ひっひっひっと不気味に笑った。

俺はなんとなくいやな予感がした。

「どういう意味だ」

「親に身代金を要求するのは気が咎めるから、この際ほかの人に払ってもらおうと、つまりまあこのように考えたんです。で、カワシマさん、あなたに払っていただくことにしたわけです」

「ああ？」俺は口をあんぐりと開けた。「なんで俺なんだ？」

「それはまあ、一言でいうと縁です」

「エン？」

「私今、適当に電話の番号ボタンを押したんです。するとあなたのところにかかったというわけです。電話を持っている人が日本にどれだけいるのか正確には知りませんが、すごい確率をくぐり抜けてあなたが選ばれたことはたしかです。これはもう何かの縁だとしかいいようがないでしょう。こういう縁を、私、とても大事にする主義なんです」

「ふざけるな。何が縁だ」

俺は電話を切った。コップのビールを飲み干した。

いたずら電話だったのだろう、と俺は考えていた。あんな話が本当であるはずがない。

俺は湯豆腐を鍋からすくい、ビールをコップに注いだ。早く気分を変えようと思った。

ところがコップを口元に運んだところで、またしても電話が鳴った。

「もしもし」俺はぶっきらぼうにいった。

「あなたは少し気が短すぎますね」さっきの男だった。「あまり気が短いと出世しませんよ」

「大きなお世話だ。切るぞ」

「切ってもいいですがね、後悔することになるかもしれませんよ」

「どういう意味だ」俺がこう訊いたのは、男の声にさっきまでと違う凄味が加わっていたからだった。

「それはね、こういうことです。もし身代金が支払われなかった場合は子供の命は保証しない、とまあ誘拐犯人の常套の台詞をいわせていただくことになるからです」

「俺には関係ないことだ」

「さあ、そのように断言できますかねえ」相変わらず、ねっとりとからみつくような口調で男は続けた。「あなたがお金を払ってくれないと、近々小さなお子さんの死体が発見されることになるかもしれませんよ。それでもあなた、平気なんですか。そうなったら、あなたが殺したようなものですよ」

「ふざけるな。殺したのはおまえだろうが」

「そうきっぱりと割り切れますかな。自分には全く責任がないと。私は無理だと思うなあ。きっと一生後悔しますよ」

いやな言い方をする男だった。俺は無視して電話を切ろうかと思った。しかし一瞬躊躇した。その隙をついて、男はいった。

「ほらほら、もうあなたは迷っている。『キングの身代金』という小説を御存じですか。あるいは黒澤明の『天国と地獄』でもいい。物語の中で主人公は、自分の運転手の息子のために身代金を用意します。人間とは、そういうものなんです。あなたも彼と同様優しい人なんだ。他人の子供だからといって、見殺しにできる人じゃない」

「見殺しにはできないが、金は払わないぜ。なんで俺が払わなくちゃいけないんだ」

「払ってもらわなきゃ、こっちが困ります」そしてまた、ひっひっひっと笑った。

俺はため息をついた。「訊きたいことがある」

「なんですか」

「本当に子供を誘拐したのか？　ふざけてるんじゃないのか」

「本当ですよ。冗談をいってるんじゃありません。私だって忙しいんだ」

「証拠を見せろ。いや、聞かせろ。子供を電話に出すんだ」

「いやあカワシマさん、それはできませんな。子供が下手なことをしゃべったらまずい。それに子供の声を聞いたところで、証拠にはならんでしょう。あなたの全然知らない子供なんですから」

相手のいってることの筋が通っているので、俺はちょっと沈黙した。

「……その子供の身元はわかっているのか」

「わかっています」

「教えてくれ」と俺はいった。「その子が本当に誘拐されているのかどうか確かめる。もし本当だということなら、俺が親に事情を話す」

「それをされちゃあかないませんな」男はいった。「せっかくの私の配慮が台無しになるじゃありませんか」

「何が配慮だ。代わりに俺が迷惑している」

「でも、子供の安否を気遣って悲嘆にくれるということはないでしょう？　だからこちらとしてもビジネスライクに事が運べるわけです」

この男が本気でこんなことをいっているのかどうか、俺にはまだよくわからなかった。狂人という感じはしないが、本物の狂人は案外狂人らしくないのだという話を聞いたことがある。

いずれにしても警察に知らせたほうがいいだろうなと俺は考え始めていた。すると男はまるでこちらの考えを読んだようにいった。

「これもまた誘拐犯人の決まりきった台詞ですがね、警察に届けるなんてことはしないほうがいいですよ。妙な動きを察知したら、取引は中止します。で、子供の死体が海に浮かび、あなたは一生後味の悪い思いをするというわけです」

ははは、と俺はわざと笑い声をたてた。

「俺が警察に届けたってことが、どうしてあんたにわかるんだよ。俺のことを見張るとでもいうのかい」

「警察が動けば、何らかの形でわかりますよ。もしすぐにはわからなくても、必ずわかる時がきます」

「それはいつだい？」

「身代金受け渡しの時です」

「あ……」

「受け渡しの場所に警察関係者と思われる人影を発見したら、即刻取引中止です」

「勝手にほざけ。身代金、身代金というが、俺は払うなんて一度もいってないぜ」

含み笑いが電話から聞こえてきた。

「いよいよ本題に入ってきましたね。カワシマさん、私は子供の身代金として、あなたに三千万円を要求します。すぐに用意してください」

「ふん、勝手なことを。俺にはそんな金はない。あっても払わない」

「まあまあ、よく考えることですな。お金ができたら、朝日、読売、毎日の人探し欄に、『タロウ　縁が結ばれた連絡乞う』と載せてください。三日経っても連絡がない場合は、取引の意思なしとみなします」

「三日も待つ必要ないよ。たった今断る」

「ふっふっふ。少し頭を冷やして考えることですね。ではまた」男はそういって、自分から電話を切った。

俺はビールを飲み、湯豆腐を食べ始めた。だがすっかり食欲はなくなっていた。途中で箸をほうりだし、テレビのスイッチも切った。

粘着質な男の声が耳に蘇った。

考えれば考えるほど、現実離れした話だった。どこの誰かもわからない子供の身代金を俺が払う？　そんな馬鹿なことがあっていいわけがない。

からかわれたんだろうというのが、この場合もっとも妥当な結論だろう。俺もそう思うことにし、もうこれで忘れようとした。だが心のどこかで引っ掛かっている。もし悪戯や冗談でないのだとしたら――。

やっぱり警察に電話しておこうと俺は思った。警察に知らせたら子供を殺すといった犯人の台詞が気にかかるが、そのことも話せば、あとは警察がうまくやってくれるだろう。問題なのは、こんな話を警察が本気にするかどうかだった。まともに取り合ってくれないのではないかという気もした。

いや、それでもやっぱり警察には連絡しておこう。とにかく責任を誰かに預けなくては落ち着かない。

俺は電話を手に取った。一、一、そして〇と押しかけたところで、いったん電話を切った。ふと思いついたことがあった。

責任を誰かに預ける？

それだ、と思った。誰かに責任を預けてしまえばいいのだ。それは何も警察でなくてもいい。いや警察に知らせるとなると、子供の命が危ないんじゃないかとか、いろいろ気を遣わなくてはならない。万一のことがあった場合には、俺には責任がないとはいえ、やはり気分のいいものではない。

犯人は適当に電話番号を押して、俺のところへかけてきたといった。つまり犯人が脅迫する相手は俺でなくてもいいわけだ。

俺は電話機を見た。ちょっと楽しい気分になってきた。緊張と興奮が胸に湧き上がってくる。

ドキドキしながら、俺は思いついた番号を適当に押した。一回目は繋がらなかった。もう一度、番号を変えてかけてみた。今度は繋がった。

「はい、スズキでございますが」

中年の女の声だった。しかもなんとなく上品そうだ。金持ちの奥さんかもしれない。理想的だぞと俺は北叟笑んだ。

「もしもし、あんた、その家の奥さんかい？」俺は少し声にドスをきかせていった。

「はい、さようでございますが」女は警戒したようだ。声にそれが現れている。

「じつはね」俺は唾を飲んで続けた。「子供を預かっている」「えっ」女は一度絶句し、それから訊いた。

「子供というと、あの、サダアキのことですか。サダアキは、あの、会社の飲み会とかで

「……」

「ちがうちがう、サダアキじゃねえ」俺は電話を持ったままかぶりを振っていた。「俺がさらったのは、あんたとは何の関係もない子供だ」

「ああ、そうなんですか。えっ、でも子供をさらったって……」

「誘拐したのさ」

ひっという声が電話の向こうから聞こえた。俺を満足させる反応だった。

「へへへ、驚いただろう。そうさ、俺は誘拐犯人だ」

「ど、ど、どこのお子さんを誘拐したんですか」

「どこの子だっていいだろう。あんたには関係のない子供だよ。だけど、子供の命を救えるのはあんただけだ。たった今から、そうなったんだ」

「ど、どういうことでございましょう」

「いいか、よく聞くんだ。俺は子供を誘拐した。だけどちょっとした訳があって、その子供の親に身代金を要求できないんだ。そこであんたに金を払ってもらいたい。わかったかい？」

だが相手の答えはなかった。声を失っているのか、何か考えこんでいるのか、俺にはわからない。

あまりに沈黙が続くので不安になりかけた頃、相手の女がいった。

「あのー、そのお子さんは、わたくしどもとは関係のないお子さんだという話でしたわね。それなのに、なぜ、その、わたくしどもが、ええと、その、身代金を、ええと、払わなければならないのでしょうか」

わははは、戸惑ってやがる。そりゃあそうだよなあ。

面白くなってきた。

「あんたを選んだのは、たまたまだ。まあ運が悪かったと思ってあきらめるんだね。あきらめて、三千万円用意してもらいたい。それが身代金だ」

「三千万……そんなもの、払えません」

まあ、そう答えるのが当然だろうな。

「払ってもらわないと、子供の命はないぜ」凄味が出るように声を低くしていった。この時、ぞくぞくするような快感が背中を走った。脅迫というのが、こんなに楽しいものだったとは知らなかった。

「でも、でも、その子供は、わたくしどもとは無関係なんでございましょう?」

「おや、自分と関係ない子供なら殺されてもいいというのかい?」

「そうはいいませんけど……」

「明日から三日間だけ猶予をやるよ。その間に金を用意するんだ。金が揃ったら、朝日、読売、毎日の人探し欄に、『タロウ　縁が結ばれた連絡乞う』と載せろ。広告がなかった場合、子供は殺す」

「そんな……残酷な」

「そういうことをさせたくなかったら金を用意するんだ。いっておくけど、警察に知らせたりしても、子供の命はないぜ。子供はたぶん、海から発見されるだろう。あんたに見捨てられて死んだということがわかるようにしておいてやる」

「ちょっと、ちょっと待ってください。主人と……主人と相談しますから」

「相談でも何でもすればいいよ。警察に知らせず、金さえ出してくれれば文句はない。無事子供が帰ってきたら、きっと親から感謝されるぜ。じゃあ、また連絡するからな」そういって俺は一方的に電話を切った。

掌に汗が滲んでいた。それをタオルで拭った。

これで子供の命は、俺の手から今の電話の相手に移ったわけだ。身代金を用意するのか、それとも警察に連絡するのかは、あの女が決めればいい。もう俺には関係ない。

それにしても電話というのは怖い道具だ。ついさっきまでは脅迫される側にいたのに、今は逆の立場にいる。しかも各自の間に、何の関係もないのだ。

あの女、どうするだろう。やはり警察に届けるだろうか。悪戯電話の可能性は全く考えていないようすだったが、旦那に相談して、「誰かにからかわれたんだろう」の一言で片付けられるかもしれない。

明日から三日間の新聞が楽しみだなと俺は思った。早くも第三者の気分になっていた。

三日続けて、俺は朝日、読売、毎日の各新聞に目を通した。『タロウ——』の文字は見当たらなかった。当然だった。あんな脅迫電話一本で身代金を用意するなんてことは、ふつうでは考えられない。

犯人のやつはどうするかなと、野次馬的に気になった。それともやっぱり単なる悪戯で、どうってことはないのだろうか。

そんなことを考えながら帰宅すると、まるでそれをどこかで見張っていたかのようにタイミングよく電話が鳴った。

「もしもしカワシマさん？」

声を聞いてすぐにわかった。あの男だった。

「何の用だい。もうあんたと話すことはないけどね」

「まあそう興奮なさらずに。どうやら取引は不成立のようですな。この三日間、あなたはとうとう広告を出さなかった」

「当たり前だ」

「なるほど。じゃあ、かわいそうですが、あの子の命も今日までということになりますかな。あんなにかわいい子なのに。うーむ、じつに不憫だ」

「そう思うなら、殺すのをやめて親に返したらどうだ」

「それはできません。それじゃあ誘拐した意味がない」

「同じことだろう。どうせ金は入らないんだ」

「今回はね。でも次回は違います」

「次回？」

「私が本当に、金のためなら子供の命さえも奪う殺人鬼であると知れば、この次の取引ではあなたも態度を改めるでしょうからね」

「馬鹿なことをいうな、何度やっても同じだ」

「さあ、それはどうでしょうかね。実際に子供の死体が見つかったら、あなたも、そんな強がりはいってられないと思いますよ。じつをいいますとね、子供にはすでに先程毒を飲ませたんですよ」

「なに……」

「ふふふ、ほーら、やっぱりドキリとしたでしょう。心配しなくていいです、致死量じゃありません。ちょっと弱る程度です。私だって本当は人殺しなんてしたくはないんだ。お金をもらって、生きたまま子供を返したいと、そう思っているんですよ。そこでですね、もう一度チャンスをさしあげることにしました」

「チャンス？　どういうことだ」

「あと二日待ってあげますよ。もう一度じっくり考え直してください。それから、要求金額を二千万円に下げます。どうです、かなり譲歩したでしょう」

「いくら下げても払う気はないね」

「まあ、ゆっくり考えてください。返答は前と同様、新聞広告でお願いします。もし今度も良い返事がいただけないようでしたら、さらに多量の毒を飲ませることになりますから。ふふふ。ひひひひ。では」

俺が何かいい返そうとした時には、電話は切れていた。

なんだ、あれは。あと二日待つ？　二千万円に値下げするだと？　ふざけていやがる。

しかしふつうならむかつくところだが、俺はさほど腹を立ててはいなかった。むしろ、少し浮き浮きしていた。俺は早速電話をかけた。

「スズキでございます」前と同様、中年の女が出た。

「もしもし俺だけどね」

俺の声を覚えていたらしい。女は、「あっ」と小さく声を漏らした。

「広告は出さなかったね。ということは、身代金を出す気はないということらしいな」

息を整えるような間が少しあって、女はいった。

「お、脅しに屈するようなことは、しないでおこうと、そう決めたんです。毅然とした態度で挑もうって」

「なるほど、そいつは立派な心構えだ」俺は自分の顔が自然に歪んでいくのを感じた。「だけどその心構えのおかげで、かわいい子供が死ななきゃならないとなるとどうかねえ。あんまりいい気分はしないんじゃないのかい」無意識のうちに、粘っこい口調になっている。サディスト的な快感があった。「子供に毒を飲ませたぜ」

「えっ」女の声がひっくり返った。「じゃ、じゃあ、子供は、ししし、死んで……」

「心配しなさんな。死ぬ量じゃねえ。ちょっと苦しんだ程度だ」

「なんとひどいことを」

「殺さなかったのは、もう一度チャンスをやるためだ。身代金は二千万円にまけといてやる。二日のうちに返事しな。いうとおりにしねえと、今度は本当に致死量を子供に飲ませるからな」そして電話を切った。

二日後、電話があった。

「またしても指示を無視しましたね」例の男からだった。「あんたは子供を見殺しにすると決めたわけですか」

決めたのは俺ではなくスズキという女なのだが、それをいうわけにもいかない。

「払えないものは払えないんだ。いい加減にあきらめたらどうだ」

「やれやれかわいそうに。あなたの頑固のおかげで、あの子はまた毒を飲むことになりましたよ」

「……殺したのか」

「いや、そうしようかとも思ったのですが、考え直しましてね。前より少し多めに毒を飲ませただけです。だから死んではいません。もっとも、ぐったりして動けなくなっていますがね。顔色はどす黒く、髪の毛が抜けました」

「鬼め」

「私は殺人鬼だと申し上げたでしょう。でもあなただって薄情だ。わずかな金を惜しんで子供を見捨てた」

「二千万円の、どこがわずかだ」

「わずかですよ。だけど思いきって、もう少し値下げすることにしました。一千万円でどうです。人の命が一千万円。安いもんです。明日一日待ってあげます。いい返事を期待していますよ」

男からの電話が切れた後、俺はすぐに例の女に電話した。

「――というわけで、子供にはさらに毒を飲ませた」

俺の話に、女が緊張しているのがわかった。

「まあ、なんてひどいことを……」

「死んではいないが、顔は灰色、皮膚はただれ、髪はごっそり抜け落ちた。四谷怪談のお岩さんみたいになっちまったぜ」

俺は多少脚色した。ごくん、という音が電話の向こうでした。女が唾を飲み込んだのだろう。

「一千万円だ。もうこれ以上はまからんからな。明日中に返事しろ。わかったな」

次の日も、『タロウ　縁が結ばれた連絡乞う』の広告は出なかった。

「今日、またしてもあの子に毒を飲ませましたよ」予想通り、夜にあの男から電話がかかってきた。「嘔吐と下痢が続いて、今や骨と皮だけです。ところどころに腫瘍のようなものができてもいます。このままでは、もう長くはないでしょう。でもあなたが考えを改めてくれさえすれば、あの子の命は助かります。九百万。九百万円にまけてあげます。ぜひ、いい返事をください。お願いします」

この後、俺はまたしても電話をかける。

「子供は痩せおとろえ、頭蓋骨の形が浮き出ている。全身に腫れ物ができてもいるんだ。生きているのが不思議ってぐらいさ」

そして子供を助けたければ九百万円出せといって電話を切った。

こういうことが数日間繰り返された。

誘拐犯人が捕まったというニュースをテレビで見たのは、会社の社員食堂でだった。監禁されていた男の子が自力で逃げ出し、その子を保護した人間が警察に通報したらしい。テレビで見るかぎり、犯人はそんな大胆なことができそうにない中年の小男だった。

「ヨシオちゃんは外傷もなく、元気だということです。ところで警察の発表によりますと、ヤマダ容疑者が脅迫していた相手はヨシオちゃんの両親ではなく、全く関係のないオオハシという人物だということです。この点についてヤマダ容疑者は、両親を直接脅すのは気が咎めたので、といっているそうです。脅迫の際ヤマダ容疑者は、身代金の用意ができたら『タロウ　縁が結ばれた連絡乞う』という広告を新聞に出すよう指示していたということですが、広告は出されなかったということです」

ラーメンを食っていた俺は、思わずむせた。鼻から麵が飛び出した。改めてテレビ画面を見た。

この男が俺のところに電話をかけてきていたのか。

いや、こいつがかけた相手はオオハシというらしい。すると、どういうことだ。

俺は膝を叩いた。事情がわかった。

そのオオハシというのが、俺のところへ電話してきた男だったのだ。あいつもまた俺と同様、自分にふりかかった災難を他人に押しつけることを思いついたに違いない。

いや待てよ。

俺のところへ電話してきたのがオオハシとはかぎらないかもしれない。もしかしたらオオハシからの電話を受けた男が、またまた同じことを考えて俺のところへかけてきたのかも……。いやいや、その間にもう一人誰かが入っていることだって考えられるぞ。

俺はかぶりを振った。やめよう、きりがない。

とにかく今夜から、もうあの電話はかかってこないはずだ。これだけは、はっきりしている。

ところが――。

電話はかかってきた。あの男からだった。

「カワシマさんですね。今日も広告を出しませんでしたね。かわいそうに、あの子はもう虫の息ですよ。三百万円出しなさい。それであの子を助けてあげます」

男の口調に、昨日までと変化はなかった。するとあの犯人の件とは別なのか。いや、偶然の一致とは考えられない。

いずれにせよ俺が選ぶ道は一つだった。俺はいつものように、スズキという女のところへ電話をかけた。

「もしもし、俺だ」

俺の声に、女が驚いていている気配があった。そんなはずはないと思っていたのかもしれない。

俺はいつもと変わらぬ口ぶりでいった。

「あんたからの返事がなかったから、またさらに子供に毒を飲ませたぜ。助けたければ三百万円用意するんだ」

しゃべりながら俺は、何かに操られているような気がした。

巻末特別対談

京極 夏彦 vs 東野 圭吾

守れ、笑いの牙城。
めざせ、「お笑い」ルネッサンス!

ミステリアスな雰囲気からはちょっと意外だが、
東野氏の数少ない「笑いの同志」である京極氏。
「奥が深いのに評価が低い!」——笑いへの偏見・
差別に怒り、執筆の苦労とスリルを熱く語る……。

撮影/榎並悦子　レイアウト/島村稔

「ユーモア」なんてなまぬるい！

東野　僕は京極さんが『小説すばる』で書いているあの「笑い」の連作は、いったいどういうつもりでやっているのかと前から思っていてね。ほかのミステリー作家で「笑い」を真剣にやっている人というのは、まあ、いないです。少なくともシリーズでやっている人はいない。ところが京極さんがやっていて、見たところ、どうも本気ですからね。

京極　もちろん本気です（笑）。

東野　いったいどんなつもりで時間がかかることをやっているのかなと思って――。我々ミステリー作家と呼ばれる人間がお笑いを書くときに、どれだけの格好悪さが要るか、覚悟が要るか、という話をしたかったんだけれども……。

京極　白状しますと『小説すばる』にあのシリーズを書く決心をしたきっかけは、東野さんの「超たぬき理論」（初出『小説すばる』一九九五年八月号・現在、集英社文庫『怪笑小説』所収）なんですよ。

東野　ありがとうございます。

京極　あれ、大好きでして。僕。

東野　自信作です（笑）。

京極　東野さんの作品は、お笑い以外のものは、みんな読んでいたんです。でも、東野さんとお笑いを結びつけて考えてなかったんですね。ところがあれを読んで不覚にも（笑）笑ってしまった。それで、東野さんが書いているんだ、いいんだ、これはありなんだと思って。僕はお笑いを書きたかったんですけど、どこもまじめに扱ってくれないだろうと思っていたんです、正直言って。だから、すごく勇気づけられました。

東野　そうか、「超たぬき理論」か。なるほど。あれは、京極さんのものと通じるところがありますものね。

京極　モロ好みです。すごく楽しみました。さかのぼって、まだ本にまとまっていなかった短篇を読ませていただきました。「ユーモア小説」というのはあるけど、でも、「超たぬき理論」のように、まじめに笑わせようとする小説はなかったんじゃないかなと思った。

「ユーモア小説」は、僕はとりあえずいいんですよ。

東野　「ユーモア小説」ということば自体がさえないというか。僕は自分の作品にユーモアということばってあまり使われたくないですね。日本で「ユーモア小説」というと、貧相な感じがして。

京極　たとえば、「あなたはユーモアがおありになる」と言われても、うれしくはないですね。でも、芸人のように、ドッと受けるとそれなりに「ウーン！」と思う。「バカだね」と言われるほうが、よっぽどいい。だから、あまり食指が動かなかったんです、「ユーモア小説」には。でも「超たぬき理論」を読んだときに、これはユーモアじゃないぞ、と。

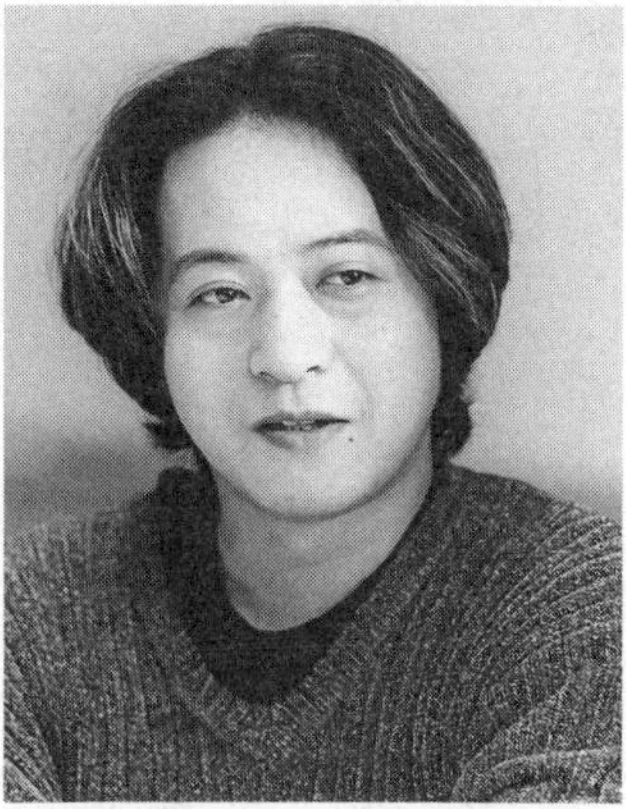

京極夏彦　1963年北海道生。小説家、グラフィック・デザイナー。'94年小説デビュー。『魍魎(もうりょう)の匣(はこ)』で日本推理作家協会賞、『嗤(わら)う伊右衛門』で泉鏡花文学賞受賞。

東野　そうそう。

京極　これは、痙攣的(けいれんてき)な笑いであり、もちろん毒もたっぷり入っているんだけれども、主義主張もあったりするんですよ。でも要は、「ああ、バカだ！」と言って笑える、そのバカのパンチがどれだけあるか、というところが、それまでのお笑い系の小説とは一味違っていた。これをあの東野圭吾さんがやっているんだったら、僕ももしかしたらいけるんじゃないかと。

東野　ありじゃないかと。それで「四十七人の力士」（『小説すばる』九六年一月号・京極氏の「お笑い」第一作）になったわけですか。

京極　そうなんです。あれは、パロディーでもパスティーシュでもない、純粋バカ路線をねらったんですが、後押ししてくれたのが「超たぬき理論」で（笑）。ただ、僕は形式めいたものに縛られるたちなんですね。あのシリーズも自縄自縛でかなり苦しい。東野さんの作品を読ませていただいてると、切り口やスタイルが作品ごとに、実に見事に変わるでしょう。羨ましいなあと思います。そう、たとえば「誘拐天国」なんかはまた違うんだけど、僕は大好きなんですね。あの線で長篇を書いてほしいなと思う。

東野　あれ、もともと長篇でやろうと思ったんですよ。

京極　そうなんですか。長篇でもいけるネタですよね。東野さんのバカのいじり具合が絶妙なんですね。お仕着せがましいジャンルの切り口を吹き飛ばしちゃう。三人のじじいのキャラクターの名前からして、もう……。宝船(たからぶね)と銭箱(ぜにばこ)と福富(ふくとみ)。つけるなヨという名前じゃないですか。これは見習うべきだなと（笑）。東野さんは、最初にお笑いを書かれたのは？

東野圭吾　1958年大阪市生。大阪府立大学電気工学科卒。エンジニアとしてメーカーに数年勤務。'85年『放課後』で江戸川乱歩賞受賞。以後、多彩な作品を発表。

東野　いちばん最初に笑いを意識して書いたのは、『小説新潮』に載せた「無人島大相撲中継」（初出九三年・現在、集英社文庫『怪笑小説』所収）なんですよ。ああ、京極さんと同じで、やっぱり相撲が入ってきちゃいましたね。

京極　最初は相撲から入る。何

で相撲なんだろう（笑）。そのときは、笑わせる小説の依頼があってお書きになったわけじゃないんですか。

東野　ミステリーの依頼でしたね。

京極　それなのに自発的にお笑いを書いてしまった。

東野　そうなんです。ただ、自分の場合は少しずつその傾向はありになっていたんです。『名探偵の掟（おきて）』のプロローグとして「脇役の憂鬱」（初出『小説新潮』九〇年十月号・現在、講談社刊『名探偵の掟』所収）——本格推理の脇役はこんなにツライという話を書いていた。それがお笑いだったので、今度もまあいいかなという感じで「無人島大相撲中継」を書いたら、いけますねということになってね。

京極　いけたわけですね。

東野　ええ。最後、書き上げた充実感は、ミステリーを書いたときよりもありましたね。

ギャグはハイテクニックと体力勝負

京極　笑わせるのは、テクニックとしては泣かせるよりむずかしいですね、断然。

東野　絶対むずかしい。泣きそうにむずかしい（笑）。書いていて、これはシラけるんじゃないかと思いだすと……。

京極　読み返してみて、自分ではずしたなと思ったときの恥ずかしさったらないですね。

東野　あれはつらいですね。ここは寒いゾとか思うとね。

京極　寒いからといって、前後にフォローすると、よけい寒くなったりする。韜晦というか目くらまししていくのは、まじめな小説だといくらでもできちゃうけどお笑いはダメです。読んで寒かったときは、ゾーッと引きますね。手の打ちようがない。

東野　それは普通のミステリーで、ここはできが悪かったなとか思うよりも――。

京極　そうですね。

東野　それよりも「ああ、こいつ、面白くないヤツだ」と思われるのがすごく怖い。

京極　たとえば、「このトリックは不可能だ」と言われたとするじゃないですか。その場合は、「実行可能かどうかは別の問題だ」という理屈もあるわけだけれども、「お前、これ、ギャグ、はずしているぞ」と言われたら、店を畳んでかえりますみたいな感じになっちゃうから。危険なんですよ、やっぱり。だから、みんなやらないんですかね。

東野　そうでしょう。笑わせるのは、本当にむずかしいですよ。にもかかわらず、こんなに地位が低いのはなぜだろうというのは、前からぼやいているところなんです。

京極　そう。僕もよく、なんで書いているのって聞かれるんですよ。

東野　そうでしょう。

京極　なんで書いているのと言われても、書きたいから書いているんだ、と（笑）。でも、やっぱり一段低いものだと思われていますね。

東野　思われています。絶対思われています。芝居なんかだったら、笑わせるほうがむずかしいと一般に言われているじゃないですか。泣かせるほうが楽だとみんな納得するじゃないですか。それは絶対小説でも同じなんですけど、小説になると……。

京極　手を抜いていると思われちゃう。抜いていないんですけどね。

東野　全然抜いていないです。

京極　たとえば、漫画では簡単でも、それを文章では書けない効果というのがあるじゃないですか。

東野　ありますね。大変ですね。

京極　だから、普通はなかなか書かない。

東野　そうですね。しかし、そもそも笑いをやりたい人がほかにいるのかどうかという基本的な問題があるんですね。マーケットがあるのかないのかも、よくわからないし。僕

京極「東野さんは僕のギャグの師匠であり水先案内人。お話しできてよかった」東野「京極さんも、もっとがんがん書いてくださいよ」

は、昔、筒井康隆さんなんか、すごいたくさん読んでいました。

京極　私も読みました。筒井さんというと、ブラック・ユーモアものが挙がりますが、よく読んでみると、単にシャレのような作品だったり、いきなり後ろからド突かれただけで終わっちゃうような作品も結構ありますよね。でも、「筒井康隆におけるお笑いのテクニックの研究」なんていう本は読んだことがない。あきらかに学ぶところが大きかったりしますけどね。

東野　笑いの教科書はそんなにないんですが、筒井康隆さんは、数少ない教科書の一つなんです。よく芸人が「つかみ」っていうじゃないですか。「つかみ」なんかのテクニックはやっぱりすごい。一行目をムダにしないとか。

京極　そうですね。一行目で吹き出されたら成功ですね。

東野　今、僕が思い出した一行目を言おうかなと思ったんですけど、ちょっとここでは言えないような一行目なんですよ（笑）。

京極　ギャグって、体力が要りますよね。

東野　要ります、要ります。途中でテンションが下がると、もうダメですね。途中でシュンと醒めると、何を書いているんだろうと思いますよ。

京極　途中でテンション下がっちゃったら、もう書けないでしょう。

東野　そうなんですよ。だから、僕は笑いの場合は、枚数は最大三十枚なんです。「誘拐天国」、あれだけは長篇にするつもりだったから、八十枚までもちましたけどね。

京極　体がもたないですね。

東野　脳みそが……。どこかで、何をやっているんだろうと、ふっとマジになってしまうと、もう――。

京極　でも「本格推理関連グッズ鑑定ショー」なんていうのは、ちゃんとミステリーにもなっていますね。

東野　中途半端ですみません（笑）。

京極　いや、『毒笑小説』の作品を順々に読んできて、そのラインで楽しんで読んでいると、あの作品に来て、「ああ、ミステリーになっている」という心地よい裏切りが。あのひっくり返しがむしろ鮮やかに決まってるというか。

東野　そうですか。あのときは、ミステリーで行くか、笑いで行くか、二つくらいアイデアがあって、それを、じゃ、もう融合させようという感じでね。

京極　なるほど。ところで東野さんはテレビとかお好きですか。

東野　わりに見ますけど、ドラマは見ないですね。総集編とかだったら結構見るけど。

京極　そうですか。いや、僕が感心するのはですね、東野さんは、実はテレビなんかでもよく扱われているネタ、一般的に通りのいいネタを扱われてるでしょう。たとえば——本書のマダムの話だとかも、誰もが感じたり思ったりしてることですよね。

東野　ああ、「手作りマダム」ね。

京極　そうそう。あれもですね、だからよく聞く話ではあるんです。ところが東野圭吾が料理すると変わっちゃうんですね。最初は「ああこの手の話ね」と思って読んでるんだけれども、当然エスカレートしていくでしょ。その手加減のなさが快感なんですね（笑）。犬が残すソーセージくらいまでならまだ想像のうちなんだけど。でも手加減がないといっても微妙なサジ加減は大いにあって、あれ以上振幅の度合いが急激だと理解できないですよ。低ければ低いほどただの小説に近づくでしょうし。反復と増幅は笑いの基本ですよ。来るぞ来るぞ、で確実に来る。で、いいだけ高めておいてバッと落とす。笑いの形がきれいです。笑いに本格があるなら、あれは本格ギャグですよね。反面、東野さんは変格ギャグの技もお持ちで（笑）。多角的にお笑いを追いかけていらっしゃる。勉強になります。

東野　それは光栄ですね。僕は、主人公に悪意を持って書いた部分が、みんなに面白がられているような気がします。

京極　うーん、やっぱり。

東野　僕は、ハッキリ言って、大矢真（「超たぬき理論」の登場人物）のような者は嫌いなわけです。やっつけてやりたいと思っているから、悪意がバッと出るわけです。「手作りマダム」にしても、さんざん自分が迷惑したので……（笑）。

京極　笑いの根底に悪意ありですね。

東野　悪意です。そうですね。

「新社会派」への道

京極　悪意といえば、「マニュアル警察」とか、「鬱積電車（うつせきでんしゃ）」（『怪笑小説』所収）なんかも「悪意アリ」って感じですよね。

東野　僕は「超たぬき理論」とか「鬱積電車」は、自分の短篇の中でも代表作だと思っているんです。ところが、はなっから、これはおふざけという扱いになっているんですね。

京極　それはひどいな。でも、僕のなんか、作品にカウントもされていない可能性が。

東野　そうですね、あれ。

京極　ふざけたものを書くのと、ふざけて書くのとは違うんですよ。笑われるのと笑わせるのとが違うみたいなものでね。確かにまじめじゃございませんが。だからといって、手を抜いているわけでもないし、むしろ必要以上に体使って書いているわけですから。

東野 文章のリズムだとか、表現の選び方というのは、断然気を遣うんですね。

京極 ただ文意が伝わればいいというもんじゃなくて、ここで吹き出してもらわなきゃいけないというのがあるから。だから、その手のお笑いを一本書いた後に普通の小説を書くと、養成ギプスを外した後みたいな妙な感じになります。

東野 楽ですよね。

京極 笑いの場合、確かにほかの仕事よりかかる時間は短いんですよ。なぜかというと、テンションを下げられないから。全力疾走しないと書き切れないというのがあるんで、確かに早く終わるんですよ。でも、かけた労力というんじゃなくて、かけた気力ですかね、気力でいうなら、普通の長篇小説の倍ぐらいは消耗する。

東野 そうですね。それだけに、これは余興みたいに思われるとね。

京極 そう、隠し芸とか、余興みたいに見られることがありますね。

東野 だから、じゃ、本業と思ってほしいのかと言われたら、それはそれでちょっとマズイのかもしれないけど。

京極 いや、本業になっちゃマズイっすよ。これを本業にしたら大変ですよ。「笑いといえばあなた」と言われて、笑い以外の注文がこなくなったら、半年ぐらいでコロッと死んじゃうかもしれませんよ。たまには手を抜いてミステリでも書くか、みたいな（笑）。

東野　『怪笑小説』『毒笑小説』とやってきちゃうと、もう息切れするぐらいだから、本当に、笑いはそうコンスタントには書けないですね。

京極　ギャグというものは、ほのぼのなんかしていませんよね。さっきのお話のとおり、根底に流れているのは悪意だったりするわけ、攻撃的な。そういう先鋭的な部分とかがあって、初めて笑えるわけだから……。ゆったりした気持ちでほのぼのしていたら、微笑んでいるぐらいで、吹き出しゃしませんよ。追いつめられたほうがいいんです。余裕があって、のんびりしていて、敵が来ることもなく、命を脅かされる危険もない人は、ド突き漫才を見て笑ったりしませんよ。

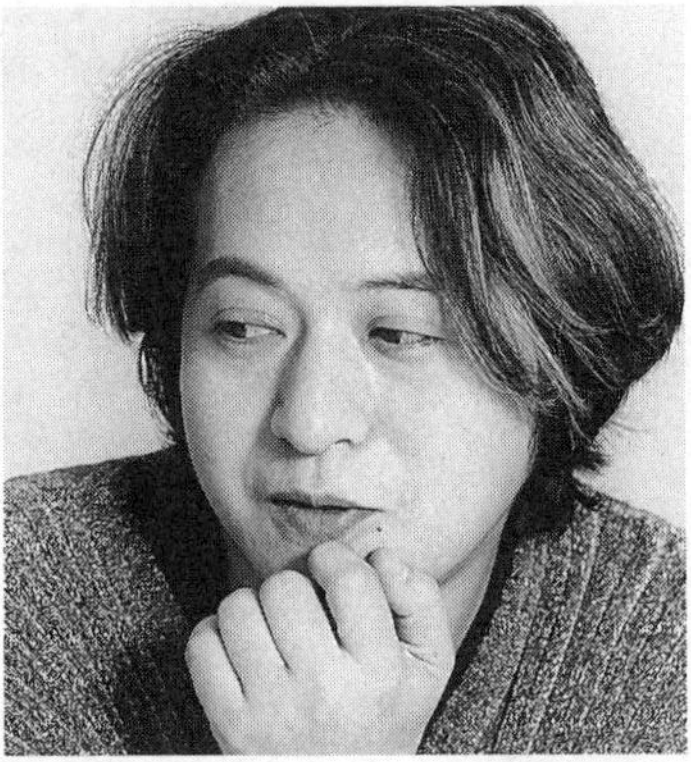

「日本には様々なニュアンスの笑いがあるけど、対応する文学はまだないのでは」

東野　僕は『怪笑』『毒笑』のシリーズをやるときにいろいろ考えた。アイデアを考えるときに、基本的に人間というのは、どんなときに笑うかな、どんなときに面白いと思うかなと。結局、他人の不幸なんです。

京極　なるほど他人の不幸はやっぱりおかしい、と。でも、自分の身に起こった不幸も笑っちゃう場合がある。ということは、自分の不幸も他人事と考えられるという、これは前向きの姿勢でもあるわけですよ。笑い飛ばしちゃうというのは、すごい事ですね。悲惨な出来事ほど時間が経つと笑い話のネタになるって言うじゃないですか。だから、そのインターバルが短いということは、立ち直りが早いということでもあるわけで。

東野　笑いは恐れをなくしますからね。

京極　でも、考えてみると、このジャンルって、ものすごい社会派ですね。とくに東野さんの作品は、密接に今の社会とかかわっている。

「日本人はユーモアが苦手とか言われますが、笑いのレベルはかなり高いと思う」

東野　身近な他人の不幸というのを考えると、社会問題になっちゃうんですね。「おっかけバアさん」(『怪笑小説』所収)なんかも、あれは半分実話ですからね。やっぱり日常にないことは、なかなか出ないですね、自分の場合は。

京極　多分、材料としてはその時代、時代のものを採るんだろうけど、料理の仕方というのはすごく普遍的なものなんです。笑いを扱うのに技が要るのも、そこに由来するのかもしれない。下手な告発小説みたいなものだったら、取り込んでそのまま出すだけだからわりと楽かもしれないけど、そんなのは時代が経てば古くなるでしょう。取り込んで、別な形にして出力しているから、残るわけです。もしかしたら、僕たちの目差している笑いの小説というのは、「新社会派」なのか(笑)。

笑いの奥義と〝『秘密』の秘密〟

東野　笑いを誘発するスイッチが人間にはいっぱいある。それを同じ所ばっかりくすぐっていたんじゃダメですね。「またこれかよ」になっちゃう。ミステリーの場合は、最初に謎がある、最後に解答がある、というパターンを十本並べても、別に非難されないですけど。

京極　お笑いは、同じパターンを十個並べたら、五個目には怒られますね。でも、東野さんは、『怪笑小説』も『毒笑小説』も、そろそろこっちのスイッチに来てほしいぞというところに来るとイケるという、その辺のバランスがすごくうまいですけどね。

東野　でも、「つぐない」というやつなんかは、全然笑いじゃなくなっているんですよ。

京極　うーんそういや、そうですね。

東野　あれ、自分ではすごい笑いのつもりで書いたんですよ。つまり、どっかのおっさんがピアノを一生懸命に習うという絵が面白いだろうとか思って書いたんですけど、書き上げて読んでみたら、自分で読んでも切ない話じゃないか（笑）。意外でした。でも、そうなっちゃうことがあるんです。それを、実は長篇でやってしまったのが、『秘密』（九八年・文藝春秋刊）なんです。

京極　え！　あれがまさか、最初は……。

東野　笑わそう、笑わそうと思いながら、ああなってしまったわけですよ。

京極　だって、みんな泣いていますよ。

東野　笑うだろうと思ったんですけどね。

京極　うーん、わからないもんですね……。

東野　あれは、『怪笑』とか『毒笑』を書いている時期に、原型になった短篇があるんです。娘に死んだ奥さんの魂が宿って、おやじの慌てぶりのドタバタが面白いだろうという「笑い」で書いたんです。ところが、そのとき何かあまり面白くなくて、こんなはずじゃないゾ、もっとこれは面白くなるはずだ、短篇だからよくなかったんだとか思って……。

京極　それで『秘密』を書いたら――。

東野　よりいっそう笑えなくなってしまったという（笑）。それでちょっと勉強したことなんですけど、笑うスイッチと泣くスイッチは――。

京極　近所にある。

東野　笑いの感情というのは、相当頑固なスイッチなんです。なかなか動かないんです。

だから、笑いのスイッチを動かそうとやっていると、関係ないスイッチを動かして……。

京極　その辺をダーッと連打していると、泣きを押すことがある。

東野　何か感情を揺り動かすための作業というのは、多分似通ったことだと思うんです。悲しがるのも、怖がるのも、感情じゃないですか。笑いの感情を刺激しようと思ってやっていると、ほかの部分に行きやすいのかもしれない。

京極　今日は勉強になりましたね。なるほど、感動と笑いは実は紙一重。そうか、じゃ……。たとえば、感動して泣かせるツボだけを押そうとしている人は、押せば必ずヒットするから、同じようなものしか書けない。ところが、笑いのほうは、さっき頑固とおっしゃったけど、微妙な形をしている。笑いで行こうと思っても、どこを押したら笑うかわからないから、いろいろやっているうちに、テクニシャンになってしまうと（笑）。その近くの泣きとか、怖いとかのツボも押せるようになるわけだ。

東野　コツを覚えました（笑）。ただ、危険なのは笑いのツボの周辺には、シラけるという――。

京極　真ん中にでっかいツボがある（笑）。だけど、まさか『秘密』が笑わそうと思って書かれたものだとは思わなかったですねえ。そうか、自慢しよう。おれは『秘密』の秘密を知っているんだと。

東野　僕はすごい期待しているんです。京極夏彦という名前で、あの連作が単行本になって出てくれるのを。そうすると、みんなも——ひょっとしたら、真似するやつもいるかもしれない。つまり、模倣が出てこないと、この世界というのは栄えないんです、絶対に。

京極　ああ、それはそうかもしれない。僕が東野さんを模倣したというか、心のよりどころにしたように、そういう人も出てくるのかもしれませんね。

東野　僕たち二人だけじゃダメなんですよね。

京極　そうですね。たくさん出て来て、淘汰されて、いいものが残って行く。

東野　今、新本格といわれているものもそうでしょう。

京極　なるほど。じゃ、笑いの牙城を、笑いの復権を——いや、今まで〝権〟がなかったんだから、笑いの勃興、お笑いルネッサンスか。がっぷりヨツに組んで笑わせてやろうみたいな人が出て来てくれるととてもうれしいですね。

東野　まだこの分野は新人賞がありませんしね。

京極　何か一つ欲しいですね。それで技巧じゃない、天然お笑い作家とかが出て来たら、ちょっとかなわないかもしれない（笑）。

東野　僕もどうせ書くんだったら、ブッちぎれて、読んでいる人にこの人オカシイんじゃないかと思われるぐらいのものを書きたいと思う。そして読者の「悪い心」をくすぐってあげたいですね。

（一九九八年十二月）

集英社文庫

毒笑小説

1999年2月25日　第1刷　　定価はカバーに表示してあります。
2010年10月19日　第34刷

著　者　東野圭吾
発行者　加藤　潤
発行所　株式会社 集英社
東京都千代田区一ツ橋2-5-10　〒101-8050
電話　03-3230-6095（編集）
03-3230-6393（販売）
03-3230-6080（読者係）

印　刷　凸版印刷株式会社

フォーマットデザイン　アリヤマデザインストア　　マークデザイン　居山浩二

ISBN978-4-08-747013-0 C0193